어새신즈 프라이드

ASSASSINSPRIDE

❖ 암살교사와 회천도지 ❖

13

아마기 케이

NOVEL
ENGINE

ASSASSINSPRIDE13
CONTENTS

HOMEROOM EARLIER
007

LESSON: I
~둥근 세계의 한구석~
012

LESSON: II
~신을 모시는 여자들~
036

LESSON: III
~종언의 볕이 질 때까지~
066

LESSON: IV
~빛에 의지하는 자~
118

LESSON: V
~영원의 하늘을 찾아서~
144

LESSON: VI
~거꾸로 도는 천지~
173

LESSON: VII
~약속은 미래로 돌아간다~
239

HOMEROOM LATER
290

후기
301

쿠퍼 뱅피르

《백야 기병단》에 소속된 마나 능력자.
클래스는 《사무라이》. 메리다의
가정교사 겸 암살자로서 파견됐으나
임무를 어기고 메리다를 육성하고 있다.

메리다 엔젤

3대 공작 가문인 《팔라딘》
가문 출생이지만 마나를 가지지
않은 소녀. 무능영애라고
멸시당해도 마음이 꺾이지 않은,
다부지고도 심지가 강한 노력가.

엘리제 엔젤

메리다의 사촌 자매로 《팔라딘》
클래스를 가진 마나 능력자.
학년 제일의 실력을 자랑한다.
말이 없고 무표정.

로제티 프리켓

정예부대 《성도 친위대》에
소속된 엘리트.
클래스는 《메이든》.
현재는 엘리제의 가정교사.

뮬 라 모르

3대 공작 가문의 일각
《디아볼로스》의 영애.
다른 영애들과 동갑이지만
어른스러운 신비한 분위기가 특징.

살라샤 쉬크잘

3대 공작 가문 《드라군》의 영애로
뮬과는 같은 학교에 다니는 친구.
얌전하고 심약하다.

세르주 쉬크잘

3대 공작 가문의
젊은 《드라군》이자
살라샤의 오빠.
현재는 야계 조사 임무를
맡고 있다.

블랙 마디아

《백야 기병단》에 소속된
변장의 엑스퍼트.
클래스는 자유자재의
모방능력을 가진 《클라운》.

윌리엄 진

란칸스로프이지만
《백야 기병단》 소속이 된
구울 청년. 아니마를 사용해
붕대를 자유자재로
조종하며 싸운다.

네르바 마르티요

메리다의 동급생으로
그녀를 괴롭혔지만,
최근엔 관계성의 변화.
클래스는 《글래디에이터》.

란칸스로프	밤의 어둠에 저주받은 생물이 괴물로 변한 모습. 다양한 종족으로 나뉘고, 아니마라고 하는 이능을 지닌다.
마나	란칸스로프에 대항하기 위한 힘. 이것을 지닌 자는 란칸스로프의 위협으로부터 인류를 지키는 대신에 귀족의 지위를 가진다. 능력의 방향성에 따라 다양한 클래스로 구분된다.

기본 클래스

펜서	높은 방어성능과 지원능력을 자랑하는 방어특화의 방패 클래스.	글래디에이터	공격·방어가 두루 빼어난 성능을 가지는 돌격형 클래스.
사무라이	민첩성이 뛰어나고, (은밀) 어빌리티를 보유한 암살자 클래스.	거너	다양한 총기에 마나를 담아 싸우는 원거리전에 특화된 클래스.
메이든	마나 그 자체를 구현화해서 싸우는 일에 뛰어난 클래스.	위저드	공격지원에 특화되었으며, (주술)이라는 디버프 계열 스킬을 가지는 후위 클래스.
클레릭	방어지원능력과 아군에게 자신의 마나를 나누어주는 (자애)를 가지는 후위 클래스.	클라운	다른 7개 클래스의 이능을 모방할 수 있는 특수한 클래스.

상위 클래스

3대 기사 공작 가문인 엔젤 가문, 쉬크잘 가문, 라 모르 가문만이 계승하는 특별한 클래스.

팔라딘	전투력, 아군 지원, 그 밖의 모든 부문에서 높은 수준을 자랑하는 만능 클래스. 전 클래스 중 유일하게 회복 어빌리티 (축복)을 지닌다. 엔젤 공작 가문이 대대로 계승.
드라군	(비상) 어빌리티를 가지는 클래스. 가공할 만한 도약력과 체공능력을 살려 관성을 남김없이 공격력으로 바꾼다. 쉬크잘 가문이 지니는 클래스.
디아볼로스	상대의 마나를 흡수할 수 있는 고유 어빌리티를 가져, 정면전투에서는 비할 데 없는 강력함을 발휘하는 최강의 섬멸 클래스. 라 모르 가문이 계승.

HOMEROOM EARLIER

이 문을 열고 들어오면 언제나 모조품 같은 향수 냄새에 어질어질해졌지만.

지금은 이 향이 싫지 않다.

세상에서 제일 좋아하는 언니에게서 같은 냄새가 나기 때문에 자연스럽게 좋아진 것이다.

풀꽃에 둘러싸여 달린다.

천장에서 쏟아지는 햇살이 나뭇가지를 지나 빛과 그림자를 지면에 넓히고 있다.

신발 바닥에서 마른 잎이 튀었다.

사랑하는 여성의 모습은 금방 눈에 들어왔다. 나는 좌우의 팔을 벌리고 발걸음을 재촉한다.

【언니.】

이 향실 한가운데에 세워진 정자. 거기에 한눈에 반할 정도로 아름다운 은색 머리칼을 가진 나의 언니가 편히 쉬고 있다. 언니는 조금 놀라면서도 나를 꼭 껴안아 주었다.

【어머. 무슨 일이니? 이런 태양이 환한 시간에.】

언니는 눈썹을 찌푸렸다. 일부러 이러는 것 같다.

야단친다고 겁을 주는 거겠지만, 조금도 무섭지 않다.

【지금은 면회 시간이 아니야. 들키면 큰일 나.】

나는 풀이 죽은 표정을 지어 보였다.

【잘못했어…….】

이러면 언니는 사랑으로 가득 찬 미소로 나의 머리를 쓰다듬어 준다. 그럼 나도 바로 얌전한 태도는 관두고 언니의 무릎에다 실컷 어리광을 부린다.

──하지만. 지금은, 오늘만은 한가로이 있을 시간이 없었다.

나는 여기에 온 목적을 떠올리고 얼굴을 번쩍 들었다.

【그래, 언니. 큰일이야. 나, 엄청난 것을 봤어!】

【엄청난 것?】

【누군가가 온 것 같아! 이 《바르니바빌》에!】

언니의 아름다운 얼굴이 굳어졌다.

얼마나 중대한 일이 일어났는지를 나보다 훨씬 무겁게 받아들이는 것 같았다.

티 나지 않게 주위를 살피면서 목소리를 낮춘다.

【……확실해? 왜 그렇게 생각했는데?】

【아까 방에서 창문으로 보였어. 반짝! 하고 빛나더니 본 적도 없는 것이 나무 건너편에 나타났어. 제3층 정원이었나?】

나는 내 몸을 안고 부르르 떨었다.

【……무서운 사람들일지도 몰라.】

그러자 언니는 표정을 풀고 웃어 준다.

【꼭 그렇다고는 할 수 없는데? 멋진 사람들일지도.】

【진짜?】

【응. ……인간에도 다양한 사람이 있으니까.】

언니는 왠지 목에 가시가 걸린 것처럼 입을 다물어 버렸다. 그런 얼굴의 언니를 보고 있으니 나도 가슴이 갑갑해진다.

언니는 살짝 고개를 젓고 한층 신중하게 물었다.

【이 일은 다른 사람에게도 말했니? 학자나 신탁인 분들에게?】

【말 안 했어.】

나는 이~ 하고 치아를 보여 준다.

【안 가르쳐 줄래. 나랑 언니만 아는 비밀로 할 거야.】

바로 그때였다. 어디선가 위엄 있는 여성의 목소리가 들려온 것은.

【지금 한 이야기가 사실이냐?】

나는 깜짝 놀라 언니에게서 떨어졌다.

어리석게도 나는 언니에게 정신이 팔려 그 기척을 전혀 눈치채지 못했다. 이 향실에는 먼저 온 손님이 있었던 것이다. 입장상, 내가 가장 존중해야 하는 분이.

기둥 뒤에서 걸어 나온 것은, 바닥에 질질 끌릴 만큼 긴 머리카락을 가진 한 여성이었다.

그 머리카락은 진주 같은, 혹은 햇살 그 자체를 방불케 하는——백금색.

머리카락만이 아니라 표정부터 피부, 의상에 이르기까지 광채를 발하는 것 같았다. 나이는 40을 넘었을 테지만, 외견은 요정의 세계에 사는 불로의 여왕이 따로 없었다.

나는 기어 들어가는 목소리로 겨우 대답했다.

【네, 네, 부인…….】

그길로 언니의 치마를 잡고 그 뒤에 숨는다.

그러나 금색 부인은 아직 내게서 시선을 돌리지 않았다.

【이 바르니바빌에── 그러한 방식으로 내방한 자는 없어.】

나는 머리 위로 융단을 뒤집어쓰고 사라져 버리고 싶은 기분이 들었다.

언니가 그런 나를 끌어안고, 대신 부인을 상대해 주었다.

【어떻게 생각하십니까? 부인. 학자분들의…… 손님, 일까요?】

【아마, 아닐 거야.】

나는 언니의 팔 틈 사이로 살며시 부인의 모습을 살폈다.

어딘가 허공을 바라보는 그녀의 모습은 마치 눈에 보이지 않는 요정을 쫓는 것 같았다.

【바르니바빌은 평소와 다를 바 없어. 주민들의 모습도 평소와 같아. 누군가 그 손님을 알아차린 낌새는 없다──. 하지만 알아차리는 대로 《스티그마》가 제거에 나서겠지.】

부인의 투명한 목소리는 마치 심장을 움켜쥐는 것 같아서──
나는 언니 등에 단단히 매달렸다.

부인이 이쪽으로 시선을 되돌린다.

목소리에 아주 조금이지만 감정이 켜졌다.

【도움이 필요하겠군.】

나는 언니 뒤에서 아주 조금 얼굴을 내밀었다.

그리고 이런 생각을 했다.

그 정체불명의 손님과 눈앞에 있는 위엄으로 가득 찬 부인. 둘 중에 누가 덜 무서울까──.

LESSON: Ⅰ ~둥근 세계의 한구석~

쿠퍼는 사체를 내려다보고 있었다.

자신이 죽게 내버려 둔 거나 다름없는 사람이다.

이제는 죽어 숨이 멎은 잔 크롬 클로버 사장…….

표정은 자고 있는 것처럼 평온하지만 온몸의 상처는 지독했다. 쿠퍼는 그런 클로버 사장의 시체에서 가능한 한 피를 닦고 관에 안치해 주었다.

손에는 제자들이 따다 준 꽃이 있다.

그것을 사장의 잠든 얼굴 옆에 더하고 관 뚜껑을 닫았다.

말없이 그대로 그릇에 채운 물과 타월로 손을 씻는다.

자신이 그에게 어떤 이별의 말을 보내면 좋을지 모르겠다.

고맙다고 해야 하나?

아니면 참회해야 하나?

사장이 잠든 관은 그대로 침대 위에 놓았다.

시간 도약 기관 《로드 크로노스 호》의 2호차다.

시간의 소용돌이, 웜홀의 거친 파도를 넘은 차량은 선두에서부터 최후미까지 외장 여기저기가 긁힌 것처럼 손상을 입었다.

그러나 클로버 사장이 내다본 대로 연결된 4대의 차량은 훌륭하게 여행자를 《종착역》까지 바래다주었다.

　타임머신의 눈금을 믿는다면 지금, 우리가 있는 장소는 아득한 과거의——.

　이때, 승강구에서 금색 머리칼의 소녀가 불쑥 얼굴을 내밀었다.

　사랑스러운 아가씨, 바로 메리다 엔젤이다.

　"선생님. 그쪽 일은……."

　쿠퍼는 일어선다.

　2호차는 커튼을 끝까지 치고 있어서 어둡다. 메리다의 등을 밀면서 밖에 내렸다.

　"무사히 마쳤습니다, 아가씨. 남은 일은 양지바른 곳에 매장하는 것뿐입니다."

　메리다는 이쪽의 팔에 바싹 붙은 채 조심스럽게 올려다본다.

　"원래 시대로 모시고 돌아갈 수는 없을까요? 그럼 가족에게 보낼 수도 있고……."

　"그러고 싶은 마음은 간절합니다만."

　쿠퍼도 눈썹을 찌푸리지 않고는 배길 수 없다.

　"저는 알고 있습니다. 미래에——우리가 원래 있었던 시대에, 이미 클로버 사장의 묘비가 존재한다는 것을. 그의 유해가 확실히 그곳에 잠들어 있음을. 즉 클로버 사장은 미래로 돌아가지 않고, 이대로 과거의 시대에서 매장된 셈이 되는 것이지요. ……그 사실을, 역사를, 잠깐의 감정으로 함부로 바꿔서는 안 됩니다."

　메리다의 루비를 닮은 눈동자를 내려다보며.

"시간 여행자의 매너로서."

"매너, 인가요."

"여행자란 모름지기 행선지의 룰을 따라야 한다, 는 말입니다."

굳이 가벼운 표현을 사용해 어린 소녀의 기분을 풀어 준다.

다른 소녀의 목소리가 쿠퍼를 불렀다.

"선생님. 손이 비었으면 이쪽으로!"

그렇게 다그치는 신비한 흑발은 《흑수정》으로 고명한 뮬 라모르.

선두 차량의 창에서 쿠퍼를 손짓으로 부르고 있다. 창 너머에는 살라샤 쉬크잘에 엘리제 엔젤의 모습도 보인다. 모두 운전석 주변에 모여 있는데…… 무슨 일이 생긴 걸까. 영애들에게는 타임머신의 점검을 부탁했었는데.

메리다와 나란히 선두 차량에 올라탄다.

아가씨들은 쿠퍼가 오는 것을 고대하고 있었던 모양이다.

살라샤가 조심스럽게 쿠퍼의 팔을 당기고 운전석의 레버를 가리킨다.

"선생님의 말씀대로 타임머신의 작동법 등을 조사하고 있었어요. 그랬는데 무슨 용도인지 도통 알 수 없는 버튼이 있어서요. ……그런데, 말리기도 전에 엘리 씨가."

당사자인 엘리제 양은 뭔가 자랑스럽다는 듯이 얄팍한 가슴을 편다.

"아무튼 눌러 봤어."

쿠퍼는 무심코 이마를 누른다.

"눌러 버렸습니까……."

살라샤가 열심히 수습한다.

"그, 그래서! 그 버튼을 눌러 봤더니 흥미진진한 일이."

"흠. 위험한 일이 없었다면 다행입니다."

그렇다면 하고, 쿠퍼도 모두가 지켜보는 앞에서 그 버튼을 꾹 눌러 본다.

그러자.

매우 놀랍게도 《죽은 사람》의 목소리가 들려왔다.

'딩도―옹! 용케 이 버튼을 알아채셨군요. 오오~호호호!'

"클로버 사장님?"

쿠퍼는 저도 모르게 후방을, 그의 관이 있는 2번 차량 쪽을 돌아보았으나 당연히 그가 천국에서 쫓겨나 여기에 돌아온 것은 아니다.

목소리는 일방적이고 전자적이었다. 스피커에서 울리는 것이다.

요컨대 사전에 넣어 둔 녹음이었다.

클로버 사장의 목소리는 쾌활하게 고했다.

'에― 에― 만약 제가 중요한 사항을 전하기 전에 죽어 버린 경우를 대비해서, 타임머신 취급법을 메시지로 만들어 남겨 두겠습니다. 오호호, 저는 애프터서비스도 완벽해서요!'

쿠퍼는 몸을 스피커 쪽으로 몸을 내밀었다.

"이거 고맙군."

클로버 사장의 목소리가 곧바로 이어져서 마치 대화가 성립하고 있는 것 같았다.

'이 메시지를 듣고 있는 거기 당신! 만약 당신이 '생판 모르는 세계에 남겨졌는데 어떡하면 좋지? 타임머신은 어떻게 쓰는지 모르는데.' ──그런 난감한 상황이라면 이 기관차의 여기저기를 찾아보세요. 제가 친절하고 정중하게 시간을 건너는 법을 전수해 드리죠. 오오~호호호!'

쿠퍼는 그 웃음소리를 들으면서 뒤돌아 아가씨들의 얼굴을 순서대로 보았다.

"분담해서 찾아보죠. 틀림없이 이 버튼처럼 클로버 사장의 유언이 남겨져 있을 겁니다."

그런 연유로 영애 네 명과 가정교사 한 명이 차 안을 구석구석 확인하기 시작했다.

마치 이 차량 그 자체가 마술 상자인 것처럼, 본격적으로 뒤져보니 부자연스러운 장치가 여럿 발견됐다. 조심조심 작동시켜보니 예상대로 사장의 목소리가 흘러나왔다.

'딩도─옹! 여기서는 동력로의 대체 에너지를 설명하겠습니다! '연료 탱크가 텅 비어서 움직일 수 없어. 이 경우, 웜홀에 돌입하는 것은 가능한가?' ──그러한 의문에 대답해 드리죠.'

자신을 향해서 시선을 돌린 메리다에게 쿠퍼는 고개를 저었다.

"아니요, 연료 문제는 아닙니다. 다행히 차체는 튼튼하고 탱크에도 연료인 넥타르가 잔뜩 남아 있었습니다."

클로버 사장이 이끄는 레이볼트 재단의 과학력으로 원래는 가로등의 근원인 넥타르가 만능 에너지로 바뀌어 있다.

일시 정지 버튼 따위는 없으므로 사장의 목소리는 일방적으로 떠들었다.

'또, 기관부 그 자체의 고장은 다른 메시지를 찾아 주세요. '지저스! 엔진이 눌어붙었네. 이거 수리할 수는 있는 거야?' —— 이런 난처한 상황인 당신. 자자, 어디에 메시지가 숨겨져 있을까요~~??'

딱히 그 메시지를 찾을 필요는 없지만.

엘리제가 간단히 찾아내 버렸다. 망설임 없이 집게손가락으로 버튼을 꾹 누른다.

'딩도——옹!' 하는 목소리를 배경으로 어째선지 그녀는 자신만만하게 뒤돌아본다.

"일단 다 눌러 볼래."

쿠퍼는 체념한 듯이 고개를 끄덕였다.

"그래야겠지요……."

다른 곳에서는 뮬이 주방의 주전자를 치우고 들뜬 목소리를 내고 있었다.

"앗! 왠지 선반 일부가 부자연스럽게 돌출되어 있는데요?"

메시지가 확실하다며 그녀는 의기양양하게 그 돌출부를 꽉 눌렀다.

'땡—!'

괘씸할 정도로 속을 뒤집는 억양이었다…….

'아쉽습니다~! 이건 꽝~이에요! 다시 말해 아무런 힌트도 없습니다~. 껄껄껄껄……!'

망연자실한 뮬은 포트를 내던지려다 말았다.

대신 손짓 몸짓과 함께 투덜거렸다.

"꽝을 만드는 의미가 있어?"

무척이나 공허한 질문에 다들 어깨를 축 떨구며 고개를 저을 수밖에 없었다.

그런 상당한 악전고투 끝에.

쿠퍼 일행이 가장 바라는 정보는 역시 운전석 부근에 있었다.

쿠퍼가 핸들 옆에 전혀 무의미한 레버가 삐죽 고개를 내밀고 있는 것을 발견한 것이다. 단단히 고정되어 있었던 그것은 안쪽 미묘한 각도로만 쓰러뜨릴 수 있었다.

쓰러뜨리자 철커덕, 하고 무언가가 작동하는 느낌이 들었다.

놀랍게도 운전석 일부가 갈라지고, 내부 기구가 노출되더니 어떤 파츠가 밑에서 올라오는 것이 아닌가.

그중 특히 눈길을 끄는 것이 있었다.

몇 겹의 톱니바퀴를 합쳐 구체 모양으로 만든 공예품 같다……고 표현해야 할까.

손바닥 크기만 한 공처럼 생겼다.

그러나 이 로드 크로노스 호에 결정적으로 중요한 부품임을 한눈에 알 수 있었다. 몇 개의 관이 연결된 모습이 마치 심장을 연상케 한다.

동시에 클로버 사장의 목소리가—— 이때만은 약간 진지하게 울렸다.

'당신이 지금 보고 있는 것. 그것은 《크로노스 기어》입니다.'

쿠퍼는 손을 뻗으려다가 도로 당겼다.

"크로노스 기어……."

계속되는 클로버 사장의 메시지는 쿠퍼의 직감을 확실히 뒷받침했다.

'제가 시간 도약의 간단한 이론 정도는 설명했다고 생각해요. 당신이 지금 과거의 세계에 있다고 하면, 시공의 통로——웜홀을 열고 있는 것은 미래 측의 영구기관입니다. 그럼 로드 크로노스 호의 의의란 무엇인가? 그것은 웜홀이라는 거친 파도를 넘는 《배》이고, 그 행선지를 가리키는 《나침반》이 바로 크로노스 기어인 셈입니다.'

그렇다는 말은. 쿠퍼가 턱에 손가락을 대고 있는 동안에도 사장의 목소리는 계속 울렸다.

'극단적으로 말해 충분한 강도만 있다면 로드 크로노스 호가 아닐지라도 웜홀로 돌입하는 것이 가능합니다. 다만! 크로노스 기어가 없으면 《배》는 어디를 향하면 좋을지 몰라 목적한 시대에 도착할 수 없습니다. 이 크로노스 기어만은 대체할 수 없으므로 절대로 잃어버리거나! 망가뜨리는 일이 없도록! 세심한 주의를 기울여 주세요!! 호호오!'

쿠퍼는 마른침을 꿀꺽 삼키고, 옆에서 듣고 있던 영애들의 표정도 굳는다.

쿠퍼는 잠시 망설인 후에 레버를 역순으로 조작해서 그 귀중

한 크로노스 기어라고 하는 물건을 원래 장소로 되돌렸다.

그렇게까지 치명적인 것이라면 자신이 직접 휴대하는 것이 옳을지도 모른다——. 하지만 지금은 시기상조. 자신들이 도달한 이 과거의 세계가 대체 어떤 장소인지, 현재는 완전히 미지수다. 우호적일지도 모르고, 배타적일지도 모른다. 다툼에 휘말릴 가능성도 다분하다. 크로노스 기어의 섬세한 부품이 한 조각이라도 손상된다면——.

등줄기가 오싹 떨린다.

자신들의 목적은 시간을 건너는 것, 단지 그것만이 아니다. 시간을 뛰어넘어 온 이곳, 이 과거의 세계에서 무슨 일이 일어나는가를 눈에 새긴 다음 돌아가야 한다. 원래의 시대로. 그동안 쿠퍼에게는 네 명의 아가씨를 지킬 책무가 있다.

그렇다. 안전조차 담보할 수 없는 이 고대의 세계에서.

지금부터 시작되는 역사, 이 땅에서 무슨 일이 일어나는가?! 프란돌의 권력자들이 굳게 입을 다물고 있는 그 비밀을, 이 눈으로 확인해야만 한다.

시공의 귀로를 여는 방법은 알았다.

이제 본격적으로 시간 여행의 목적을 위해서 행동을 시작할 때다.

쿠퍼는 네 아가씨를 채근해 선두 차량을 내렸다.

그리고 마지막으로 무시할 수 없는 것이 있다.

쿠퍼는 조용히 시선을 보냈다…….

특별한 점 없는 잔디 위에, 정장 치마 차림의 여성이 앉아 있다. 바로 조금 전 잔 크롬 클로버 사장이 숨을 거둔 그 장소다.

　그녀는 그 자리에서 조금도 움직이려고 하지 않았다.

　시저 체자리 비서……. 그 범죄 조직의 잔당이자 클로버 사장이 비호했던 여성. 당초에는 그들의 괴상한 대화 또한 연기일지도 모른다고 생각했었다. 그러나 클로버 사장은 인질로 잡힌 그녀를 몸을 던져 되찾으려고 했고, 시저 비서도 자기 대신 치명상을 입은 사장을 앞에 두고서 지금까지 그랬던 바가 없을 만큼 이성을 잃은 상태였다.

　그들의 친애는 진실이었던 것이다.

　아직 젊은 애송이에 불과한 쿠퍼가 가볍게 위로할 수 있을 턱이 없다.

　그러나 말을 걸어야만 했다.

　쿠퍼는 신중하게 잔디를 밟으며 그녀의 뒤로 걸어갔다…….

　"……시저 씨. 우리는 주변 상황을 확인하고 오겠습니다. 금방 돌아오겠지만——그동안 로드 크로노스 호를 맡겨도 되겠습니까?"

　뜻밖에도 대답은 바로 돌아왔다.

　가시 박힌 쇠구슬을 연상케 하는 음성이었지만.

　"마음대로 해."

　시저 비서는 멍하니 앉은 채 쿠퍼를 쳐다보지도 않았다.

　건조한 입술이 움직이는 것만 보인다.

　"나는 집 지키는 개처럼 가만히 여기서 기다리고 있을 테니까. 내 할 일은 그 정도밖에 없잖아. 그래도 시키는 일은 잘해 줄게. 당신들을 위해서. 왜냐면, 당신들을 무사히 돌려보내라는 게 사장님의 마지막 명령——."

목소리가 조금 침울해지더니 끊어졌다.

여전히 이쪽을 보지는 않는다.

입술이 나오고 엉뚱한 화풀이 같은 목소리가 묵직하게 날아왔다.

"빨리 가. 당신 얼굴, 보기도 싫어."

……전 범죄 조직원과 군인으로서, 입장상 적대했었기 때문일까.

단순히 감정적인 이유일지도 모르겠지만.

쿠퍼 역시 억지로 물고 늘어질 까닭도 없다. 딱히 개의치 않는 척을 하고 가볍게 발길을 돌렸다.

그래도 옆쪽에 나란히 선 영애들이 걱정스러운 얼굴로 쿠퍼를 올려다본다.

살라샤가 조심스럽게 말했다.

"쿠퍼 선생님이 잘못한 건……."

쿠퍼는 표정 간수에 애쓰느라 앞을 향한 채 고개만 끄덕였다.

"네. ——물론 아가씨들의 잘못도 아닙니다."

네 명과 한 명은 로드 크로노스 호를 등지고 나무들이 있는 곳으로 향했다.

나무가 많다. 거의 숲이다.

아득한 시간을 넘어 로드 크로노스 호가 도착한 곳은 울창하고 무성한 수목 밑이었다. 굵은 줄기가 벽을 이루고, 두꺼운 잎이 머리 위를 가리고 있다. 전망이 좋지 않아 주위의 상태를 확인하려면 걸어 나아가야만 했다.

이 장소가 어디인지, 어느 정도의 힌트는 있다.

쿠퍼는 시간 여행에 따르는 몇 가지 조건을 떠올렸다.

중요한 것은 《장소》와 《연월》――.

쿠퍼 일행은 지금보다 아득한 미래, 틴다리아 유적이라고 명명된 장소에서 웜홀로 돌입하고, 어느 정도 과거의 동일한 장소에 내려섰을 것이다.

그 증거로 식물에 파묻혀 있기는 하나 길에는 건조물의 흔적이 있었다.

잡동사니가 되어 지면에 흩어져 있고, 곳곳에 이끼가 끼어 있다. 하지만 명백히 인간이 생활한 흔적이다. 근처에 누군가가 살고 있을지도 모른다. 이 고대에 사는, 고대의 인간이――.

메리다가 당연한 의문을 흘렸다.

"여기는, 우리가 있었던 시대에서 얼마나 시간을 거슬러 올라간 곳일까요?"

질문에 대답할 수 있는 사람은 쿠퍼뿐이다.

"로드 크로노스 호의 눈금을 믿는다면 대강 5천 년 전――."

"5, 5천……."

너무나도 터무니없어 그 감각을 상상조차 할 수 없다.

그런데도 뮬은 이마를 누르며 이렇게 말했다.

"내가 대단한 잠꾸러기였구나."

뮬은 원래 이 고대 세계에 살았던 인간이다.

예전의 기억은 잃었지만, 이 시대에 대한 흥미는 남보다 배는 많으리라.

쿠퍼 역시 마음이 동하려고 한다——.

숲이 끝나고, 진행 방향이 밝아지기 시작했다.

그 앞에서 목격한 것에 모두 말을 잃고 걸음을 멈췄다.

영애들은 탄성이 나왔다.

"우와, 아…….."

밝다.

그리고 멀다. 넓다.

시야가 닿는 한계, 즉 지평선이라고 불리는 저편까지, 세계가 한눈에 들어온다.

초록 융단이 깔린 평원.

조금 높은 구릉.

푸른 하늘에는 하얀 새 떼가 가지런히 열을 짜고 날아간다.

이토록 개방적인 광경은 지금껏 본 적이 없다. 프란돌 주민들에게 있어 세계란 어둠에 모조리 덮여 있는 것. 작은 랜턴을 목숨처럼 들고 한 발 한 발 발밑을 확인하면서 용기를 북돋워 나아가는 것이…… 그것이 당연했다.

그런데 이곳은 어떤가.

지금, 쿠퍼와 소녀들에게는 랜턴은커녕 양초도 없다.

홀가분하고 자유롭다.

그리고 어디로든 갈 수 있다.

보이는 장소, 가고자 하는 장소에, 두려워할 것 없이 발을 내디딜 수 있다.

이것이 우리 인류가 돌아가야 하는 세계란 말인가…….

쿠퍼는 재빨리 정신을 차리고 영애들의 앞에 팔을 치켜들었다.

"조심하십시오. 앞은 벼랑입니다."

전방을 향해 몸이 기울어져 있었던 영애들은 흠칫 놀라 발밑을 내려다보았다.

정말이다……! 숲이 끊어지고 쿠퍼 일행의 발 앞은 높은 벼랑이었다. 눈 아래는, 바다……? 아니, 호수인가. 수면이 바람에 출렁이는 것이 보였다. 좌우를 둘러봐도 벼랑이 끝나는 지점이 보이지 않는다. 터무니없는 스케일의 대자연이다.

일단 숲을 빠져나온 것은 잘했지만, 쿠퍼는 판단을 내리지 못하고 뒤돌아본다.

"이곳은 육지의 외딴섬인 것 같네요."

배후는 울창한 나무.

거기서 쿠퍼의 뇌리에 문득 번쩍인 것이 있었다.

위를 올려다본다.

그곳에는 잔 크롬 클로버 사장이 갈망한 눈부시게 빛나는 하늘──.

그리고 그 중심에 장엄한 덩어리가 떠 있었다.

직시할 수 없을 정도로 눈부시다.

굳이 확인할 필요도 없으리라.

저것이 바로 5천 년 후의 미래에서는 잃어버린 《태양》임에 틀림없다.

그리고 쿠퍼가 알아챈 것은 다른 것이었다.

영애들도 제각기 하늘을 올려다보고 있다. 쿠퍼가 묻는다.

"아가씨들. 이 광경, 무언가가 생각나지 않습니까?"

"네?"

하고 메리다는 고개를 갸웃했으나 반면에 살라샤는 차분한 모습이었다.

이미 생각이 미치고 있었던 듯 엄숙하게 고개를 끄덕인다.

"저희가 다 함께 모험한 《검은 책》──그 책 속 세계의 숲이랑 탑, 그 꼭대기에서 반짝이던 빛의 광경이, 이곳과 똑 닮은 것 같아요."

쿠퍼도 연신 고개를 끄덕였다.

"《검은 책》은 아득한 옛날에 만들어진 것. 어쩌면 이 시대의, 우리가 보고 있는, 이 광경을 모델로 만들어진 게 아닐까요. 그렇다면 그 세계 속에 있는 《탑》의 모델도, 이 근처에──."

그때, 엘리제가 날카롭게 소리를 질렀다.

"있잖아. 다들, 저기 좀 봐!"

그녀는 대화에 끼지 않고 지긋이 하늘을 올려다보고 있었다.

눈가에 손을 올려 빛을 막고 눈을 가늘게 뜨면서 천상을 노려보고 있다.

쿠퍼는 타이르려고 했다.

"엘리제 님. 저 태양은 너무 눈 부십니다. 그렇게 계속 보지 않는 편이……."

"아니. 태양 너머, 그 건너편을 봐봐!"

건너편?

쿠퍼, 메리다, 살라샤에 뮬은 다시금 얼굴을 위로 향해 보았다.

듣고 보니, 프란돌에서는 '예전의 하늘에는 태양이 떠 있었다.'라고 배운다.

그렇다면 태양 너머, 더 나아간 그 앞에는, 대체 무엇이 있는 걸까……?

쿠퍼도 눈을 가늘게 뜨고 푸른 하늘 너머를 노려보았다.

그리고 말문이 막힌다.

――보였다.

공기로 희미해질 만큼 멀리, 있을 수 없는 것이, 그러나 확실하게 있었다.

메리다의 입술이 떨린다.

"말도 안 돼……."

살라샤가 몸서리를 친다.

"이럴 수가……."

뮬마저 받아들이지 못하겠다는 모습이다.

"꿈은, 아니겠지?"

꿈이 아니다.

그 증거로, 쿠퍼의 주먹은 아플 만큼 꽉 쥐여 있다.

인정할 수밖에 없다.

말할 수밖에 없다.

세계의 진실을――.

"저건…… 프란돌이야……!!"

하늘의 저편에 있는 것은.

《천장》에 매달린 《샹들리에》. 쿠퍼와 소녀들이 자라고 생활한, 친숙한 조명 형상 도시, 바로 그곳이었다.

† † †

쿠퍼 일행은 즉시 나무들 안쪽으로 되돌아갔다.

썩은 석판 같은 것을 발견하고 그것을 기대어 세운다.

거기에 뾰족한 돌로 그림을 새긴다. 칠판같이.

학생은 영애 네 명, 교사 역할은 물론 쿠퍼였다.

"요컨대 이런 것입니다."

으드득으드득. 석판에 큰 동그라미를 새겼다.

돌의 귀퉁이로 바깥 둘레를 덧그린다.

"클로버 사장은 생전에 이렇게 말씀하셨습니다. '우리 세계는 구체다' 라고. 옳은 말이기도 했지만 발상이 정반대였던 것입니다."

메리다가 앵무새처럼 중얼거린다.

"반대……."

쿠퍼는 고개를 끄덕이고, 돌 귀퉁이로 이번엔 동그라미의 안쪽을 덧그렸다.

"우리가 사는 세계는 둥근 모양의 《공동》입니다. 땅속을 상상해 주세요. 동그랗게 구멍이 뚫린 거죠. 그 안쪽 벽면을 바른 것처럼 대지가 펼쳐지고, 공동의 중심에 태양이 떠 있습니다."

이미 나뭇가지에 가려 안 보이지만 쿠퍼는 손에 든 돌로 상공을 가리켰다.

"저 태양 건너편에 희미하게 보이는 건 멀어질수록 굽어지고 뒤집힌 대지입니다. 저쪽에서도 하늘을 올려다보면 이쪽이 천장처럼 보이겠죠."

영애들은 깊이 한숨을 흘리고 있었다.

"뭔가 터무니없는 이야기예요……."

그렇게 중얼거린 살라샤에게 쿠퍼도 고개를 끄덕인다.

"우리는 정말로 세계의 진상에 다가갔습니다. 이 사실을 미래의 프란돌로 가지고 돌아가, 옳다는 것을 실증할 수 있다면——."

영애들은 마른침을 삼키며 숨을 멈춘다. 쿠퍼는 불끈 쥔 주먹을 치켜들었다.

마치 해적 선장으로 다시 태어난 것처럼 크게 웃는다.

"부와 명예가 이 손에!! 하핫!"

"서, 선생님?!"

"역시 선생님도 조금 동요하고 계셔……."

영애들로부터 걱정스러운 시선을 받고 쿠퍼는 가까스로 정신을 차린다.

안 된다, 안 돼. 역사적 쾌거를 눈앞에 두고 마음이 어디 먼 곳을 다녀오고 말았다…….

아무렴. 쿠퍼는 해적은커녕 탐험가도 아니다.

이 세계의 전체상이 밝혀진 것은 매우 흥미진진하지만 목적은 따로 있다.

　——이 공동의 세계에서.

　이후 무슨 일이 일어나는 것일까? 얼핏 보기에는 평화로운 공기가 가득 차 있는 것처럼 생각된다. 전란이 벌어진 듯한 기미도, 적어도 이 부근에는 없다.

　가혹한 미래 세계에서 왔기 때문에 그렇게 느끼는 것일까.

　이 고대 세계의 상식적인 감성을 알고 싶다.

　근처에 주민은 없는 걸까…….

　쿠퍼는 돌을 지면에 내던지고 영애들을 재촉했다.

　"다시 탐색을 계속하죠. 일단 인기척은 느껴집니다만……."

　한쪽은 벼랑. 로드 크로노스 호로 되돌아가도 별수 없다.

　따라서 쿠퍼 일행은 숲의 안쪽으로 더욱 깊이 발을 들이게 되었다.

　인기척이 느껴진다고 한 까닭은, 어딘가 사람의 손이 미친 듯한 흔적이 있어서다.

　이곳은 단순히 초록에 파묻힌 유적이 아니다.

　웜홀의 출입구는 시대를 사이에 둔 동일한 장소…….

　그러면 미래에서 프란돌 사람들이 《틴다리아 유적》이라고 부르는 건조물이 이 근처에 우뚝 솟아 있을 것이다.

　엘리제가 사박사박 풀을 밟으면서 무표정으로 농담을 했다.

　"있잖아, 미우, 길 좀 안내해 주지 않을래?"

　뮬은 새침한 얼굴로 대꾸한다.

　"미안하게 됐네. 실은 오늘 아침부터 기억상실 중이거든."

오늘 아침부터, 라고 해야 하나, 오랜 콜드 슬립에서 깬 그녀에게 과거의 기억은 남아 있지 않다…….

뮬은 갑자기 멈추어 서고 팔을 들었다.

"그 대신 건물을 발견했어. 누군가의 집일까?"

듣고 보니 보였다. 나무들 틈 사이로 돔 모양의 천장이 불쑥 나와 있다.

그러나 집은 아닌 것 같았다. 여하튼 벽에 덩굴이 기고, 천장 일부가 무너져 있다. 쇠퇴한 유적의 일각이라고 판단하는 편이 옳으리라.

그래도 뭔가 단서가 있을지도 모른다.

쿠퍼는 솔선하여 발걸음을 향했다.

"가 봅시다."

역시나 사람의 모습은 없다…….

특별히 경계할 필요도 없었다. 하지만 그 건물의 문을 통과했을 때 쿠퍼는 확신했다. 틀림없이 이 주위에 누군가가 살고 있다. 이곳은 인간 마을 부지 안이다.

증거로서 건물 안은 식물과 꽃이 만발해 있고, 여기저기 손질이 돼 있다.

여기는 정원일까…….

문화적으로 5천 년 후의 미래와 그리 큰 차이는 없는 것 같다.

하지만 눈을 의심할 만한 《차이》도 분명히 있었다.

메리다는 어리둥절 동그랗게 눈을 뜨고 머리 위를 올려다보고 있었다.

"보, 보세요, 선생님. 천장이……!"

다른 친구들도 뒤늦게 얼굴을 위로 향한다.

"어라? 천장이…….."

"없어졌어……?"

푸른 하늘이 막힘없이 펼쳐져 있는 것이 아닌가.

햇살이 눈부시게 정원의 꽃들 위로 쏟아지고 있었다.

여기는 실내가 아니었나……?

쿠퍼는 뒤돌아 자신이 지나온 문이 똑똑히 존재하고 있음을 확인한다.

우뚝 솟은 벽은——.

수목의 키를 넘은 부근에서 색채가 엷어지고, 천장으로 다가 갈수록 존재감이 희박해졌다. 그 때문에 쿠퍼 일행의 머리 위에 는 가로막는 것이 없는 하늘이 펼쳐져 있는 것처럼 보이는 것이 다.

쿠퍼는 속임수를 알아챘다.

"그렇군. 결국 천장이 없어진 게 아니라——."

영애들의 시선이 모이는 것을 기다리고서 마저 말한다.

"바깥쪽이 비쳐 보이는 겁니다. 건물 밖에서는 평범한 벽이나 돌로 보여도 실내에서는 이처럼 뻥 뚫린 하늘을 볼 수 있다, 재 밌는 아이디어군요."

아이디어 그 자체보다.

놀라운 건 그것을 실현하는 과학력 쪽이다. 대체 어떤 초기술 로 이 불가사의한 정원을 만들어 낸 걸까, 문외한인 쿠퍼로서는 상상조차 할 수 없다.

고대 세계라고 우습게 봐서는 안 될지도 모르겠군——.

쿠퍼는 만일을 위해 차고 온 허리의 검은 칼을 만진다.

고대의 주민을 상대로 이것을 휘두르는 일이 없으면 좋겠는데…….

여전히 사람의 모습은 보이지 않는다.

영애들도 긴장이 지나친 나머지 안절부절못하는 모양이다.

뮬이 여왕인 양 농담을 했다.

"저 멀리 미래에서 왔는데? 마중 하나 없는 걸까."

그런 소리를 하고 있었더니 정말로 왔다.

공교롭게도 인간은 아니었지만.

그래도 이 고대 세계에서 처음으로 본, 정상적인 생물임은 분명하다.

파란 아기 새였다.

높은 울음소리와 함께 열심히 날갯짓하고 있다. 좌우간 퍽 씩씩하게 보인다. 네 영애는 하늘을 올려다보고 어디선가 날아온 그 파란 그림자를 눈으로 좇는다.

작은 새는 망설임 없이 훨훨 내려왔다.

그리고 뮬에게 엉겨 붙는다.

"어?"

작은 새가 흑수정으로 이름 높은 머리카락을 쪼자 뮬은 얼빠진 소리를 질렀다.

"자, 잠깐, 뭐야? 뭐냐고?"

견디다 못해 머리를 좌우로 흔드는 뮬 라 모르. 그러나 조그만 파란 새는 아랑곳하지 않았다. 짹짹짹, 짹짹짹 하고 노래하듯 이 지저귀면서 뮬에게 달라붙는 모습이 어쩐지 장난을 치는 듯 하다.

뮬의 머리 주변을 한 바퀴 날고 최종적으로 작은 새는 그녀의 어깨에 멈췄다.

뮬은 연신 고개를 갸웃거리며 메리다나 쿠퍼의 얼굴을 쳐다보 았다.

새장의 막대가 된 그녀는 원통한 마음을 풀 길이 없었다.

"새가 참 뻔뻔하네."

그러나 솔직히 반갑다.

엘리제도 작은 새와 거울을 보듯이 마주하고 작은 고개를 갸 웃거렸다.

"그래도 왠지 기뻐 보이는데?"

메리다는 손가락을 내밀어 작은 새의 날개를 쿡 찔렀다. 그래 도 도망가지 않는다.

"얘, 미우의 친구일까?"

"난 이 시대에 방금 온 참이거든? 친구일 리가 없잖아. …… 친구 일, 리가?"

그렇게 물어봐도 당사자인 작은 새는 짹짹, 반대쪽으로 고개 를 갸웃거릴 뿐이다.

새에 이어서.

쿠퍼 일행이 있는 곳으로 다가오는 기척이 있었다.

구두 소리—— 이번엔 인간이다!

꽃들 사이를 달려 아무런 전조도 없이 굴러 나온 것은 한 소녀였다.

어리다. 아직 열 살도 되지 않을 것이다.

하얀색을 기조로 한 신성해 보이는 복장을 하고 있다.

쿠퍼도, 네 영애도 어리둥절했다.

이 낯선 고대 세계에서 유일하게 아는 사람이었기 때문이다.

"미우……?!"

메리다로부터 그렇게 불린 어린 소녀는 이쪽을 발견하고 작은 고개를 갸웃거렸다.

머리카락이 찰랑거리며 흑수정의 광채로 햇빛을 반사했다.

LESSON: II ～신을 모시는 여자들～

이 고대 세계에 오고 나서 처음으로 조우한 인간이 설마 빙고일 줄이야——.

하지만 그 감동을 유소년기의 그녀에게 전해도 혼란스럽게 만들 뿐이라고 생각해, 쿠퍼는 대신 옆에 있는 뮬 라 모르 양의 손을 잡았다.

뜨겁게 움켜쥔다.

"아아, 뮬 아가씨……. 당신을 만날 수 있어서 다행입니다."

뮬도 눈동자를 글썽이며 응한다.

"선생님도 참. 저도 당신을 연모하고 있답니다?"

그런 두 사람의 머리 위를 파란 새가 춤추며 마치 웨딩 송으로 축복하는 것처럼 지저귄다…….

메리다로서는 그러고 있을 상황이냐고 트집을 잡고 싶은 심정이었다.

그러나 맨 먼저 소리를 지른 것은 다른 인물이었으니.

당사자인 흑수정 머리카락의 소녀다. 유소년기의 뮬임을 증명하는 듯한 목소리로.

"안에디!"

라고 말했다.

본인 외 전원이 눈을 깜박거린다.

……작은 새의 이름인가? 아니면 잘못 들었나?

어느 쪽도 아니라는 사실은 금방 알 수 있었다. 흑수정빛 어린 아이는 숨 한 번 멈추지 않고 입을 움직였다.

"바르 뷔 베디야! 헤티디에 무르 움푸르!"

메리다, 엘리제, 살라샤 세 명은 마지막 자매에게 시선을 모았다.

"뭐, 뭐라고 하는 거야? 미우……."

"나, 나한테 물어봤자 소용없거든?"

당황하는 뮬 옆에서 쿠퍼도 식은땀을 흘리고 있었다.

이게 무슨 일인가……. 전혀 예상하지 못했다.

어린 흑수정의 말. 그것은 결코 의미 없는 발음의 나열은 아닐 것이다. 억양, 단어의 구분, 감정이 실린 혀 놀림.

틀림없이 《언어》다.

쿠퍼 일행은 이해할 수 없는…… 미지의 언어.

"난감하게 됐군요……."

이마를 누른 쿠퍼에게 영애들의 시선이 모인다.

"설마 이 고대의 세계에서 사용되는 언어는 5천 년 후의 프란돌과 다른 걸까요. 그렇다면 정보를 수집하기는커녕 현지 주민들과의 커뮤니케이션조차 뜻대로 할 수 없는데……."

"그, 그럴 수가……."

메리다와 친구들도 사태의 심각성을 이해한 모양이다.

그러는 사이에. 어린 흑수정 소녀가 행동을 일으켰다.

힘껏 손을 뻗어 파란 새를 붙잡으려고 한 것이다. 그러나 상대는 그런 소녀를 놀리듯이 손가락을 쑥 빠져나가, 높이 날아올라 버렸다.

어린 흑수정은 눈썹을 치켜세웠다.

"룬 바르 티야에!"

뿅뿅 뛰어오르며 여러 번 손을 뻗어도 결과는 똑같다.

오히려 작은 새 쪽은, 지금 소녀가 자신과 놀아주고 있다고 생각하는 것 같다. 삐삐, 맑은 소리로 지저귀며 상대와 붙지도 떨어지지도 않는 거리에서 마냥 춤춘다.

이윽고 어린 흑수정의 체력이 다 된 듯하다.

반면 작은 새는 만족한 모습이다.

소녀가 하아, 하아 어깨로 숨을 쉬고 있자 자기가 직접 가까이 간다. 부서질 정도로 가냘픈 어깨에 올라타 부리로 머리카락을 쫀다.

그리고 날아올랐다. 파란 깃털을 선물로 남기고 날갯짓한다.

무너진 천장의 한구석을 통해 자유롭게 날아가 버렸다…….

한껏 힘이 빠진 어린 흑수정은 잠시 후 좌우의 팔을 번쩍 올렸다.

"푸르 레스디야 바알!"

말의 의미는 몰라도 뜻은 대충 짐작된다.

살라샤는 "후훗." 하고 다소곳이 웃었다.

"둘은 친구로군요."

거기서 어린 흑수정은 다시금 이쪽을 휙 뒤돌아본다.

"바르 수 디오⋯⋯?"

마치 겁먹은 작은 동물 같아서 메리다는 두 손을 들었다.

"우, 우리, 무서운 사람 아니야. 안심해, 응?"

그렇게 주장해 봤자 상대의 경계는 풀어지지 않는다.

그것도 당연하다고 쿠퍼는 생각했다. 이쪽이 상대의 말을 이해하지 못하는 것과 마찬가지로 상대도 이쪽이 무슨 소리를 하고 있는지는 상상도 못 할 테니까⋯⋯.

어린 흑수정은 스스로를 지키듯이 가슴을 감싸고 뒷걸음질 친다.

여기서 놓칠 수는 없다! 말이 통하지 않는다 해도, 작은 단서라도 기필코 얻어내리라──과감하게 걸어나간 것은 뮬이었다.

과거의 자기 자신을 내려다보고 팔짱을 낀다.

"얘. 너, 혼자는 아니지? 이야기가 통할 만한 어른은 없니?"

어린 흑수정은 더욱더 움츠러든다.

"바위 바르 무우룬 푸르⋯⋯?"

보다 못했는지 살라샤도 앞으로 나가 친구를 막았다.

"안 돼, 미우. 자신이니까 좀 더 다정하게 대해야지."

뮬은 근지러운 듯이 입술을 구부린다.

"⋯⋯그래서 쉽지 않은 건데."

그 반대쪽 옆에서 메리다도 흥미진진 다가간다.

"조그만 미우⋯⋯. 꼬마 미우네! 저기, 머리 좀 쓰다듬어도 될까?"

쌀쌀하게 머리를 쓸어넘기는 뮬.

"본인에게 물어봐 줘."

거기서 엘리제가 자신만만하게 쓱 거리를 좁힌다.

"말이 통하지 않을 때는 보디랭귀지로……. 우리, 친—구."

두 손을 흔들어 보이지만 수상한 부족이 행하는 저주의 의식으로밖에 보이지 않는다.

……알아채고 있는 사람은 쿠퍼뿐인 걸까?

당사자인 어린 흑수정이 연상 네 명에게 둘러싸여 오들오들 떨고 있는 것을.

"아가씨들, 그래서는 이야기를 캐물을 수가—."

그렇게 쿠퍼가 타이르려고 했을 때였다.

어린 흑수정 본인이 반역을 일으켰다.

얼굴을 딱 들고, 날카롭게 왼다.

"《바에스 루티에》!"

뭐라고 한 것인지는 모른다.

그러나 말의 의미는 전혀 중요하지 않았다.

눈이 휘둥그레질 정도로—— 강한 바람이 느닷없이 불었기 때문이다. 그것도 아가씨들의 발밑에서. 실내에서 생길 리 없는, 상승 기류 같은 바람의 장난이 네 명의 치마를 홀렁!! 하고 힘껏 걷어 올렸다.

……전혀 예상 못한 현상에 모두 반응이 늦었다.

"흐어?"

긴 황금색 머리카락이 바람에 나부끼고서야 메리다는 자각한 걸까.

자신들의 치마가 망측해진 상태임을. 바로 뒤에 사랑하는 사람이 서 있음을. 그의 눈에 형형색색의 팬티와 엉덩이의 모양이 딱 새겨져 버린 것을—— 뒤늦게나마 깨닫고.

네 사람은 일제히 비명을 지른다.

""""꺄아아아아악?!""""

아직 부족하다는 듯이 부풀어 오르는 치마를 누른다.

고귀한 뺨을 새빨갛게 물들이고, 부르르 떨면서 뒤를 돌아본다.

"보……. 보보보보보……!"

반면 쿠퍼는 "호오." 하고 탄성을 내며 몸을 앞으로 내밀고 있었다.

"이거 매우 흥미롭군요."

"선생님?!"

"아, 아니, 그런 의미가 아니라——."

네 아가씨들의 수치심 넘치는 시선은 쿠퍼를 쩔쩔매게 하기에 충분하긴 했지만.

그는 어디까지나 신사적이고 진지한 눈빛을 하고 있다.

"지금의 현상은, 이 소녀가……?"

영애 네 명도 다시 뒤돌아보았다.

어린 흑수정은 여전히 반항적인 눈매로 우뚝 서 있다.

방금 조짐 없이 불어닥친 돌풍에 놀란 기색도 없다.

그녀의 어떤 부름이 방아쇠를 당겨, 있을 수 없는 자연 현상이 우리를 덮쳤다…….

살라샤는 꼼꼼하게 치맛자락을 아래로 잡아당기면서도 감탄한 것처럼 말했다.

"꼭 마법 같았어요……."

반면 뮬은 부루퉁하다.

"야! 선생님 앞에서…… 대체 무슨 짓이야!"

움츠러들지 않고 따지고 든다. 이번엔 어린 흑수정도 반격하지 않고 뒤돌아 도망친다.

참으로 보람 없는 술래잡기가 시작될 것 같다…….

이래서는 해결이 되지 않을 것 같아서 메리다도 뒤를 쫓으려고 했다.

바로 그때.

메리다의 어깨를 쿠퍼가 날카롭게 붙들었다.

교대로 앞으로 나와, 바람같이 달린다. 눈에 보이지도 않을 정도로 빠르다.

선생님?! 하고 부를 틈도 없었다.

붉은 광선——.

어디선가에서 날아온 광선이 뮬의 목 부분을 비췄다.

그녀도 눈부심을 느낀 것이리라. 멀뚱히 멈추어 선다.

"어?" 하고 중얼거리는 동시에 그 뒤를 쿠퍼가 따라잡고.

쿠퍼가 뮬을 끌어안으면서 넘어뜨린 직후에——.

열선이 허공을 갈랐다.

정확히 뮬의 목이 있었던 그 공간을 불태운다. 날아간 열선은 나무줄기에 꽂히고, 아무 저항도 없이 관통하여 지면을 꿰뚫었다.

붉은 열을 내며 녹는다.

지면이 걸쭉하게 원형을 잃었나 싶더니, 폭발했다.

갑작스러운 충격파에 메리다와 동료들은 얼굴을 감쌌다. 쿠퍼는 위를 보고 쓰러진 뮬을 자신의 몸으로 덮고 폭풍을 견딘다. 엄청난 파괴력……! 만약 정통으로 맞았다면 맨몸의 인간 따윈 잠시도 버티지 못했으리라.

발사의 예감부터 착탄까지 정말로 빛과 같았다. 피하기는커녕 눈으로 확인하는 것조차 일반인에게는 불가능한 수준. 지금의 공격은 뭐지? 란칸스로프의 능력과는 일선을 긋는 것이다.

그 열선을 보낸 장본인이, 곧바로 수풀 안에서 튀어나왔다.

네 발로 엎드려 달리는 거인——.

인간은 아니다. 인간의 형태를 본떴을 뿐인, 인형이다.

재질은 점토인가? 머리에는 붉은 외눈이 빛나고 있고, 또 매우 빠르게 움직이고 있다.

쿠퍼는 즉시 뮬을 일으켜 세우고 다른 동료들의 옆까지 물러나게 했다.

허리춤의 칼집을 꺼낸다.

"이 녀석은 대체……?!"

척 보기에도 손님을 환영하는 분위기는 아니다.

인형임에도 명확한 적의를 느낄 수 있었다. 쿠퍼의 모습을 인지하자마자 네 발에서 이족 보행으로 매끄럽게 이행한다. 기계로도 여겨지지 않는, 생물적인 동작——. 그 오른손에서 눈부시게 빛나는 무언가가 방출됐다.

푸르스름한 빛을 발하더니 딱딱한 실루엣을 형성한다.

무기였다.

대체 무슨 기술인지, 아무것도 없었던 손바닥에서 빛이 쭉 뻗더니 소름이 다 끼치는 음색과 함께 예리한 무기가 생겨난 것이다.

인형의 머리가 한 바퀴 회전하고 자신의 발밑을 내려다보았다.

어찌 된 일일까——.

거기에는 무구한 소녀가. 미처 도망치지 못한 어린 흑수정이 주저앉아 있었다.

인형의 외눈이 하얗게 발광하고, 거기에 빛이 모이는 것을 알 수 있었다.

또다시 그 무서운 열선을 발사할 셈이다.

어린 흑수정은 그저 입술을 떨고만 있다.

"……룬 테스야에디."

쿠퍼는 땅을 박찬다.

소녀와 인형 사이에 끼어들어 사격음이 울려 퍼지는 것과 동시에 발도.

격렬한 섬광이 튀었다. 쿠퍼는 마나를 있는 대로 검은 칼에 모조리 주입하고 발에도 힘을 주어 공격을 버틴다. 이대로 광선을 막아낼 수 있다고 확신한 직후에 구두 바닥이 미끄러졌고, 혀를 참과 동시에 칼의 축을 비켜 놓는다.

열선은 오른쪽 옆구리를 스치고 위력을 유지한 채 **빠져나갔**다. 후방에서 폭발음이 울린다. 쿠퍼는 곧장 왼손으로 어린 흑수정의 목덜미를 붙잡고 휙 던진다.

당사자는 눈을 희번덕거렸지만, 기대한 대로 메리다가 어리둥절한 아이를 꼬옥 받아 주었다.

그리고 염려스러운 목소리로.

"선생님!"

"걱정할 필요 없습니다, 아가씨."

오른쪽 옆구리를 만져 확인한다. 재킷과 셔츠가 그을린 정도다.

그러나 위화감은 사라지지 않는다.

막아낼 수 있다고 확신했다. 그런데 왜 무릎이 꺾여 버린 걸까…….

두 손바닥으로 칼자루를 쥔다.

무겁다……?

평소보다 이 애도가 무겁게 느껴지는 것 같다. 그럴 리가 없는데.

점토로 된 인형의 무기가 또 격렬하게 빛을 뿜어 쿠퍼는 응전하지 않을 수 없었다.

성인 키만큼이나 기다란 인형의 팔이 양껏 치켜 올라가고, 무섭게 내리쳐진다.

쿠퍼는 검은 칼을 수평으로 잡아 참섬(斬閃)으로 비집고 들어

갔다.

꿍음.

또다시 쿠퍼의 무릎이 무너졌다. 온몸의 관절이 삐걱거린다.

"크윽……?!"

적은 확실히 강력하다.

그러나 베테랑 마나 능력자인 자신이 밀릴 정도의 상대는 아니다.

쿠퍼는 지금에서야 겨우 깨달았다. 칼만 무거운 게 아니다. 손가락의 반응이 둔하고, 무릎에는 쐐기가 박힌 것 같다. 마나가 충분히 사지를 순환하지 않고 있다.

이런 사태는 경험한 적이 없었다. 대체 어떻게 된 일이란 말인가?!

점토 인형은 괴력을 사용해 억지로 무기를 밀어붙였다.

이대로라면 찌부러질 거라 판단한 쿠퍼는 스스로 무릎을 낮춘 다음 그대로 지면을 구른다. 바로 옆에 푸르스름한 칼끝이 꽂혔다.

그 도신에 닿은 끝에서부터 지면이 증발한다.

마나로 보호받지 않는 이상 인간 따윈 단박에 두 동강 날 것이다. 쿠퍼는 즉각 낙법을 치고 재킷을 더럽히면서 간격을 벌렸다.

검은 칼을 위협하듯이 내민다.

그 칼끝은 안정감 없이 흔들리고 있었다…….

이쯤 되자 소녀들도 확신한 것 같다.

"쿠퍼 선생님, 어딘가 부상을……?!"

"아뇨, 나서지 마십시오."

쿠퍼는 날카로운 곁눈질로 영애들을 막았다.

그녀들에게는 무기가 없다. 이 정체불명의 살육 인형과 맨몸으로 싸우게 하는 건 위험하다. 쿠퍼는 왼손으로 칼집을 꺼내고 검은 칼을 일단 매끄럽게 넣었다.

칼집에서 카랑카랑한 소리가 울린다.

한쪽 무릎을 서더니――.

"극치, 발도……!!"

푸른 불길이 치솟았다.

마나를 남김없이 왼쪽 허리의 칼집으로.

살짝 도신을 끄집어내자 지옥의 가마솥이 내비친 양 엄청난 압력이 발산된다.

점토 인형은 위협을 감지한 듯했다. 지면을 도려내면서 박찬다.

행운이었다.

사실 지금 쿠퍼의 몸은 상대와의 간격을 좁히는 것조차 버겁다.

그런데 적이 스스로 알아서 자신의 영역으로 파고들어 주고 있으니――!

인형은 또 채찍처럼 팔을 휘어 푸르스름한 무기를 치켜든다.

그러나 마나로 확장된 쿠퍼의 리치가 더 길다.

적의 참격이 덮치는 것보다 쿠퍼의 제1격이 나가는 것이 더 빠르다!

검은 칼이 포효했다.

"《전람휘야(戰嵐輝夜)》!!"

번개 같은 참격이 인형의 오른쪽 옆구리를 강타했다.

좌악 휘두르고, 칼을 되돌리며 한 번 더 벤다. 그리고 다시금 칼날을 뻗어도 발도한 기세는 떨어지지 않았다. 이 기술을 당한 자는 첫 번째 공격을 입은 단계에서 40퍼센트를 넘는 치명상을 뒤집어쓰는 것이 확정된다. 일곱 번째 공격에 이르러 인형이 번쩍 들었던 오른팔이 내려왔고, 여덟 번째 공격을 날리면서 그 팔을 함께 베어 버린다.

도중에 토막 난 인형의 팔이 무기를 움켜쥔 채 높이 날아갔다.

그것이 지면에 떨어지기 전에 결판을 지을 생각으로 쿠퍼는 적의 무방비한 몸통에 한층 더 검격을 때려 박지만, 예상대로 자신의 몸이 먼저 비명을 질렀다. 어째서?! 칼의 궤도가 무디어지고 도신이 인형의 흉부로부터 튕겨 나온다. 속도 또한 이미 처참하다.

초고속의 사무라이라는 이름이 아깝다!

쿠퍼는 스킬의 움직임을 강제로 중단하고 인형의 머리에 혼신의 일격을 쑤셔 넣었다.

마나를 수렴시킨 칼끝은 머리를 관통.

점토 인형은 이미 전신을 난도질당해 만신창이였다. 쿠퍼가 검은 칼을 뽑자 꼭두각시 인형을 조종하는 실이 끊어진 것처럼 벌렁 쓰러진다.

상당한 중량이 나가는 듯, 지면이 흔들리고 흙먼지가 부풀어 오른다.

쿠퍼는 2, 3보 뒷걸음질 치고 칼을 지면에 꽂으면서 무릎을 꿇었다.

참으로 볼품없는 승리……!

네 명의 영애도 목소리가 나오지 않는다.

문제의 어린 흑수정은 눈을 동그랗게 뜨고—— 무슨 생각을 하는 걸까.

제일 먼저 정신을 차린 건 메리다였다.

"서, 선생님, 괜찮으세요?"

메리다가 쿠퍼에게 급히 뛰어가려던 그때.

붉은 광선——.

그것도 한둘이 아니다. 사방팔방에서 쏟아지는 조준광이 쿠퍼와 네 영애의 머리부터 발끝까지를 꿰뚫었다. 메리다는 움찔, 발을 멈춘다.

이 무슨 악몽이란 말인가……. 주위의 수풀에서 차례로 기어나온 것은, 쿠퍼가 악전고투 끝에 간신히 파괴한 하나와 똑같이 생긴 점토 인형이었다.

차이가 있다면 무기다. 길쭉한 검 같은 모양을 한 것도 있고, 끝에 중량이 실린 창도 있고, 또는 도끼처럼 육중한 형상을 한 것도 있다.

전부 합쳐 여덟 마리.

쿠퍼 일행이 반역의 기색을 보이면 즉시 그 외눈으로부터 일제 사격이 이루어질 것이다——. 어린 흑수정은 살라샤에게 부둥켜안긴 채 와들와들 떨고 있다.

불행 중 다행이라고 한다면.

나타난 것은 점토 인형만이 아니었다는 사실이다.

뒤늦게 한 젊은 남성이 수풀에서 뛰쳐나왔다. 나이는 20대 중반 정도. 금색 머리카락. 소녀와 마찬가지로 하얀색을 기조로 한 신성한 복장을 하고 있다.

소년 같은 눈빛이었다. 무참한 모습을 드러내고 있는 점토 인형을 발견하고 머리카락을 벅벅 긁적인다.

"놀랍군……. 스티그마에게 습격당하고 있었던 게 자네들이 맞나?"

틀림없는 5천 년 후 프란돌의 공용어였다.

쿠퍼는 남몰래 가슴을 쓸어내리면서 검은 칼을 천천히 칼집으로 되돌렸다.

그리고 칼집에서 손을 떼고 두 손을 어깨높이까지 든다.

"네. 갑자기 공격받아서 부득이하게 격퇴했습니다. 저희에게 싸울 의도는 없습니다."

그러나 금발의 젊은이는 다른 것이 마음에 걸려 견딜 수 없는 듯하다.

눈을 반짝반짝 빛내며 쿠퍼를 보고 있다.

"그 검으로 해치운 건가? 깜짝 놀랐어! 이 세상에 스티그마를 쓰러뜨릴 수 있는 인간이 있다니. 어디에서 왔지? 옷 한번 희한하군. 그 무기도! 전부 다 희한해!"

스티그마란 이 점토 인형들을 말하는 것이리라.

지금도 쿠퍼 일행의 이마에 조준광을 대고 있는……

금발의 남자가 자기 혼자 워낙 흥분해서 대화를 나누기는 어려워 보인다.

다행이라고 해도 좋을지 모르겠지만, 그래도 속속 새로운 사람의 모습이 나타났고 쿠퍼 일행을 점차 에워쌌다. 마찬가지로 하얀 옷을 입었는데, 이 고대 세계에서의 일반적인 복장인가 보다.

그중 한 명, 기름진 흑발의 남성이 언짢다는 듯이 입술을 움직인다.

"······에드가. 물어봐야 할 것이 틀린 것 같은데?"

지당한 말씀.

금발 젊은이의 이름은 에드가인 모양이다. 또 다른 방향에서도 목소리가 나온다.

이번엔 여성이다. 신선한 밀감 같은 오렌지색 머리카락이다.

하지만 그녀는 그녀대로 흥분된 목소리를 내고 있었다.

"그렇고말고, 가장 먼저 물어봐야 할 것은── 연령이야. 그리고 신장, 체중, 시력에 청력. 한 마디로 내 전문 분야지. 좌우간 채혈부터 시켜 줘. 괜찮지?"

······괜찮지는 않다.

그러나 쿠퍼 일행이 굳이 말을 하지 않더라도 흑발 남성이 답답하다는 듯이 나무랐다.

"······그것도 아니야. 우리가 알고 싶은 것은, 말이다."

거기서 고압적인 목소리가 끼어들었다.

쩌렁쩌렁한 남성의 목소리다.

"네놈들이 누구고, 어디에서! 어떻게! 무엇을 목적으로 이 바르니바빌에 침입했는가 하는 것이다!!"

하얀 옷 중의 한 명으로, 은색 실과 같은 머리카락의 20대 젊은이다.

아름다운 용모였으나 쿠퍼를 노려보는 그 표정은 혐오로 일그러져 있었다.

"스티그마는 침입자를 제거하려고 한 것에 불과하겠지. 안 그래? 대답해 봐라, 침입자. 여기 이 현인이 '누구냐'고 묻고 있지 않느냐."

쿠퍼는 대답에 망설였다. 솔직하게 '미래에서 왔다'고 해도 신용할 리가 없다.

고대인들과는 최대한 우호적인 관계를 구축하고 싶건만…….

그때, 금발의 에드가 씨가 부드럽게 중재에 나서 주었다.

"워— 워— 오즈월드. 그렇게 고함칠 일은 아니잖아."

쿠퍼야 어쨌든 동행인 네 명은 애처로운 소녀들이다.

……실제로는 일기당천의 마나 능력자이지만 에드가 씨는 그 사실을 알 길이 없다.

그는 강아지처럼 웃었다.

"나한테는 저들이 도적으로는 안 보여."

금발과 은발인 그들은 나이도 비슷해 보이고, 친구 사이인 걸까?

오즈월드라고 불린 은발의 남자는 어이없어하며 코웃음을 쳤다.

"……그럼 네가 신원을 밝혀 봐."

에드가 씨는 바라던 바였다는 듯이 쿠퍼에게 돌아섰다.

"으—음, 어디 보자. 자네들, 어디에서 왔다고 했었지?"

"……프란돌에서."

쿠퍼는 그렇게 대답하는 수밖에 없었다.

순간 오즈월드 씨가 냉소를 날렸다.

"프란돌? 그 벽지의 서고 말인가. 거기 놈들은 단순한 기록원이잖아."

에드가 씨는 친구와 쿠퍼 사이에서 분주하게 시선을 왕복시키며 중간다리 역할을 한다.

"프란돌이라. 아마 그들은 신화 시대의 예언서를 발굴하는 중이었을 텐데……. 뭔가 수확이 있다는 말인가? 그 보고를 하러 왔어?"

쿠퍼가 대답하기 어려워하고 있자 에드가 씨는 거듭 질문을 했다.

"자네들은 대체 무엇을 하러 여기에?"

"……배우러."

쿠퍼는 최소한으로, 그러나 점차 열을 올리며 말했다.

"당신들에 관해, 배우러 왔습니다."

대답을 듣고 오즈월드 씨가 웃음을 터뜨리지 않을 리 없었다.

"배우러, 왔다?"

하얀 옷을 입은 동료들을 둘러보고 그들에게도 조소를 재촉한다.

"프란돌의 책벌레가, 많이 컸는걸!"

덩달아 웃는 자도 있었지만 에드가 씨는 진지하다.

몸짓 손짓으로 하얀 옷들을 제지하고 다시 쿠퍼 쪽을 향한다.

"그럼 하나 더 중요한 질문을 하마. ──대체 어떻게 온 거지?"

이 질문에만은 매끄럽게 대답할 수 있었다.

"차입니다."

"차?"

5천 년 전에도 《차》는 존재했었던 모양이다.

그러나 이 역시 예상 밖의 이유로 오즈월드 씨는 팔짱을 끼어 보였다.

"이상한 소릴 하는군. 바르니바빌은 소금 호수에 갇힌 외딴섬이다. 차를 타고 들어올 수 있을 리 없어."

쿠퍼는 그를 쳐다보고 즉각 대꾸해 주었다.

"우리에게는 가능합니다. ──당신들이 모르는 기술로."

오즈월드 씨의 미모가 보기에도 추악하게 일그러졌다.

냉랭해진 분위기에, 에드가 씨도 끼어들 수 없게 된 눈치다.

하지만 여기서 분위기를 개의치 않는 손뼉 소리가 끼어들었다.

아까 그 오렌지색 머리칼의 여성이다.

"슬슬 말 좀 해도 될까? 나도 궁금해서 견딜 수 없는 게 있단 말이야."

집게손가락을 척, 거침없이 이쪽을 가리켜 온다.

이쪽이라고 해야 하나, 구체적으로는 네 영애 쪽을.

보다 엄밀히 말한다면──.

뮬 라 모르 양의 얼굴을.

"거기 여자애는 틴다리아의 백성 아나?"

틴다리아의 백성──.

또다시 쿠퍼 일행을 혼란케 만드는 단어가 튀어나왔다. 아무것도 대답할 수 없는 일행에게 하얀 옷들은 시선을 집중한다. 오렌지색 머리칼의 여성은 미세하게 집게손가락을 흔들었다. 뮬의 얼굴과 그 옆에 있는 살라샤의 팔 안을, 교대로 가리킨다.

살라샤는 여전히 어린 흑수정 소녀를 감싸듯이 끌어안고 있었다.

에드가 씨는 새삼스럽게 눈을 동그랗게 뜬다.

"정말이네! 너희 둘, 완전히 빼다 박았잖아!"

동일 인물이니까 당연한 거지만…….

이 고대의 세계에서 어린 시절의 뮬은 《틴다리아의 백성》이라고 불리는 입장이었던 모양이다.

에드가 씨는 흥분한 기미로 지껄였다.

"생존자가 더 있었을 줄이야! 너도 틴다리아지! 맞지?"

정신없는 상황임에도 떳떳하게 돌변하는 것이 뮬 양이다.

"응, 맞아."

쿠퍼는 은근한 두통을 느끼기 시작했다…….

그런데, 무슨 까닭인지 에드가 씨와 죽 늘어선 하얀 옷들이 깜짝 놀라 눈을 부릅떴다.

에드가 씨는 머리카락을 쥐어뜯는다.

"……또 엄청 놀랐어. 너는 우리 말을 할 줄 아는구나."

듣고 보니 어린 흑수정 쪽은 미지의 언어밖에 하지 않았다.

아무래도 그것이, 틴다리아의 백성이 틴다리아의 백성인 이유인가 보다.

오즈월드 씨의 눈도 휘둥그레져 있긴 했지만 이내 고압적인 자세로 다시 팔짱을 낀다.

"점점 더 불가사의한 패거리야. 어이, 틴다리아. 네놈은 누구냐."

프라이드의 높이로 말하면 뮬도 밀리지 않는다.

될 대로 되라는 식으로 걸어 나와 쿠퍼의 한쪽 팔을 끌어안았다.

그리고 당당하게 공언한다.

"이 사람의 아내야."

공기가 굳어졌다.

하얀 옷들의 기이한 시선이 꽂힌다…….

뮬은 조심스럽게 덧붙였다.

"……미래의 아내."

에드가 씨는 동료들과 얼굴을 맞대고 의논을 시작했다.

"그러니까, 틴다리아의 백성이 프란돌로 시집을 갔다는 말인가?"

오즈월드 씨는 코웃음을 친다.

"난 그런 이야기는 파악하지 못했어."

오렌지색 머리칼의 여성이 쌀쌀맞게 말했다.

"그럼 우리가 《보호》하기 전의 얘기 아냐?"

거기서 오즈월드 씨가 입을 다물어서 아무도 의견을 낼 수 없게 되고 말았다.

애매하고 거북한 침묵이 가득 찼다…….

바로 그때.

마치 신의 계시같이 맑은 목소리가 어디선가 들려왔다.

"수이 수 와스티."

하얀 옷들이 일제히 뒤돌아본다.

쿠퍼도 얼굴을 든다. 그리고 너무나 눈부셔서 눈을 가늘게 뜬다.

또 다른 여성이 나타나 있었다. 지면에 질질 끌릴 정도로 긴, 백금색 머리카락. 평소에도 미인에 둘러싸여 사는 쿠퍼조차 저도 모르게 숨을 죽이게 될 정도로 존재감이 엄청나다.

나이는 마흔을 넘은 듯싶었지만 그야말로 만인을 매료하는 아름다움을 과시하고 있다.

하얀 무리 중의 누군가가 경외하듯이 말했다.

"금색 부인……."

아무래도 이름이 아니라 《색》으로 불리고 있는 모양이다.

그 또한 틴다리아의 백성의 특징인 걸까.

그 금색 부인도 노래하듯이 읊조리는 것은 낯선 언어였다.

"푸르 푸디야 미그룬 프티디에푸우."

뮬을 향해 모든 것을 꿰뚫어 보는 듯한 눈길을 보낸다.

당사자인 그녀뿐 아니라 세 친구 그리고 어린 흑수정도 긴장으로 표정이 굳는다.

"요오디르야 움푸르."

하얀 무리 모두가 멍하니 있었지만 오즈월드 씨는 달랐다.

금색 부인을 직시하지도 않고, 짜증을 섞으며 말한다.

"……뭐라고 하는 거야? 어이, 신탁인!"

부인 곁에는 두꺼운 책을 손에 든 여성이 따르고 있었다.

두건과 얇은 베일로 눈가를 가리고 있다. 수행원인 것 같다.

차분하기 그지없는 부인을 대신해 수행원인 그녀는 분주하게 책을 폈다.

"음— 으으음……. 너희의 말이 맞다! 너희가 말한 대로다, 라고."

페이지를 오가며 부인의 말의 의미를 해독하고 있는 모양이다.

"전에, 이전, 음— 보냈다. 검은 보석 하나를. 우정에 따라."

수행원은 책을 덮고 소리높이 단언했다.

"우정을 위해서!"

메리다 외 영애들은 슬쩍 얼굴을 마주 보았다.

요컨대, 금색 부인은 거짓 증언을 해서 자신들의 주장을 뒷받침한 것이다. 하얀 옷들의 착각을. 뮬은 틴다리아의 백성과 프란돌과의 가교이고, 따라서 쿠퍼 일행은 결백하다——라는 것을.

왜 편을 들어 주는 걸까? 하지만 그녀를 의지하는 수밖에 없다.

오즈월드 씨는 재미없다는 듯이 코웃음을 치고 있었다.

"……여기에 있는 현인만으로 채결하겠다. 이 프란돌의 주민들을 손님으로 받아들여야 한다고 생각하는 사람은?"

제일 먼저 손을 들어 준 것은 순진한 에드가 씨다.

이어서 마이 페이스인 오렌지색 머리칼의 여성.

또 기름진 흑발의 남성――.

세 명뿐이었다.

이 자리에는 열 명을 넘는 하얀 복장의 사람들이 있었으나 손을 들어 준 것은 세 명뿐…… 천하의 쿠퍼도 등에 식은땀을 흘린다.

그런데, 거기서 매우 불쾌한 얼굴이 된 것은 오즈월드 씨였다.

"그럼 이 자들을 죄인으로 투옥해야 한다고 생각하는 사람."

말하고 자기가 손을 든다.

그리고 또 다른 하얀 복장 한 명이 손을 들었다.

다른 자들은 흘러가는 상황을 지켜보고 있을 뿐…….

아무래도 이 자리에서 결정권을 가진 것은 그들 다섯 명뿐인 모양이다. 쿠퍼는 속으로 깊이, 깊이 안도하고 있었다. 절대로 오즈월드 씨가 중얼거리는 것을 비아냥거려서는 안 된다.

"이 자리에 잉구아 일행이 있었다면――."

에드가 씨가 쾌활하게 손뼉을 쳐 분위기를 누그러뜨리려고 했다.

"그러면 이야기는 정리됐지?"

쿠퍼 일행을 손님으로 맞이하는 것이 결정된 이상 주도권을 쥐는 것은 그다.

에드가 씨는 사근사근한 미소로 악수를 청해 온다.

"나는 십 인의 현인 중 한 명, 에드가야. 바르니바빌에 온 걸 환영해."

쿠퍼는 등에 땀이 밴 것을 의식하면서 그의 손을 쥔다.

"쿠퍼라고 합니다."

"갑작스럽겠지만——."

에드가 씨는 그 단정한 얼굴에 감정을 풍부하게 실으며 말했다.

"자네들이 타고 온 차라는 것을 보여 줄 수 있을까? 바르니바빌은 외부에서의 출입을 엄격히 제한하고 있어서 말이지. 만약 우리가 모르는 기술로 오는 방법이 있다면 그건 파악해 놓아야 해."

쿠퍼는 그의 손을 놓고 정원 한쪽으로 팔을 펼쳤다.

"이쪽입니다."

그리하여 쿠퍼 일행은 에드가 씨와 아직 의심스러운 눈빛을 보내오는 오즈월드 씨, 거기에 스티그마라는 병기 인형을 거느리고 숲길을 되돌아가게 됐는데…… 공작 가문 영애들은 영 불안한 표정이다.

옆을 걷는 메리다가 쿠퍼에게 바싹 붙으면서 귓속말을 걸었다.

"선생님. 로드 크로노스 호를 보여 줄 생각인가요?"

"어차피 당분간 이곳에 체류해야만 하는 이상, 숨겨 둘 수는 없습니다."

이 땅, 바르니바빌이라고 하는 곳은 에드가 씨 일행의 소유지이고, 아무래도 일종의 성역 같은 환경인 듯하다. 4량 편성의 강철 상자가 발견되는 것은 시간문제이리라.

메리다는 몰래 후방을 살피고 나서 한층 세게 쿠퍼의 팔을 안는다.

"……저들이 납득해 줄까요?"

"저는 사실을 말하고 있으니까요."

쿠퍼에게는 자신이 있었다.

"이전, 클로버 사장이 말씀하셨던 것을 기억하고 계시나요? 로드 크로노스 호는 시공간——《시간》과 《공간》의 도약 장치입니다. 저희는 안전을 생각해 웜홀의 입구와 출구를 시간을 사이에 둔 같은 지점으로 설정했지만, 당연히 멀리 떨어진 장소를 출구로 삼는 일도 불가능은 아닙니다."

이쪽에서도 메리다의 팔을 끌어당기고 목소리에 힘을 준다.

"로드 크로노스 호에는 틀림없이 저들이 모르는 기술이 사용됐을 겁니다. 분명 그걸로 납득해 주겠지요."

엘리제, 뮬, 살라샤 세 명은 긴장한 표정으로 말수도 적었다.

살라샤 곁에는 5천 년 전의 뮬인 어린 흑수정이 매달려 있다.

되돌아갈 타이밍을 완전히 잃어버린 걸까…….

수수께끼로 가득한 틴다리아의 백성. 그 일원인, 금색 부인이라 불렸던 여성도 집단의 후방을 따르고 있었다. 그녀의 한마디로 상황이 호전된 것은 틀림없다. 의사소통 하나 뜻대로 할 수없지만 나중에 사례를 할 기회는 올 것인지.

숲이 트이기 시작했다.

에드가 외 하얀 무리는 깜짝 놀라 숨을 삼켰다.

그도 당연하다. 트인 빈터의 지면이 참혹하게 불에 타 눌어 있었기 때문이다.

로드 크로노스 호가 웜홀에서 탈출한 여파로 인한 결과다…….

그 참상의 중심에 차가 있었다.

덩그러니.

한 대의 차만이 놓여 있다——.

쿠퍼는 온몸에서 핏기가 가시는 것을 느꼈다. 오즈월드 씨가 코웃음을 치고 있다.

"저건가? 평범한데. 도저히 바르니바빌을 앞지를 기술이 탑재되었을 것 같진 않군."

영애들에게도 그의 목소리는 들리지 않았다.

출발지점에 돌아와 보니 남아 있는 차량은 한 대뿐——.

이럴 수는 없다!! 로드 크로노스 호는 4량 편성이었다. 연결된 4대의 차로 쿠퍼 일행은 고대 세계에 왔다. 나머지 3대는 어디로 사라졌지?

쿠퍼는 저도 모르게 뛰기 시작하고 있었다.

"시저 씨!"

예상한 바지만, 역시나 대답은 없었다.

시저 체자리 비서도 이곳에서 홀연히 사라져 있었다. 유일하게 남아 있는 것은 선두의 기관차. 쿠퍼는 구를 뻔하면서도 차 안으로 뛰어들고, 매우 좋지 않은 예감에 등줄기가 얼어붙은 채 운전석을 확인한다.

……신이시여! 이 무슨 시련이란 말인가.

운전석 일부가 갈라져 있었다. 내부의 기구가 노출되어 있다. 거기에는 관 몇 개가 늘어져 있었다. 마치 심장을 뽑힌 혈관처럼.

클로버 사장의 엄숙한 유언이 뇌리에 되살아난다.

'이 크로노스 기어만은 대체할 수 없으므로 절대로 잃어버리거나! 망가뜨리는 일이 없도록……'

그에게 뭐라 사죄하면 좋을까.

사라진 것은 3대의 차량만이 아니었다.

시간 도항의 핵심! 크로노스 기어까지 가지고 가 버렸다……!

쿠퍼는 온몸의 톱니바퀴가 녹슨 것처럼 그 자리에서 움직일 수 없게 되어 버렸다.

배후에서 발소리가 난다.

에드가 씨가 이어서 차에 올라탄 것이다.

"이야, 아주 희한하게 생겨 먹었군. 이것도 프란돌에서 설계된 건가?"

……뭐라고 대답해야 하는 걸까.

애당초 대답하는 데 의미는 있는 걸까.

에드가 씨 쪽도 아무래도 쿠퍼의 상태가 이상함을 눈치챈 것 같다.

"……무슨 일이 있었나?"

쿠퍼가 어떻게든 입술을 움직이려고 했을 때다.

차 밖에서 여봐란듯이 떠들썩한 웃음소리가 났다. 득의만면한 오즈월드 씨다.

"보시게, 제군. 지금 필사적으로 '뭔가 예상 밖의 일이 일어났다' 고 연출하고 있는 광경을!"

쿠퍼도, 소녀들에게도 반론할 방도가 없다.

오즈월드 씨는 고압적으로 팔짱을 끼고 창 너머로 내뱉었다.

"그럼, 자네. 아무거나 하나라도 좋으니까. 그 차로 우리가 놀랄 만한 기술을 보여 봐라."

무리다. 시간 도약 기능을 상실했다면 로드 크로노스 호는 그냥 연료를 태워 전진하는 게 전부인 차다. 그것 자체는 이 시대에서도 희귀하지 않을 것이다.

취할 방법이 없었다. 쿠퍼는 하릴없이 조종간에 손을 댔다, 뗀다.

에드가 씨도 뭐라 할 말을 찾지 못하는 모습이다.

그럼 그── 영향력이 있어 보이는 금색 부인은?

……의지해서 어떡하겠다는 거냐. 그녀도 입을 다물고 조용히 흘러가는 상황을 지켜보고 있을 뿐이다.

오즈월드 씨는 팔짱을 풀었다.

"그만 됐다."

따분하다는 듯이 그러고 턱을 치켜든다.

"스티그마, 이 차를 압수해라. 손님들도 피곤하지? 느긋하게 푹 쉬지그래."

내뱉는 것처럼.

"감옥에서 말이야."

쿠퍼는 그때, 드물게 남을 저주했다.

시저 비서를. 그리고 자기 자신의 부주의함을.

스 티 그 마
분류 : 신화 시대의 병기

HP	1500		MP			
			방어력	300	민첩력	250
공격력	300					
공격지원	—		방어지원	—		
사념압력	??%					

※이 시대에는 측정 방법이 없으므로 스테이터스는 쿠퍼의 눈대중이다.

CLASSICS.01 5천 년 전의 프란돌

5천 년 전의 조명 형상 도시 《프란돌》은 거대 서고 비블리아 고트를 중심으로 한 땅이었던 것 같다. 수많은 장서를 찾아 이름난 지식인이 정착하고 있었으나, 다른 이름으로 《은둔자의 서가》라고도 불리는 등 주민은 바깥 세계의 사건에 전혀 관심을 보이지 않았다고 한다.

그런 비블리아 고트에는 지식인들이 바깥 세계에서 가지고 온 보물이 난잡하게 굴러다니고 있어서 그 가치를 아는 내방자를 놀라게 만드는 일도 자주 있었다. 그러나 당사자인 주민들의 주장에 따르면 진실로 귀중한 것은 실물이 아니라 지식이라고 한다.

LESSON : Ⅲ ~종언의 별이 질 때까지~

　에드가 씨 일행이 말하는 《바르니바빌》이란 탑 하나와 그 들판에 펼쳐진 도시, 그것들의 토대가 되는 외딴섬의 총칭인 모양이다.

　탑이란 말할 것도 없이 쿠퍼가 있던 세계에서 틴다리아의 유적이라고 명명한 건조물이다. 5천 년 후의 미래에서는 이미 원형을 잃은 상태였다. 이 고대에서는 아직 사람이 정착하고 있는 모양이지만, 그래도 세부적으로는 썩어 문드러져 있다. 아무래도 그 역사는 5천 년 정도가 아니라 훨씬── 아득한 태고의 시대부터 시작된 듯하다.

　탑에는 에드가 씨 일행처럼 하얀 옷을 입은 사람들이 모여 무언가에 몰두한 모습이 보였다.

　그렇다면 저 아래의 도시는 하얀 무리의 생활을 위해서 운영되고 있는 것이리라.

　……무엇 때문에?

　쿠퍼에게는 알고 싶은 것, 알아야만 하는 것이 산적해 있었다.

　그러나 지금은 우선 자신의 신변을 어떻게든 해야 한다.

　그곳, 즉 쿠퍼 일행이 갇혀 있는 곳은 탑 중턱의 성가퀴였다.

벽에 길쭉하게 나 있는 틈을 이용해 병사가 활을 내밀어 아래쪽의 적을 쏘기 위한 장소다. 오즈월드 씨는 '감옥'이라고 했지만 애초에 그러한 설비는 이 바르니바빌이라는 탑에는 존재하지 않을지도 모른다.

벽은 일행이 마음만 먹으면 손쉽게 때려 부술 수 있을 것이다.

그러나 지금 그런 짓을 해서 무슨 의미가 있겠는가…….

같은 방에는 메리다에 엘리제, 살라샤 그리고 뮬이 쿠퍼와 함께 수용되어 있었다. 그리 오랫동안 이 성가퀴에 감금해 둘 생각도 없는 것이다.

분명 지금쯤, 탑의 권력자들이 쿠퍼 일행의 처우를 의논하고 있음이 분명하다.

이쪽에서 거칠게 나간다고 해도, 그 결론을 기다리고 나서다.

방에는 자물쇠가 채워져 있을 뿐이라 대화도 행동도 자유롭다.

살라샤가 불안을 말했다.

"결국 우리는 이 시대에 버려지고 말았다……는 것일까요?"

쿠퍼는 팔짱을 끼고 단호히 고개를 좌우로 젓는다.

"그렇지는 않을 겁니다. 시저 씨도, 크로노스 기어도 아직 이 시대 어딘가에 존재합니다——."

자신을 의지하는 영애들의 시선이 느껴진다. 쿠퍼는 집게손가락을 세웠다.

"만약 저희를 내버릴 셈이라면 굳이 기관차에서 크로노스 기어를 뜯어낼 필요가 없어요. 그대로 타임머신을 기동해 웜홀로 되돌아가면 됐을 겁니다. 하지만 시저 씨는 그러지 않고 크로노스 기어를 챙겨 숨었어요."

확신을 가지고 몇 번이나 고개를 끄덕였다.

"그녀는 이 고대의 세계에 뭔가 목적이 있는 거겠죠."

메리다는 눈을 내리깔고 그 말을 되새겼다.

"목적⋯⋯."

아름다운 주인이 무슨 생각을 하는지, 쿠퍼는 알 수 있다.

그래서 그는 굳이 목소리에 힘을 주었다.

"그리고 저희는 어떻게든지 그것을 막아야 합니다."

또다시 영애들이, 이번엔 약간 놀란 것처럼 시선을 보내 왔다.

쿠퍼는 엄숙한 태도로 한 명 한 명에게 고개를 끄덕여 준다.

"우리 미래의 인간이 역사에 손을 대는 행동은 반드시 피해야 합니다."

메리다는 눈을 깜박거렸다.

"전에 말씀하셨던 시간 여행자의 매너이기 때문인가요?"

"네. 보다 구체적으로 말씀드리면――."

이런 상황이다. 쉬운 단어를 고를 때는 아닐 것이다.

쿠퍼는 담담하게 그리고 간략하게 말했다.

"역사적 모순, 타임 패러독스를 막기 위해섭니다."

영애들을 얼굴을 마주 보았다.

들은 적이 없는 단어임이 당연했다. 쿠퍼 역시 야계에서 이동 중에 클로버 사장의 설명으로 배운 개념이다.

쿠퍼는 가정교사 모드가 되어, 허리를 펴고 설명하기 시작했다.

"저희는 클로버 사장의 관을 미래로 가지고 돌아가는 행동조 차 해서는 안 됩니다. 미래의 사실과 같이 이 시대에서 매장해 야 합니다. 왜냐면 그렇게 하지 않았을 경우, 만나야 하는 사람 들이 만나지 못하게 될지도 모르니까요. 본래는 일어나지 않을 일이 일어나 버릴 수 있기 때문에……."

영애들은 얼른 이해가 안 된 모습이다. 쿠퍼는 다시금 알기 쉽 게 가르친다.

"만약 이 시대에 클로버 사장의 무덤이 세워지지 않으면 그 장 소에는 다른 누군가가 잠들고 그분의 무덤이 생기겠죠. 그러면 가까운 사람이 성묘하러 오게 됩니다. 어쩌면 그 도중에 이성과 운명의 만남이 있을지도 몰라요. 또는 마차에 치여 사고를 당해 버릴지도 모르고요……."

상상하는 것도 우울해져서 쿠퍼는 고개를 흔든다.

"그런 《원래는 있을 수 없었던 변화》가 5천 년이나 쌓이게 되 면, 미래의 프란돌에는 태어나야 했던 사람이, 태어나지 않게 될지도 모릅니다."

영애들의 얼굴을 한 바퀴 둘러본다.

"그게 저희일지도 모르는 겁니다."

"아……."

"더구나 공교롭게도."

강의는 계속된다.

설령 쿠퍼 본인이 아찔해질지라도.

"만약 저희의 존재가 역사에서 사라진 경우, 더더욱 골치 아픈 일이 벌어집니다. 저희가 없으면 이렇게 5천 년 전의 과거로 건너오는 자도 없습니다. 그러면 역사를 바꿀 사람도 없어집니다. 역사가 바뀌지 않으니까 저희는 역사 그대로 태어납니다. 미래에서 위기에 빠진 저희는 시간 여행을 계획하고, 그렇게 과거로 날아간 곳에서 역사를 바꾸고⋯⋯."

말하고 있는 쿠퍼마저 현기증이 날 것 같다.

메리다나 살랴샤 등은 머리를 싸매고 있었다.

"뭐, 뭔가 엉키기 시작했네요⋯⋯??"

"맞습니다. 그리고 엉키는 것은 이 세계도 마찬가지입니다."

쿠퍼는 눈을 감고 클로버 사장과의 대화를 되새겨 보았다.

"결코 출구가 없는 패러독스를 안은 이 세계가 어떻게 되어 버릴 것인가⋯⋯. 그건 너무나도 장대해서, 클로버 사장도 이해의 범주를 넘은 것 같았습니다. 다만 그가 말하기를, 최악의 경우 이 세계에서 《시간》이라는 개념 그 자체가 사라지지 않겠냐고 했습니다."

이 말에 공포를 느끼는 것조차, 영애들의 이해도로는 곤란한 모습이다.

⋯⋯아무쪼록 단순한 공상이기를 기도하면서 쿠퍼는 계속한다.

"어제도, 내일도, 과거도 미래도. 지금 이 현재라는 개념조차 이 세상에서 사라진다. 그것이 어떠한 세계인지, 저는 전혀 상상하지 못하겠습니다."

영애들은 무겁게 침묵했다.

……쿠퍼 자신은 다소 지나치게 심각해진 걸지도 모른다.

그래서 엘리제가 평소의 마이 페이스로 입을 열어 준 것이 구원이었다.

"요컨대."

하고 운을 뗀 그녀에게 친구들의 시선이 모인다.

엘리제는 집게손가락을 지휘봉같이 흔들었다.

"좌우간 시저 씨를 붙잡으면 된다――는 얘기지?"

쿠퍼는 저도 모르게 입술이 풀렸다.

핵심은 바로 그것이다.

그녀가 챙겨 간 크로노스 기어가 없는 한, 일행은 원래의 시대로 돌아가는 것조차 뜻대로 할 수 없다――.

이어서 뮬이 본심인지 농담인지 두 손바닥을 맞추며 말했다.

"뭐, 원래 있었던 시대로 돌아갈 수 없게 되더라도 그건 그거대로 괜찮지 않나? 다 함께 어디로든 여행을 가고, 마음에 든 곳에 살고, 행복한 가정을 이루면 그만이잖아."

덩달아 웃어야 하는 건지, 아니면 타일러야 하는 건지, 몹시 판단하기 곤란해진 쿠퍼였다…….

누군가 문을 노크했다.

열쇠가 풀리고 문을 연 것은 하얀 복장의 여성이었다.

그 얼굴은 기억하고 있다. 아까 첫 만남의 자리에도 있었던 오렌지색 머리칼의 여성이다. 에드가 씨와 함께 쿠퍼 일행을 신용하는 측에 손을 들어 준 한 명이다.

여전히 시원시원한 태도로.

"기다렸지. 회의의 결론이 나왔어."

문을 활짝 열면서 마저 말한다.

"당신들에 대해서는 《보류》하게 됐어."

"보류, 입니까?"

"압수한 차를 조사했더니 명백히 바르니바빌에서는 미지인 기술이 사용된 점이 보여서 말이지. 형세가 바뀌었어. 그중에서도 하이라이트는 탱크에 들어 있었던 연료야."

여성은 눈썹을 찡그린다.

"그런 반응을 일으키는 액체는 본 적이 없어. 그거, 뭐야?"

쿠퍼는 대수롭지 않다는 식으로 대답했다.

"넥타르입니다."

"넥타르? 흐으음……."

이 고대에는 존재하지 않는 물질이다. 이해하지 못하는 것도 당연하리라.

여성은 고개를 흔들고 이야기를 되돌린다.

"프란돌에도 확인을 취해 봤는데…… 그들은 바깥 세계의 일은커녕 동료들에게조차 도통 관심이 없어서 말이지. 당신들에 관해 '뭔가 알고 있나' 하고 주민 한 명 한 명에게 묻고 다녀야 한다고 하더라고. 시간이 얼마나 걸릴지 모르겠지만——그래서 그 보고가 올라올 때까지는 당신들에 대한 건 일단 보류."

쿠퍼는 몰래 가슴을 쓸어내리려 했다.

그러나 거기서 오렌지색 머리칼의 여성은 "단!" 하고 손바닥을 든다.

"조건이 있어. 내 감독하에서 내 연구에 협력할 것! 어때?"

어쩔 수 없다. 쿠퍼는 의식해 웃으면서 오른손을 내밀었다.

"신세 지겠습니다. 어어……."

여성은 부담 없이 손을 잡고서 가볍게 위아래로 흔든다.

"십 인의 현인 중 한 명, 해럴드야. 뭐, 잘 부탁해."

거기서 그녀는—— 해럴드 여사는 마침 생각난 것처럼 뒤를 돌아보았다.

"아, 그리고…… 이건 회의에서 결정된 사항은 아니지만."

쿠퍼와 영애들은 활짝 열린 문으로 시선을 돌렸다.

구두 소리가 들린다.

또 한 명—— 아니, 전부 합쳐 세 명이다. 하얀 무리가 성가퀴를 찾아왔다.

한 명이라고 착각한 것은 선두에 있는 여성의 존재감이 너무나 컸기 때문이다. 바닥에 질질 끌릴 정도로 긴 백금색 머리칼의 묘령으로 착각할 미모의 소유자. 잊으려 해도 잊을 수 없을 것이다. 그녀도 아까 쿠퍼 일행에게 한마디 거들어 준 한 명이다.

……무슨 용건일까? 옆에는 두꺼운 책을 든 여성이 수행하고 있다.

해럴드 여사가 대신 말했다.

"이분은 틴다리아의 무녀 중 한 명으로, 금색 부인이라고 불리고 있어. 당신들은 부인의 요청으로 체류하게 된 거야."

쿠퍼 일행의 시선이 모이자 금색 부인이라는 여자는 노래하듯이 읊조렸다.

깨달았다──뮬을 보고 있다.

"룬 바르 완즈투. 푸르 사우디야 바르."

응시당하고 있는 뮬은 눈을 껌뻑일 뿐이다.

금색 부인은 전혀 동요하지 않고 데리고 온 한 명을, 등을 밀어 걸어가게 한다.

"푸르 헤이디야 후우이 요오디르야 바르."

그렇게 조심조심 쿠퍼 일행 앞에 걸어 나온 것은──.

다름 아닌 5천 년 전의 뮬인 어린 흑수정이 아닌가.

금색 부인은 무엇을 재촉하는 걸까? 쿠퍼 일행은 그녀의 옆에 대기하는 수행원으로 보이는 여성에게 시선을 옮겼다.

열심히 페이지를 넘기는 소리가 들린다.

"어— 어—……. 당신은, 이쪽!"

수행원은 뮬을 손짓으로 불렀다.

이어서 어린 흑수정의 어깨를 만진다.

"대신, 보낸다. 어—……. 대신 보냅니다!"

……조금 의도를 파악하기 어렵지만.

말하자면 틴다리아의 백성으로 지목된 뮬에게 금색 부인도 흥미가 있다는 뜻이 아닐까. 대신 어린 흑수정을 보내겠다는 것은 우호의 증거일지도 모른다. 《뮬》과 《뮬》이 교대하는, 실로 기묘한 사태가 벌어지는 셈이지만──.

쿠퍼는 뮬의 얼굴을 내려다보았다.

뮬은 싱긋 웃으며 미소로 화답한다.

"뭐어, 영광이지요. 다녀올게요, 여보?"

그리고 메리다와 다른 둘이 "앗!" 하고 놀랄 틈도 없었다.

뮬은 잽싸게 까치발을 들고 쿠퍼의 입 끝에 키스했다. 날쌘 소악마처럼 몸을 돌리고 금색 부인에게 뛰어간다.

정말로 빈틈이 없는 소녀다…….

금색 부인은 만족스러운 듯이 돌아섰다. 뮬이 팔랑팔랑 손을 흔들면서 뒤따른다. 가장 뒤에 수행원 여성이 따르고, 세 명분의 구두 소리가 성가퀴에서 멀어져 갔다.

대신 오도카니 남겨져 버린 것은 어린 흑수정.

말도 안 통하고 필시 거북할 것이다.

메리다, 엘리제, 살라샤 세 명이 솔선하여 그녀를 맞아들여 주었다.

"잘 부탁할게? 으음……."

꼬마 미우, 라고 사람들 앞에서 부를 수도 없는 노릇이다.

해럴드 여사가 메리다의 침묵을 오해한다.

"그 아이는 '검은 공주' 나, '흑수정'이라고 불리고 있어. ……틴다리아의 백성들은 우리한테 진짜 이름을 가르쳐 주지 않거든."

그렇게 말하고 어둑어둑한 성가퀴에서 앞장서 돌아섰다.

"자, 다들 피곤하지? 밥 먹자, 밥! 갈아입을 옷도 준비해 줄게."

듣고 보니 미래에서의 틴다리아 유적으로부터 시작하여, 노도와 같은 하루였다.

쿠퍼도 잊고 있었던 피로감이 생각났다.

어깨에 쿵 하고 하중이 덮친다.

해럴드 여사는 이미 물러갔다.

세 소녀도 뒤를 따라 걷기 시작했다.

그러나 쿠퍼는…… 어둠 속에서 움직이지 못한다.

이유가 뭘까. 한 발짝 내디딜 기력이 솟아 나오지 않았다.

멈추어 설 때가 아니다. 해야만 하는 일이 산처럼 있는데.

메리다가 그런 가정교사의 모습을 알아챘다.

"선생님?"

다른 영애들도, 어린 흑수정도, 해럴드 여사도 이상하다는 듯
이 뒤돌아본다.

메리다가 되돌아왔다.

"왜 그러세요? ……가죠?"

쿠퍼는 가슴 높이에 있는 그녀의 얼굴을 내려다보았다.

확실하게 고개를 끄덕인다.

"아무것도 아닙니다."

그리고 조짐도 없이 무릎부터 무너져 내렸다.

바닥에 털썩 쓰러진다.

소녀들의 비명이 들렸다.

"선생님?! 선생님……!!"

이상하다. 쿠퍼는 자신이 왜 이렇게 됐는지 이해할 수 없었다.
몸에 힘이 들어가지 않는다. 몸을 일으키기는커녕 주인의 부름
에 응답조차 할 수 없다.

어째서——.

그대로 뚝. 그는 의식을 놓쳤다.

† † †

　아마 메리다가 오히려 그의 몸 상태를 더 이해하고 있었으리라.

　최근 들어 그는 너무 무리했다! 카디널스 학교구를 뛰쳐나온 이래 긴장을 풀지 못했다. 메리다와 동료들을 지키기 위해서 가혹한 싸움을 반복하고…… 누구에게도 의지할 수 없다는 공포 속에서 얼마나 심신을 해치고 있었던 걸까.

　쿠퍼 선생님은 확실히 그림책에 나오는 왕자님 그 자체지만.

　사실 완벽한 인간 같은 건 없다는 사실을, 메리다는 진작부터 알고 있었다. 2년 가깝게 같이 살고 있다. 조금씩 키가 자라서 그의 얼굴도 더욱 가까이에서 볼 수 있게 됐다.

　생각해 보면 고대의 세계에 와서 스티그마라는 병기 인형과 싸웠을 때 그의 몸 상태가 좋지 않았음은 명백했다.

　메리다는 그 원인까지는 바로 생각이 미치지 못했으나 지금이라면 알 수 있다.

　안 그래도 지쳐 있었던 쿠퍼에게 결정적인 추가타를 가한 것은———.

　엘리제와 살라샤가 앞으로 기울어지면서 얼굴을 맞댄다.

　““태양이 원인이라고?””

　메리다는 고개를 끄덕였다.

쿠퍼가 쓰러지고 만 다음 날 아침. 해럴드는 그에게 호화로운 침실을 배정해 주었다. 그보다——— 탑은 광대한데 주민은 적다. 방이 남아도는 모양이다.

하룻밤 푹 자고서도 여전히 쿠퍼는 잠에서 깰 기미를 보이지 않았다.

평소라면 누구보다도 일찍 일어나는 쿠퍼다.

하늘에는 이미 태양이 번쩍번쩍 빛나고 있다———.

틀림없다. 저것이 바로 쿠퍼에게서 생명력을 빼앗고 있는 원인이다.

메리다는 두 친구에게 고하기로 했다.

더는 얼버무려 넘길 수 없다.

"쿠퍼 선생님의 반신은 란칸스로프야."

살라샤의 눈썹이 떨렸다. 엘리제는 가볍게 눈을 크게 떴다.

메리다는 가슴이 저며 오는 것을 자각했다.

"웜홀 속에서 다들 봤잖아? 쿠퍼 선생님의 몸에는 반쯤 뱀파이어의 피가 흐르고 있어. 그래서 이 고대의 세계가 선생님에게는 몹시 힘든 거야."

창을 본다.

파랗게 펼쳐진 하늘.

그 저편을 덮는 반전된 대지.

세계의 중심에서 눈부시게 빛나는 태양———.

왜 알아채지 못했을까. 란칸스로프에게 이토록 가혹한 환경도 없을 것이다. 메리다와 같은 보통 인간이 밤의 독기 속에서는 살 수 없는 것처럼.

해럴드 여사는 의학적 소양이 있다고 한다. 그녀가 쿠퍼를 진찰한 바에 따르면, 생명에 지장은 없어 보인다고 한다.

순수한 흡혈귀라면 몸이 재로 변해 있을 판이다.

절반은 의심의 여지 없는 인간인 쿠퍼이기에 버티고 있는 것이리라.

하지만 언제까지 버틸 수 있을까……. 만약 그의, 인간으로서의 생명력이 바닥나 버리면……. 메리다는 상상만으로도 등골이 얼어붙었다.

쿠퍼는 숨소리는 평온하지만 이쪽의 부름에는 응해 주지 않는다.

침대 옆에는 5천 년 전의 뮬인 어린 흑수정이 있었다.

쿠퍼의 어깨를 콕콕 집게손가락으로 찌르고 있다.

"수 안디디 라르무오투?"

쿠퍼의 얼굴로 시선을 되돌린다.

"푸르 리디야 테스야에디 스에디 완크……."

메리다는 가볍게 한숨을 쉬고 그녀의 머리카락을 손가락으로 빗었다.

엘리제는 조금 불만스러운 듯이 볼을 부풀리고 있었다.

"왜 비밀로 하고 있었어? 나나 로제 선생님한테까지."

메리다는 대답에 궁했다.

그 로제티에 관해서도 엘리제에게는 밝히지 않으면 안 되는 일이 있다. 그녀가 실은 흡혈귀로서의 쿠퍼의 권속이고, 어린 시절의 두 사람은 의남매였다는 것——. 당사자 본인조차 알 길이 없는 일이다.

자, 저기압인 사촌 자매를 어떻게 달래면 좋을까?

메리다가 망설이고 있자 옆에서 살라샤가 거들어 주었다.

"어쩔 수 없어요, 엘리. 아무리 나나 페르구스 아저씨나 알메디아 아주머니가 선생님을 비호한다고 해도——."

안타까운 듯이 고개를 젓는다.

"최강의 뱀파이어가 같은 랜턴 속에서 살아가는 것을, 프란돌 사람들이 받아들여 줄지는……."

십중팔구, 어렵다.

그리고 받아들여지지 않았을 경우, 쿠퍼를 기다리는 건 국가 규모의 박해. 어린 시절 그를 괴롭히고, 그의 모친을 죽음으로 모는데 일조한 가차 없는 박해. 쿠퍼더러 다시 한번 그 고통을 맛보라고? 메리다는 단호히 고개를 젓는다.

엘리제도 이미 알고 있었을 것이다.

아니, 살라샤도 뮬도 모두——. 그 웜홀에서 그의 본질을 안 순간, 직감적으로 깨달았을 터. 쿠퍼가 이따금 보여 주는 쓸쓸해 보이는 옆모습의 이유. 그가 비밀주의가 될 수밖에 없었던 이유를.

알고는 있지만 안타까운 것이다…….

메리다도 같은 마음이다.

그때였다. 문 쪽에서 위세 좋은 목소리가 들린 것은.

"무슨 이야기를 하는 건가요? 뱀파이어, 라는 게 뭐지요?"

메리다들 세 명도, 어린 흑수정도 같이 뒤돌아본다.

어느샌가 한 소녀가 침실을 찾아와 있었다. 두건을 쓰고, 얇은 베일로 눈가를 덮고 있다. 그리고 한쪽 팔에 안고 있는 것은 두꺼운 책이다.

소녀는 또박또박 자기소개를 했다.

"여러분의 시중을 맡게 되었습니다, 신탁인 시르마릴입니다. 처음 뵙겠습니다!"

메리다와 엘리제, 살라샤는 뭐라 말할 수 없는 표정으로 서로를 쳐다봤다.

……고맙기는 하다.

하지만 그 이상으로, 분명히 말해 성가시다. 메리다 일행에게는, 고대의 사람들에겐 들려줄 수 없는 은밀한 의논거리가 많이 있다. 미래의 일, 과거의 일. 시저 비서의 행방. 그녀의 꿍꿍이. 그 대책과 작전──.

옆에서 시중을 드는 사람이 알아채게 할 수는 없다.

하지만 이 시르마릴이라는 소녀는 틀림없이 하나하나 질문해 올 것이다.

'뱀파이어가 뭐예요?'

'로드 크로노스 호?'

'시저라는 사람이 누구예요?'

'어머, 여러분은 미래에서?!'

……그것들을 퍼뜨리기라도 하면 역사가 바뀌는 수준이 아니다.

메리다는 소용없을지도 모른다고는 생각하면서 그녀에게 말했다.

"방금 들은 대로 우리는 당신들과 같은 말을 사용해. 통역은 필요 없어."

시르마릴은 딱 잘라 대꾸한다.

"이건 십 인의 현인 회의에서 결정한 거예요!"

……그렇군.

결국 시중이라는 이름의 감시자인 셈이다. 메리다 일행이 불경한 자가 아닐까 하는 의구심은 결코 사라지지 않은 것이다.

그러나 난감하게 됐다. 이래서는 동료들끼리 작전 회의도 할 수 없는데.

메리다는 화제를 찾아 시르마릴의 손을 눈여겨봤다.

"당신이 들고 있는 그건, 으음, 틴다리아 백성이 쓰는 말의, 사전?"

어제, 금색 부인을 따르고 있었던 수행원도 같은 것을 들고 있었다.

사실, 그녀들이 이야기하는 신기한 소리의 언어에 메리다는 흥미가 생겼다.

커뮤니케이션의 일환으로서 시르마릴에게 적극적으로 다가간다.

"나한테도 보여 줄 수 있어?"

그러자 시르마릴은 당황해 사전을 끌어안는다.

"아, 안 돼요! 네피림어는 신성한 언어. 그 교서를 손에 들고,

말의 치환을 허락받는 건 우리 신탁인뿐이라고요."

엘리제와 살라샤는 얼굴을 마주 보고 있었다.

소소하게 알게 된 것이라고 하면.

"네피림?"

엘리제의 질문에 시르마릴은 등을 바로잡는다.

힐끗, 베일 안쪽의 눈동자가 어린 흑수정을 향했다.

"그들의 말로 《신의 목소리》라는 의미예요. 그런 것도 모르는
건가요?"

메리다는 자조하는 투로 말해 주었다.

"프란돌은 시골이라."

그렇고말고! 메리다와 동료들은 이 고대 세계에 관해서 모르
는 것투성이다. 당연히 모르지 않으면 안 되는 것뿐이다. 쿠퍼
가 그들에게 뭐라고 설명했었나?

우리는 배우러 왔다!

이 고대의 상황을.

태양이 빛나는 이 시대에 앞으로 무엇이 일어나는지를.

시저 비서가 그 뒤에서 무엇을 생각하고 있는지를———.

메리다는 위세 좋게 일어났다.

어린 흑수정의 겨드랑이 밑에 손을 넣고, 끌어안듯이 일으켜
세운다.

조금 기가 죽은 듯한 시르마릴에게 명확히 말했다.

"바로 안내해 줘, 시르."

메리다 일행이 제일 먼저 찾은 곳은 해럴드 여사의 개인실이었다.

정확히는 《연구실》이라고 한다.

그녀는 학자다.

무려 다섯 명이 우르르 몰려가자 그녀의 연구실은 매우 비좁아졌다. 어떤 연구를 하는 걸까. 인체 모형에 생물의 표본······ 같은 것들인가 싶더니 기계 장치도 있다.

해럴드는 잡다하게 널브러진 책상에서 이쪽을 돌아보았다.

"어라, 다들 잘 잤니."

쓰고 있었던 안경을 벗고 씨익 웃는다.

"그 옷, 잘 어울리네."

칭찬에 메리다와 엘리제, 살라샤는 다시금 자신의 모습을 내려다보았다.

바르니바빌 주민의 특징인 하얀 의복이다. 어제 해럴드가 준비해 줬다. 물론 쿠퍼의 몫도······. 미래인의 복장 그대로는 매우 튀어 보인다. 따라서 복장을 현지에 맞추었다. 이것이야말로 여행자의 매너이리라.

익숙지 않은 느낌의 옷이라 조금 부끄럽다는 둥 그런 소릴 하고 있을 때가 아니다.

메리다는 다시 한번 감사를 전하고 해럴드는 무관심하게 손을 흔든다.

"됐어. ──그의 상태는?"

"아직 깨지 않아서······."

"그래. 걱정이네."

그때, 어째선지 해럴드 여사의 안경이 반짝하고 빛난 기분이 들었다.

기분 탓일까? 메리다는 단도직입적으로 말을 꺼낸다.

"그래서 저희, 선생님 대신에 곧바로 이야기를 들으러 왔어요."

"이야기? 아, 그러고 보니 '배우러 왔다'던가 했었지."

해럴드는 안경 위치를 고치고 책상으로 돌아선다.

"나라도 괜찮으면 질문에 대답해 줄게. 일하는 사이사이지만."

그녀는 등으로 "뭐가 궁금한데?"라고 묻는다.

메리다, 엘리제, 살라샤는 얼굴을 마주 보았다.

뭐가 궁금하냐 하면…….

전부.

메리다 일행은 이 고대의 세계에 관해 아무것도 모른다.

지금으로서는 눈앞에서 무슨 일이 일어나든 간에 그것이 무엇을 의미하는지도 알 수 없다.

메리다는 망설인 끝에 조심스럽게 물었다.

"으음……. 바르니바빌은 어떤 장소인가요?"

해럴드 여사의 손이 움찔하고 멈췄다.

시중 담당인 시르마릴은 깜짝 놀라 눈을 부릅뜨고 있다.

어린 흑수정은 살라샤의 손을 쥐고 상황이 잘 이해되지 않는 모습이다…….

해럴드 여사는 다시 뒤돌아보고 안경을 벗었다.

"너희 프란돌 사람은 저~엉말 바깥 세계 일에 어둡구나."

메리다는 대담하게 나가는 게 중요하다며 자신을 타이른다.

"그래서 저희가 배우러 온 거예요."

"아, 그래. 뭐, 됐어."

해럴드 여사는 책상에 펜을 던졌다. 일을 중단하기로 한 모양이다.

발 디딜 곳도 충분치 않은 연구실을 애써 횡단하고…….

창을 열었다.

신선한 바람이 먼지가 많은 실내 공기를 뒤섞는다.

하늘을 올려다보니, 그 중심에 한결같이 빛나고 있는 것이 태양이다.

해럴드는 창틀에 기대고 우울한 듯이 팔짱을 꼈다.

"오늘도 기운이 없네."

메리다와 엘리제, 살라샤는 저도 모르게 얼굴을 마주 보았다.

해럴드는 말을 거듭한다.

"아무리 그래도 저 정돈 알지? 태양이 나날이 빛을 잃어 가고 있는 거."

"네? 어……."

전혀 실감되지 않는 이야기다.

지금까지 쭉 《랜턴 속》에서 살아온 소녀들에게는, 넓은 하늘을 가득 채우는 빛이 있다는 것만으로도 감동적이다. 너무나 거룩한 나머지 눈이 부실 정도로.

그런데 고대를 사는 인간에게는 그렇지 않은 모양이다.

원래는 태양이 더욱 생생했었다고, 그렇게 말하고 있다.

해럴드는 놀랄 만한 이야기를 고했다.

"저거, 이제 곧 수명이 다해."

"네?!"

믿기 어렵다——기보다 말의 의미를 바로 이해할 수 없었다.

살라샤는 저도 모르게 몸을 들이밀었다.

"어, 어떻게 그런 걸 알 수 있는 건가요?"

해럴드는 뒤돌아보고 눈썹을 치켜세운다.

"조금 어려운 이야기를 해도 될까?"

세 소녀는 말문이 좀 막혔지만 주먹을 쥐고 대답한다.

"여, 열심히 따라갈게요……!"

"좋아. 그럼——."

해럴드는 머릿속에서 말을 정리하고 있는 것이리라. 잡다한
방을 둘러보면서.

"이 갇힌 세계에 관해서, 진실을 가르쳐 주지."

그렇게, 이야기를 시작했다.

"근대 과학의 진보에 따라 그전까지는 기적으로밖에 생각할
수 없었던 현상도 그 원리를 규명할 수 있게 됐어. 그렇게 이 세
계에서 일어나는 온갖 일들을 과학적으로 조사한 결과, 어떤 한
가지 사실이 드러났지."

마른침을 삼키는 소녀들에게 해럴드는 말했다.

"바로 이 세계가 아득히 먼 옛날 누군가에 의해 창조된 것이라

는 사실이──."

여기서 메리다와 친구들이 얼굴을 마주 보더라도 결코 부자연스럽진 않을 것이다.

엘리제는 거의 반사적으로 묻는다.

"누군가, 라니?"

해럴드 여사는 어깨를 으쓱했다.

"《신들》이라고밖에 부를 수가 없어. 바람이 부는 것도, 물이 맑게 흐르는 것도, 지각변동이 일어나는 것도, 지금의 우리로는 도저히 이해할 수 없는 로스트 테크놀로지에 의해 제어되고 있기 때문이야. 그런 건 솔직히 신의 조화라고 부를 수밖에 없잖아?"

여러 번 고개를 끄덕이고 그녀는 말했다.

"이 세계의 토대가 형성된 신들의 시대. 그것은 《신화의 시대》라고 명명됐어. 몇만 년 전인지 몇억 년 전인지 상상도 할 수 없지만 신은 확실하게 이 세계를 창조하시고, 그리고 어디론가 사라졌어. 일찍이 그들이 실재했다는 증명, 그것이 바로 틴다리아의 백성이야."

메리다, 엘리제, 살라샤는 일제히 어린 흑수정에게 시선을 모았다.

정작 본인은 주위에서 무슨 이야기를 하고 있는지 모르고 있는지도 모른다. 세 영애의 얼굴을 순서대로 두리번두리번 쳐다본다.

해럴드 여사도 어딘가 불가사의한 눈길로 어린 소녀를 보고 있었다.

"과거 틴다리아의 백성은 독특한 언어를 계승하고, 신기한 주술을 사용하는 소수민족이라고만 여겨졌어. 하지만 그건 터무니없는 과소평가였지."

해럴드는 집게손가락을 움직여 공상의 칠판에 수식을 그리는 듯한 동작을 했다.

"아무것도 모르면 마법으로밖에 생각되지 않겠지. 하지만 그들의 힘에도 엄연한 원리가 있어. 우리는 그것을 깨달았어──. 틴다리아의 백성이 특정 문법으로 네퍼림어를 욀 때, 이 세계의 환경 시스템에 지령을 보내고 있다는 것을 말이지."

메리다는 무의식중에 치맛자락을 누르고 있었다.

어린 흑수정과의 첫 대면이 생각난 것이다. 그때, 그녀가 어떤 확신을 가지고 읊조린 직후 자연적으로는 일어날 수 없는 돌풍이 솟구쳤다──.

해럴드 여사는 "요컨대." 하고, 조심스럽게 집게손가락을 세워 주목을 모은다.

"틴다리아의 백성에게는 로스트 테크놀로지를 다룰 수 있는 수단과 권한이 있어. 틀림없이 신화 시대의 피를 직접 계승하는 후예일 거라는 뜻이야."

이미 머리가 어질어질하지만──.

열심히 따라가야 한다. 해럴드의 이야기는 아직 끝이 보이지 않는다.

"이 세계의 바람도, 흙도, 물도 전부 로스트 테크놀로지로 만들어진 것. 그렇다면──."

해럴드의 집게손가락이 천장을 휙 가리켰다.

"빛이라고 예외일 리가 없다."

"앗……."

"우리는 그 가설에 의거해 태양의 조사를 시작했어. 그리고 예상대로 태양 역시 신화의 시대에 만들어진 인공물이라는 사실을 알았지."

어떤 단어를 쓸지 고민한 듯한 느낌으로, 해럴드가 묻는다.

"원리를 가르쳐 줄까?"

여기까지 오면 듣지 않고는 배길 수 없다. 설령 이해하지 못하더라도 말이다.

메리다와 친구들은 미리 짠 것처럼 고개를 끄덕였다.

해럴드는 단어를 골라 가며 가르쳐 주었다.

"우리가 태양이라고 부르는 저 구체 속에는 눈에 안 보일 정도로 작은 물질이 끊임없이 서로 부딪치고 결합하고 있어. 그때 발생하는 에너지가 열과 빛이 되어 지상을 윤택하게 만들고 있는 셈이지."

알 듯 말 듯, 아리송하지만.

중요한 것은 그다음 부분이었다.

해럴드는 심각해 보이는 표정으로.

"애초에 우리가 태양의 조사에 나선 데에는 다 발단이 있어. 근래 일조시간이 조금씩 짧아지는 중이거든. 태양이 쉬는 밤의 시간이 길어지고, 낮의 시간이 짧아진다. 그리고 낮이라 할지라도 태양의 빛이 약해 기온이 오르지 않고 작물이 충분히 여물지 않는다——이건 역사상, 유례없는 이상 사태야. 그리고 장기간에 걸쳐 태양을 조사, 분석, 관측한 결과 우리는 어떤 사실을 확신했어."

해럴드는 눈을 감았다.

"몇만 년 전인지, 몇억 년 전인지 상상조차 할 수 없지만——."

막연한 저편을 생각한다.

"아득한 태고에 만들어진 태양은 지금 이 시대에 노후하여 한계를 맞이하려 하고 있다는 걸."

"……!!"

"태양에서 완전히 빛이 상실됐을 때, 이 세계가 어떻게 되어버릴지는 말 그대로 상상도 할 수 없어. 적어도 지상은 생물이 정상적으로 살 수 있는 환경은 아니게 되겠지."

설마. 메리다는 생각하지 않을 수 없었다.

하늘에서, 태양의 빛이 완전히 상실된 세계——.

바로 5천 년 후의 야계, 그 광경 자체가 아닌가. 그곳은 정상적인 인간이 살 수 있는 환경이 아니다. 어둠에 사는 것은 심신을 변질시킨 괴물, 란칸스로프뿐이다.

소녀들의 심각한 표정을, 해럴드는 또 다른 식으로 해석한 모양이다.

목소리에 힘이 넘친다.

"무슨 수를 써서라도 태양의 죽음을 막아야 한다는 공감 아래 세계적인 프로젝트가 발족됐어. 이 바르니바빌에선 말이지, 전 세계로부터 명석한 두뇌를 가진 학자가 한데 모여 연구를 하고 있어. 어떻게 해서 세계의 종언을 극복할 것인가? 그런 목표 아래 몇 가지 계획이 동시에 진행되고 있고, 각각을 묶는 프로젝트 리더가 우리, 십 인의 현인이라는 얘기야."

뭐, 하고 그녀는 약간 겸연쩍은 듯이 덧붙인다.

"계획 몇 가지는 이미 좌절됐거나 동결되었거나 하지만."

해럴드는 아직 30살 전으로 보이지만 그 어깨에는 중책이 놓여 있는 것 같다.

메리다와 친구들은 아찔한 규모의 이야기에 한숨을 푹 쉬었다.

거기서 보다 못한 것처럼 시중인인 시르마릴이 끼어들었다.

"여러분은 정말로 이런 것조차 몰랐나요?"

어쩜 이렇게 무사태평할까, 하는 모습이다.

그 부분을 그녀가 깊이 파고들면 둘러댈 수 없으므로 재빨리 화제를 바꾸는 것이 상책이다.

메리다는 빠른 말로 물었다.

"해럴드 님은 어떤 계획을 담당하고 계시는 건가요?"

"오, 관심 있어? 관심 있는 거지?"

미끼를 물었다.

그녀가 쑥 다가오자 소녀들은 몸을 뒤로 젖힐 수밖에 없었다.

그래도 배우는 입장으로서 수긍은 해야 할 것이다.

"꼬, 꼭 듣고 싶어요……."

"그렇게 말해 줄 줄 알았어. 그럼, 벗어."

메리다는 눈을 동그랗게 뜨고 얼빠진 소리를 질렀다.

"네, 네에에??"

"못 알아들었어? 옷을 벗으라고, 전원."

해럴드는 자신의 하얀 복장을 젖혀 어깨를 노출해 보인다.

메리다, 엘리제, 살라샤는 스스로를 껴안고 뒷걸음질 쳤다.

"거, 거거거거거거절하겠습니다!"

"에엥~? 협력해 주는 거 아니었어~??"

어린애처럼 입술을 비쭉 내민 해럴드는, 그러나 뜻밖에도 깨끗이 물러났다.

"뭐, 됐어. 이쪽으로서도 준비할 게 있고."

팔랑팔랑 손을 흔든다.

"공부하러 온 거면 다른 현인들에게도 이야기를 들어 보는 게 어때?"

"다른 현인들이라 하시면……."

해럴드는 가는 손가락을 구부려 열거했다.

"어제 정원에 있었던 게 에드가, 노르망디, 오즈월드, 압둘. 나머지가 잉구아, 루히람, 페르두나, 젠, 호안코라스야."

여기에 해럴드를 더한 십 인의 현인이 세계의 운명을 짊어지는 바르니바빌의 최고 권력자인 셈이다.

쿠퍼 몫까지 책무를 완수해 내리라──. 그렇게 마음먹은 메리다지만, 얼굴도 모르는 그들에게 무작정 취재를 감행하는 데에는 상당한 용기가 필요했다.

해럴드 여사도 그 점을 캐치한 건지 팔짱을 끼고 잠시 생각에 잠겼다.

"페르두나는 여성이지만 그다지 이야기하기 쉬운 상대는 아닐지도 몰라……. 우선 에드가와 노르망디에게 인사하고 오면 어떨까 싶은데?"

해럴드는 집게손가락을 척 세운다.

"기억해? 어제 정원에서 채결했을 때, 나랑 똑같이 너희를 받아들여 주는 측에 손을 든 두 사람이야."

물론 기억한다. 싹싹한 금발 남성이 에드가였으니 다른 한 명, 웨이브가 들어간 흑발 남성은 노르망디겠다.

그들도 그 후의 회의에서 메리다 일행을 변호해 주었으리라는 것은 상상하기 어렵지 않다.

그렇다면 감사 인사를 해야 한다.

메리다와 친구들은 얼굴을 마주 보고 끄덕였다.

그 한복판에서 어린 흑수정은 여전히 모두의 얼굴을 멍하니 올려다보고 있다…….

† † †

그리하여 우선 가장 가까이에 있다는 노르망디 씨의 연구실을 방문했지만.

맞이해 준 것은 그의 반신뿐이었다.

무슨 뜻이냐면 문을 조금만 열고 그 틈 사이로 얼굴을 슬쩍 비치고 있는 것이다.

"사례할 것까지는 없다."

반만 보이는 입술이 그렇게 고하고, 한쪽 눈이 소녀들을 흘겨본다.

"……용건은 그뿐인가?"

"그게."

말도 못 붙이겠다는 게 이런 것일까.

그는 문의 틈에 몸을 바짝 대고 있는데, 마치 방 안을 가리려고 그러는 것처럼 보인다.

폭넓게 정보를 모으고 싶은 바지만 역정을 사면 본전도 못 찾는다.

어떻게 한담…….

여기서 엘리제가 불쑥 질문을 던졌다.

"당신은 어떤 연구를 하고 있나요?"

노르망디 씨는 괄목할 만한 반응을 보였다.

한쪽만 보이는 눈이 경련하듯이 휘둥그레진 것이다.

"아, 알고 싶나?"

메리다는 번쩍, 하늘의 계시를 받았다.

즉각 고개를 끄덕인다.

"꼭이요."

친애하는 알메디아 라 모르가 그렇지만——.

그들, 천재적인 두뇌를 가진 학자라는 양반들은 대부분 일반인은 이해하지 못하는 것을 생각하고 있다. 따라서 자신이 얼마나 고도의 연구를 하고 있는지를 사람들이 몰라준다고 한다.

그것을 서운하게 느끼는 자도 있다나.

누군가에게 자랑하고 싶다. 이야기를 들어 줬으면 좋겠다!

바로 알메디아 라 모르가 정확히 그렇지만······.

이전, 그녀의 연구에 관해 무심하게 화제를 돌렸을 때 와인병을 옆에 둔 알메디아에게 아침까지 열변을 들은 경험을 메리다와 친구들은 잊지 않았다.

그렇게 참기 어려운 졸음은 두 번 다시 겪고 싶지 않지만······.

과연 노르망디 씨는──.

주저한 끝에 문을 크게 열어 주었다.

"그, 그렇게까지 말한다면, 조금 보여 주지."

누군가에게 이야기하고 싶어서 근질근질하다고 그의 작은 눈동자가 말하고 있었다.

이리하여 사양하지 않고 견학하게 된 소녀들이었다.

노르망디 씨의 연구실은 뭐라고 할까, 5천 년 후의 프란돌보다 더 미래적이었다. 주위에는 온통 강철의 기계뿐이고, 방 안 곳곳의 케이블에는 전기가 흐르는 기척이 벌레의 날갯소리처럼 끊임없이 울리고 있다.

대강 실내를 둘러본 살라샤는 무언가를 알아챈 눈치였다.

"저, 저기······ 스티그마라는 로봇은 혹시 노르망디 님께서 만드셨나요?"

어찌 잊으랴. 강력한 열광선과 초기술 칼날로 습격해 온 점토 인형을.

그러나 노르망디 씨는 고개를 좌우로 젓는다.

"아니."

그는 말할 때 표정이 거의 변하지 않고, 입술을 움직이지도 않는다.

"그건 원래부터…… 바르니바빌 격납고에 잠들어 있었어. 호안코라스가……. 현인 중 한 명이 탑의 방위용으로 조정했다. 내 담당은 따로 있어."

메리다는 높은 위치에 있는 그의 얼굴을 올려다본다.

"그럼, 노르망디 님이 하시는 연구라는 것은?"

노르망디의 눈동자만이 움직여 메리다를 내려다본다.

"콜드 슬립이다."

메리다와 엘리제, 살라샤 세 명은 깜짝 놀라 뒤돌아보았다.

어린 흑수정은 어째서 갑자기 자신을 쳐다보는지 모를 것이다. 어리둥절한 반응이다.

……이전, 뮬 라 모르 본인이 말했었다. 자신은 콜드 슬립 포드 속에서 잠을 자다 현대의 세계에서 깬 거라고. 하지만 그녀가 자고 있었던 포드는 5천 년 후의 바르니바빌 유적이 아니라 프란돌에서 발견되었다.

어떻게 된 일일까?

듣고 보니 확실히 노르망디 씨의 연구실에 있는 기계는 《용기》의 형태였다. 원통형도 있고 달걀 같은 모양도 있고 다양하다.

영애들이 말을 잃은 이유를 노르망디 씨는 착각했나 보다.

약간 혀가 꼬부라진다.

"코, 콜드 슬립이란──."

메리다는 확인의 의미도 담아 되물었다.

"육체와 영혼을 보존해서 긴 잠에 들게 하는 장치…… 말인가요?"

"호……호오!"

노르망디 씨의 목소리가 들떴다.

"이해하는 사람이 있을 줄이야!!"

그의 본래 목소리가 연구실에 울려 퍼지고 어린 흑수정은 눈을 껌벅였다.

이번에는 모두가 입을 다물어 버렸기 때문에 노르망디 씨는 퍼뜩 정신을 차리고.

"미, 미안하군. 크흠."

헛기침 후 등을 돌려 포드 하나를 마주했다.

"……그 말대로야. 태양이 잠들고, 지상이 사멸한다면 인류 역시 잠들어 멸망의 순간이 그냥 지나가게 만드는……. 그것이 이 계획의 발단이다. 발단이었는데."

그는 말을 중간에 끊고 포드에 박혀 있는 유리창에 손바닥을 댔다.

"내 연구는 이미 완성되어 있어. 하지만 희망자가 없어서."

메리다와 영애들은 얼굴을 마주 보고 눈썹을 찡그렸다.

"희망자—— 포드에 들어가고 싶어 하는 사람이 없다는 말인가요?"

"그래. 한 명도 없어. 각지에 호소해 참가자를 모집하고는 있지만, 하나같이 '다른 현인의 프로젝트 성공에 기대하고 싶다'고…… 입을 모아 그렇게만 말해."

노르망디의 손바닥에 힘이 들어가 있는 것을 눈으로 알 수 있었다.

"무리도 아니지."

그는 말한다.

"콜드 슬립 프로젝트에는 커다란 구멍이 있어. 《미래가 좋아 진다는 보증》이 어디에도 없다는 점이야. 태양이 잠들고, 우리 도 잠든다. ——그래서 언제 깨지? 일단 포드에 들어가면, 그 걸로 영원한 수면을 하게 될지도 몰라."

그렇지만, 하고 노르망디 씨의 목소리에 다시 기력이 타오른 다.

"나는 이 포드가 《관짝》이라고 불리는 것만은 참을 수 없어!"

그는 금세 번쩍 정신을 차린다.

자신에게 집중된 시선을 깨닫고 약간 빠르게 말했다.

"……이만하면 됐지? 나는, 바, 바빠."

들어야 할 것은 충분히 들었다. 메리다 일행은 각자 인사를 하 고 그의 연구실에서 퇴실한다.

떠나면서 메리다는 조금 망설이다——.

어린 흑수정의 손을 쥔 채 실내를 뒤돌아보았다.

"당신의 연구는 틀림없이 많은 사람을 구할 거예요."

노르망디 씨는 놀란 얼굴이 되었다.

그러나 대답은 얻을 수 없을 것 같아서, 메리다는 다시 한번 조 신하게 머리를 숙이고 그의 연구실을 뒤로한다. 미래적인 광경 에 작별을 고하고 문을 가볍게 닫았다.

다음으로 에드가 씨에게 인사를 해야 한다. 불리한 입장에 몰려 있었던 자신들을 가장 열심히 두둔해 준 사람이 다름 아닌 그다.

그런데 시르마릴의 안내로 그의 연구실을 방문하자 그곳에는 예상 밖의 인물이 있었다.

호의적이었던 에드가 씨와는 정반대 입장을 취했던——.

은발의 오즈월드 씨다.

문을 연 순간, 그의 날카로운 시선을 받은 시르마릴의 어깨가 튀어 올랐다.

"어, 어라? 내가, 방을…….”

오즈월드 씨는 따분한 듯이 한숨을 쉰다.

"잘못 들어온 거 아니야. 나도 에드가 녀석에게 용건이 있어서 온 거다. 부재중이지만 말이지.”

펼치고 있었던 학술서를 탁 닫고 책상에 내던진다.

과연. 어질러진 실내에는 그 밖에 누구의 모습도 없었다. ……에드가 씨의 연구 내용은 무엇일까? 선반에는 병에 가득 찬 흙과 식물이 눈에 띈다.

오즈월드 씨는 재빨리 발길을 돌렸다.

"어디 갔는지는 짐작이 가. 너희도 그 녀석에게 할 이야기가 있는 거지? 따라와라.”

세 영애는 어제 그의 태도를 떠올리고 기가 죽어 버렸다. 어린 흑수정은 살라샤의 등에 바짝 달라붙어 아예 숨으려고 한다.

아무도 발을 떼지 못하자 오즈월드 씨는 다시 한번 한숨을 흘렸다.

"……회의에서 결정된 일에 이견은 주장 안 해. 함부로 너희를 의심한 것은 사과하지."

메리다는 저도 모르게 눈을 깜박였다. 오즈월드 씨는 표정을 보여 주지 않은 채 복도로 나간다.

"그 남자는 어떻게 됐지?"

"아, 선생님은…… 컨디션이 좋지 않아서."

오즈월드 씨의 옆모습이 "흥." 하고 흔들렸다.

"참으로 병약하군."

그가 어이없어 한 것인지, 아니면 웃었는지 메리다는 알 수 없다.

확실한 건 오즈월드 씨에 대한 심증이 한층 악화됐다는 사실이다――.

그렇지만 일행은 오즈월드 씨의 뒤를 따라가는 수밖에 없었다.

도저히 떠들 수 있는 분위기가 아니라 침묵의 가시밭길이 이어졌다. 다행히도 목적지는 가까운 듯, 오즈월드 씨는 계단을 한 층 올라간 다음 안뜰로 나갔다.

바르니바빌의 탑은 넓고 거대하다. 그 안뜰답게 흡사 초원과 같은 양상이었다.

망설임 없이 나무들 사이에 발을 들여놓는 오즈월드 씨는…… 어디로 향하는 걸까?

조금 있다 오즈월드 씨는 예고도 없이 멈추어 섰다. 날카롭게 손을 들어 시르마릴을 제지했다. 그대로 수풀 건너편을 살피니, 소녀들도 숨죽이지 않을 수 없다.

오즈월드 씨가 바라보고 있는 곳에는 벤치가 있었다.

한 쌍의 남녀가 이야기하고 있다.

남성 쪽은 말할 필요도 없는 붙임성 있는 미소의 금발 남성, 에드가 씨.

그리고 여성의 모습을 인식하고—— 살라샤에 찰싹 달라붙어 있는 어린 흑수정이 무언가 말했다.

햇빛을 반사하는 아름다운 은발…….

가르쳐 주지 않아도 알 수 있었다. 과학자로는 보이지 않는다.

그녀는 뮬이나 어린 흑수정과 같은, 틴다리아의 백성이다.

그 증거로 에드가 씨는 몸짓 손짓을 섞어서 이렇게 말을 걸었다.

"음, 으으음……. 디에프 시르!"

은발의 여성은 꽃이 피는 듯한 미소를 짓는다.

"바르 수 페디우티아. ——디에프 시르."

발음이 나긋하다. 에드가 씨는 기쁜 듯이 몇 번이고 고개를 끄덕인다.

"맞지, 맞지?! 낮 인사는 '디에프 시르' 야! 하하, 내가 이거 하나는 기억하지."

틴다리아 백성의 독자적인 언어라고 하는 네피림어로 주고받고 있다.

더구나 에드가 씨의 손에는 사전도 없고, 단지 열심히 머리를 짜내서 단어를 꺼내고 있었다.

"상태, 컨디션……. 으음, 에디야에——파우츠——라르무 오투?"

문제없이 통하는 것 같다. 은발의 여성은 힘없이 고개를 끄덕여 대답한다.

"푸르 투운 루온디에. 푸르 헤디야 산디웨 프루에."

에드가 씨는 듣는 데는 꽤 익숙한 모양이다. 자신만만하게 고개를 끄덕였다.

"방금, '좋다'고 했지? 다행이다! 그리고, 뭐야……. 물이 부드러워?"

한창나이의 소녀인 영애들은 두 사람의 관계를 순식간에 헤아렸다.

긴급히 숨을 죽이고 엎드리려고 하는데……. 아아, 이렇게 불순할 수가!

오즈월드 씨는 전혀 개의치 않고 그리로 걸어가 버렸다. 안내인 시르마릴의 팔을 붙잡고 "따라와."라고 다그치는 느낌으로.

모습을 드러내면서 여봐란듯이 큰소리친다.

"여어, 에드가! 이런 곳에 숨어 있었나!"

벤치의 남녀는 흠칫 놀라 그를 돌아본다.

에드가 씨의 얼굴이 굳어졌다.

"오, 오즈월드……."

"뭘 하고 있었어? 일도 내팽개치고. 면회 시간이라서야? 자기 연구보다 이 틴다리아의 상태를 살피는 일이 훨씬 중요한가 보지?"

오즈월드 씨는 은발의 여성 앞에 장승처럼 우뚝 섰다. 에드가 씨는 엉겁결에 일어나긴 했으나 양측을 번갈아 보며 어떡하면 좋을지 망설이는 모습이다.

은발의 여성은 오즈월드 씨를 의연하게 올려다보고 있다.

같은 색의 머리칼인 오즈월드 씨는 고압적으로 팔짱을 꼈다.

"네게는 특별한 향실을 내주고 있다. 이 이상 무엇을 원하지?"

에드가를 힐끗 흘겨보고.

"이 남자에게 빌붙어서 잘되면 이쪽 동료로 들어오려는 속셈이냐. 동포를 버리고 자기만 지위를 얻으려고?──어이, 신탁인!"

근처까지 끌려와 있었던 시르마릴의 몸이 깜짝 놀라 튀어 오른다.

오즈월드 씨는 턱을 치켜들었다.

"네피림어로 전해라. 내가 말한 대로 이야기하는 거야."

"……."

입장을 따진다면 십 인의 현인인 오즈월드 쪽이 압도적으로 우위일 것이다.

시르마릴은 파르르 떨면서 말했다.

"……바르 윤디크 루에 바르 순디스 디임 아우스."

은발의 여성은 오즈월드 씨의 눈동자를 마주 보며 일어났다.

그대로 등을 돌려 조용히 떠나려고 한다.

하지만 오즈월드 씨는 추가 공격에 여념이 없었다. 그녀의 은발을 노려보면서.

"너는 에드가를 그저 이용하려고 하는 것뿐이다."

그렇게 말하며 또 시르마릴에게 시선을 보낸다.

신탁인 소녀는 동정이 담긴 목소리로 말했다.

"바르 윤디크 루에 바르 두디야 안스……."

그러자 은발의 여성은 발길을 멈추고 뒤돌아보았다.

똑바로 오즈월드 씨를 쳐다본다.

"무아."

딱 한 마디만 남기고 다시 등을 돌렸다.

시르마릴은 통역을 하지 않았지만 영애들은 은발의 여성이 뭐라고 했는지 왠지 모르게 알 것 같은 기분이 들었다.

에드가 씨는 그녀가 완전히 물러갈 때까지 참고 참았다.

그러나 그녀의 은발이 나무들 너머로 사라진 순간, 오즈월드 씨에게 덤벼들었다.

"오즈월드!! 너야말로 저들에게 아무 감정도 없는 거냐!!"

오즈월드 씨는 멱살을 잡히면서도 태연하게 쳐다봤다.

조용히 묻는다.

"어제 일조 시간은 몇 시간이었어?"

"어?"

"일조 시간 계측 말이야. 그것마저 게을리하고 있나."

에드가 씨는 상대를 놓아주고 집게손가락을 척 들이밀었다.

"설마! 깜빡했을 리 없잖아. 어제는 7시간 57분이었어!"

"그럼 1개월 전은? 1년 전은? ──10년 전에는 10시간을 넘는 게 당연했었지."

에드가 씨는 말을 잃는다.

오즈월드 씨는 담담한 표정 그대로 계속 노려보며 말했다.

"기어이 일조 시간이 8시간 이하가 됐어. 하루의 1/3 이하지. 이 의미를 모르는 거냐."

"……그건."

"탑에서 분에 넘치는 생활을 하고 있어서 잊어 버렸나?! 토지는 말라빠지고, 백성은 모두 굶주리고 있다. 그럼에도 바르니바빌에 우선적으로 물자를 보내오는 건 우리 현인이 언젠가 세계를 구하리라 기대하고 있기 때문이야!!"

어중간하게 올라가 있던 에드가의 손을 오즈월드는 물리쳤다.

"그런데도 네놈은 본분을 잊고 대체 뭘 하는 거야!! 연애에 정신이 팔린 네놈의 얼굴을 백성들이 보면 무슨 생각을 할까?! 우리 고향 사람들은?! 너희 아버지와 어머니는?!"

에드가 씨는 고개를 폭삭 숙이고 말았다.

오즈월드 씨도 의도치 않게 언성을 높이고 만 모양이다. 어깨를 들썩인다.

두 사람 옆에 서 있는 시르마릴이 불쌍해서 못 견디겠다…….

오즈월드 씨는 어깨를 크게 튕기며 숨을 고른 다음 발길을 돌렸다.

결별하듯이──.

마지막으로, 문득 생각난 것처럼 말을 남긴다.

"아아, 그래, 에드가. 너한테 손님이 왔더라."

어? 하고 에드가는 얼굴을 든다.

역시 오즈월드 씨는 심보가 고약하다……. 그렇게 말하면 메리다와 친구들도 터벅터벅 모습을 드러내지 않을 수 없다. 에드가 씨는 그녀들을 발견하고 난처해 보이는 표정을 짓는다.

"아, 너희는……."

오즈월드 씨는 한발 먼저 침울한 분위기를 뒤로하고 떠나갔다…….

남겨진 소녀들은 속이 너무나도 거북했다.

에드가 씨는 웃는 얼굴로 수습하지만 굳은 목소리가 애처롭다.

"아, 안녕, 너희구나. 건강해 보여 다행이다……."

지금은 그다지 건강한 기분은 아니다. 그에게 뭐라고 말을 걸어야 좋을지 모르겠다.

에드가 씨 역시 아무래도 얼버무리기 힘들겠다고 깨달은 것 같다. 언뜻 보기에도 어깨가 처진다.

"미안하다. 꼴사나운 장면을 보여 줘서……."

"아, 아뇨……."

사정을 모르면서 어중간한 소리를 해도 무의미할 것이다.

그렇다면 차라리, 하는 생각으로 메리다는 사람의 그림자가 사라진 나무들로 시선을 보내며 물었다.

"아까 그 여성은 어떤 분인가요?"

에드가 씨도 후련한 것처럼 얼굴을 들고 몸짓 손짓을 섞는다.

"그녀는 틴다리아의 무녀야. 우리는 은수정 공주라고 부르고 있어. 저 세공품 같은 은발에서 따온 이름이지."

거기서 일단 말을 끊고 힘없이 고개를 저었다.

"······그 사람, 선천적으로 몸이 조금 약해서 원래는 고향 숲을 떠나면 안 됐다고 해. 그렇지만 틴다리아의 백성들의 고향이란 건 이제 없으니까."

그러고 보니, 메리다는 의문을 떠올린다.

이 고대 세계는 바야흐로 존망의 갈림길에 서 있고, 그것을 극복하기 위해서 에드가를 비롯한 십 인의 현인을 필두로 한 학자들이 모여 있다. 그렇다면······ 틴다리아의 백성은? 학자로는 보이지 않는다. 그 여성은 어째서 그 고향이라는 숲을 떠나 이 바르니바빌에 와서 살고 있는 걸까?

또 한 가지 마음에 걸리는 것은──.

남성 틴다리아 백성을 볼 수가 없다는 점이다.

우연히 조우하지 않은 것뿐일지도 모르지만······.

금색 부인이라고 불렸던가. 그 당당한 아리따운 미녀가 틴다리아 백성의 우두머리로서 대우받고 있는 것 같다. 메리다 일행은 아직 정보가 부족하다.

에드가 씨는 계속 이야기하고 있었다.

"은수정 공주에게는 청정한 향을 피운 특별한 장소를 마련해 주었고, 거기에 살게 하고 있어. 그렇지만 그 밖으로는 거의 나갈 수 없거든? 나는 그게 가여워서······ 별생각 없이 그녀에게 말을 걸었어. 하지만."

코미디언같이 어깨를 으쓱한다.

"말이 통하지 않는다는 걸 완전히 깜빡했지 뭐야! 그녀도 처음엔 기막혀했었고, 심지어 경계까지 했었어. 어떻게든 신용을 얻으려고 해도 당최 네피림어를 이해하지 못하니까, 스스로도 '참으로 가볍게도 말을 걸었구나!' 하고 자신을 호되게 꾸짖었지."

왠지 모르게 정경이 눈에 떠오르는 듯하다. 소녀들은 웃음을 지었다.

에드가 씨도 쾌활하게 웃고 자신의 가슴팍을 두드린다.

"그래도, 뭐라고 할까, 마음으로 다 통할 수 있는 법이더라고. 같은 인간이니까 말이지. 그녀는 당연히 나쁜 사람이 아니야. 나도 그러려고 노력하고! 내가 그녀에게 말을 건 것은── 그래, 왠지 외로워 보여서 그랬어. 웃어 줬으면 싶어서."

연신 고개를 끄덕였다.

"분명 웃는 얼굴이 어울릴 거야."

또 몸짓 손짓을 섞어서 요란한 동작을 하며 이야기한다.

"교서도 없이 네피림어를 어떻게 이해하나 싶지? 나는 여하튼 첫인상이 최악이었으니까 어떻게든 오해임을 알아줬으면 해서, 몇 번이고 그녀를 만나러 갔어. 내 말을 이해하지 못한다는 건 알고 있었지만 줄기차게 이야기했지. 밖에서 무슨 일이 있었나 같은 걸 말이야. ……동료들은 눈을 부라렸지만."

아까 오즈월드 씨가 한 말이 쓴맛과 함께 되살아난다.

에드가 씨는 그것을 꾹 삼킨 모양이다. 어렴풋이 웃는다.

"그렇게 만나는 사이에 깨달았어. 그녀가 네피림어로 뭐라고 말하는지. ──거짓말이 아냐. 우린 진짜로 통하고 있어."

어딘가 아이처럼 자신만만하게 웃으며 고개를 끄덕인다.

"그녀들, 틴다리아의 백성은 동포 외에는 이름을 가르쳐 주는 법이 없어. 특별해서 그렇대. 하지만 나는 언젠가 교서도, 신탁인도 의지하지 않고 나 자신의 입으로 그녀에게 이름을 물어볼 거야."

하늘을 올려다보고 무지갯빛 공상을 뒤쫓는다.

"얼마나 아름다운 이름일까……. 아얏!"

에드가 씨는 느닷없이 펄쩍 뛰었다.

영애들도 무슨 일인가 싶어 눈을 껌뻑인다.

소년 같은 에드가 씨를 힘으로 꿈에서 깨운 것은——.

그의 발밑에 꽁한 얼굴로 서 있는 어린 흑수정이었다. 에드가 씨가 한쪽 다리를 안고 사방을 폴짝폴짝 뛴다. 어린 흑수정이 무슨 짓을 했는지는 금방 알 수 있었다.

에드가 씨가 울먹이는 목소리로 항의한다.

"너, 너는 왜 남의 정강이를 걷어차고 그러는 거야!"

어린 흑수정은 몸을 휙 돌리고 살라샤의 등 뒤로 도망쳤다.

불쾌한 표정을 슬쩍 비치고 중얼거린다.

"구디바."

순간, 시르마릴이 저도 모르게 웃음을 터뜨렸다.

네피림어를 이해할 수 있는 건 신탁인인 그녀뿐이다. 에드가 씨는 얼굴을 돌렸다.

"뭐야? 나, 나는 왜 차인 거야?"

"아, 아니……. 제 입으로 말씀드리기는 좀……. 후후."

웃음을 참지 못하는 시르마릴.

메리다와 친구들도 왠지 모르게 어린 흑수정의 의도가 이해될 거 같았다. 살라샤가 어린 흑수정을 감싸면서 웃음 지었다.

"분명 '우리 언니를 빼앗지 마' 라며 토라진 거겠죠?"

에드가 씨는 어안이 벙벙해 눈을 동그랗게 뜬다.

"빼, 빼앗다니……. 무슨 말이 그래."

금세 헤헤거리며 표정이 녹는다.

"나와 그녀는 아직 그런 관계는—— 주위에서 보면 그렇게 보이는 건가."

어린 흑수정이 다시 한 방 차러 가기 전에 메리다는 자연스럽게 그녀를 끌어안는다.

얼른 화제를 바꾸는 편이 좋겠다. 빠른 말투로 묻는다.

"그, 그런데 저흰 탑에서 행해지는 연구를 배우고 싶어서——."

그렇게 간단히 운을 뗐을 뿐인데도 에드가 씨의 눈동자는 빛났다.

"와우! 내 연구에 흥미가 있는 거야?!"

이 또한 무척 놀랍다는 반응이다. 메리다는 어색하게 수긍했다.

"꼬, 꼭 좀 부탁드려요……."

"기쁜걸. 물론 안내해야지! 당장—— 아, 아니."

에드가 씨는 턱에 손가락을 대고 중얼거리며 생각에 잠겼다.

"손님을 태운다면 광차(鑛車)를 점검하고…… 지하의 수온을 조사해야겠군……. 그리고 지반도 확인해 두고 싶고……."

잠시 머리를 회전시키고 나서 에드가 씨는 얼굴을 번쩍 든다.

"내일! 내일 오전 중에 내 연구실을 방문해 주겠어? 비장의 투어에 초대할게."

그런 연유로 내일의 첫 번째 예정은 결정됐다.

메리다와 소녀들은 얌전히 인사를 하고 그의 곁을 떠났다.

이로써 일단 우호적인 두 현인에게 인사는 마쳤다.

시르마릴은 안내인답게 묻는다.

"일단 방으로 돌아가시나요?"

그러고 보니, 하고 살라샤가 의견을 꺼냈다.

"해럴드 씨, 뭔가 '준비할 게 있다'고 했었지?"

엘리제는 떨떠름한 표정을 짓는다.

"어떤 연구를 하고 있길래…….."

메리다도 근심이 들기는 마찬가지다.

"그래도 나쁜 분이 아닌 건 확실해."

어찌 됐든 이 자리에 죽치고 있어 봤자 소용없다.

그런 연유로 해럴드가 마련해 준 방으로 되돌아가기로 했는데
―――

결과적으로는 이 판단이 아주 절묘한 타이밍이 되었다.

† † †

개인실에 돌아오니, 쿠퍼가 옷을 벗고 있었다.

영애들은 문 앞에서 우뚝 선 채 입을 떡 벌렸다.

쿠퍼는 아직 자는 중이었기 때문이다. 그 침대 위에 해럴드 여

사가 올라타 쿠퍼의 와이셔츠를 풀어헤치고 있었다.

열심히 청진기를 미끄러뜨리면서 앓는 소리를 낸다.

"흠흠흠……. 벗겨 보니 의외로 근육질이네. 아무리 그래도 스티그마를 힘으로 눌러 버릴 정도의 괴력은 없을 것 같지 않지만. 어디에 비밀이 있는 걸까……. 보통의 인간과 육체는 별반 다르지 않아 보이는데."

배 위를 내리눌려서인지, 쿠퍼는 가위눌리고 있는 것처럼 보였다.

해럴드 여사는 귀에서 청진기를 뗐다.

대신에 번득이는 빛을 발하는 메스를 꺼내고 입맛을 다신다.

"이럼 결국 해부해 보는 수밖에 없나……?"

바로 여기서 영애들이 황급히 뛰쳐나갔다.

"뭐뭐뭐, 뭘 하고 있는 거예요~~~?!"

"어머."

메리다, 엘리제, 살라샤 세 명이 빈틈없이 쿠퍼의 상반신을 감싼다.

해럴드 여사는 주눅도 들지 않고 어깨를 으쓱하며 침대에서 내려왔다.

"생각보다 일찍 돌아왔네. 어서 와."

메리다로서는 눈썹을 치켜올리지 않고는 배길 수 없었다.

"쿠, 쿠, 쿠퍼 선생님에게 손을 댈 생각이라면 잠자코 있지 않겠어요."

"듣기 좀 그러네. 이 사람도 분명히 승낙했잖니?"

영애들은 얼굴을 마주 보았다.

……쿠퍼가 의식을 되찾았다는 말인가?

그렇진 않았다. 해럴드는 다시 한번 어깨를 으쓱한다.

"탑에 머무르는 조건으로 내 연구에 협력해 주겠다고!"

그러고 보니 어제 성가퀴에서 그런 대화를 나눈 것 같기도 하고……. 아닌 것 같기도 하고.

살라샤는 자연스럽게 쿠퍼의 셔츠를 고치면서 조심조심 물었다.

"해럴드 님께서 하시는 연구는 대체 뭔가요……?"

해럴드 여사는 한 손으로 용기에 메스를 돌렸다.

"육체 진화──트랜스 휴먼 계획이라고 부르고 있지."

"트랜스……."

경계는 되지만 정보를 수집할 찬스다. 메리다는 신중하게 단어를 선택했다.

"그 연구와 쿠, 쿠퍼 선생님의 옷을 벗기는 것에 무슨 관계가?"

해럴드 여사는 하얀 가운에 손을 쑤셔 넣고 태연하게 이야기한다.

"나는 있잖아, 태양의 죽음으로 세계 그 자체가 변모해 버리는 것은 이미 피할 길이 없다고 생각해. 막을 수도 늦출 수도 없어. 그러니 우리 인류도 지금까지의 생활 방식이나 생명 본연의 자세를 다시 생각해야만 해."

조금 톤 다운해서.

"──쉽게 받아들일 수 있는 사상은 아니겠지만."

집게손가락을 세운다.

"태양이 죽은, 그 후의 일을 마주하지 않으면 안 돼."

"그 후……."

해럴드 여사는 방의 좌우를 오가며 연구자다운 모습으로 설명한다.

"햇빛이 완전히 끊어진 세계가 어떻게 될 것인가――. 환경에 끼치는 영향, 생물의 심신에 끼치는 영향으로 예측하면 틀림없이 기존의 생물이 살 수 있을 장소는 모두 없어지고 말 거야. 그것을 피할 수 없다면 우리 인류 쪽이 새로운 세계로 《적합》해져야만 해."

무언가 어렵다……. 그러나 흥미진진한 이야기가 되기 시작했다.

엘리제가 고개를 갸웃했다.

"구체적으로 어떡하는 건데요?"

해럴드 여사의 목소리도 열기를 띤다.

"바로 그것이 내가 연구하고 있는 트랜스 휴먼이야. 태양이 없는 세계에서도 문제없이 살아갈 수 있도록 인류라는 종을 진화시키는 거지! 예를 들면 말인데――."

주위를 손으로 더듬다 이곳이 자신의 연구실이 아님을 상기한 모양이다.

답답한 듯이 몸짓 손짓을 섞는다.

"육체를 기계로 바꿔서 쇠약을 방지한다거나 혹은 짐승 같은 모습이 되어서 강인한 생명력을 손에 넣는다거나………… 아차."

해럴드 여사는 불만스러운 듯이 집게손가락을 흔들었다.

메리다와 친구들이 무척이나 미묘한 표정을 짓고 있는 것을 알아챘기 때문이리라…….

한탄스러운 듯이 어깨를 으쓱한다.

"이 이야기를 하면 모두 그런 반응을 보인단 말이지! 이유가 뭘까, 멋지지 않아? 전신 메탈릭 인간이라든가, 조인(鳥人)이라든가——."

그 감각이야 어쨌든 간에…… 메리다는 몇 번이고 고개를 흔들었다.

해럴드가 적극적으로 메리다 일행을 비호해 준 이유가 밝혀졌다. 그녀는 쿠퍼가 맨몸으로 살육 인형을 격파할 수 있었던 원천——마나 능력에 흥미가 있는 것이다.

다행히 쿠퍼 외 네 소녀가 같은 힘을 쓸 수 있다는 사실을 아직 들키지 않았지만…… 이대로는 쿠퍼의 몸이 위험하다.

메리다는 무의식적으로 쿠퍼를 감싸는 손바닥에 힘을 넣었다.

아는지 모르는지 해럴드 여사는 무언가 생각난 것처럼 얼굴을 들었다.

"아차. 그러고 보니 슬슬 시간이 된 것 같은데. 너희도 준비해 줄래?"

"주, 준비?"

뭔가 예정이 있는 걸까?

가능하면 탑에서 외출한다든가, 쿠퍼는 데리고 갈 수 없는 장소라든가, 여하튼 연구로부터 멀어질 만한 예정이면 고맙겠는데…….

그런 메리다의 희망은 전부 이루어졌다.

다만—— 살짝 비스듬한 방향으로.

해럴드가 웃는다.

"자, 다들, 벗을 시간이야."

그리고 소녀들은 하나같이 할 말을 잃었다…….

LESSON : Ⅳ ～빛에 의지하는 자～

해럴드 여사는 똑똑히 "벗어."라고 지시하고——.

그러고 나서 "입어."라고 말했다.

즉 단순한 환복이다.

당사자는 시치미를 떼고 있다.

"내가 처음에 그렇게 말했었지?"

메리다는 딱 잘라 "아뇨."라고 대꾸해 둔다.

메리다에 엘리제, 살라샤, 손을 잡힌 채 끌려가는 어린 흑수정. 거기에 신탁인 시르마릴——. 제법 수가 되는 일행은 해럴드 여사의 선도 아래 걷는 중이었다.

바르니바빌의 탑을 나가서 깊은 숲속으로.

정비된 산책길을 간다.

어디를 향하는지는 예상이 됐다. 왜냐면 해럴드가 옷을 갈아입으라 말하며 자랑스럽게 내민 의상은 천의 면적이 최소한인——한마디로 수영복이었기 때문이다.

바르니바빌은 광대한 소금 호수에 둘러싸인 외딴섬.

메리다와 친구들은 물놀이를 하자는 권유를 받은 것이었다.

이윽고 숲 너머로 건조물이 보이기 시작했다. 상당히 크다. 성

프리데스위대 여학원의 연무장을 족히 능가할 것이다. 천장은 높다란 돔 모양.

산책길은 도화선같이 그 건물로 빨려 들어가 있다.

해럴드의 발걸음에 망설임은 없었다. 메리다는 묻는다.

"실내 수영장, 인가요?"

"수영장이라고 해야 하나, 여탕 같은 걸지도. 여자밖에 없으니까 어려워하지 않아도 된단다?"

해럴드는 집게손가락을 지휘봉처럼 놀리면서 덧붙인다.

"오늘은 주 1회, 이 해변에 들어갈 수 있는 특별한 날이거든. 덧붙여 섬 반대쪽에는 남성용 해변도 있지만, 그쪽은 언제나 한산한 모양이야. 나는 이렇게 뇌를 리프레시 시키는 시간도 아주 중요하다고 생각하는데 말이지."

일주일에 한 번 있는 여성 직원들의 휴식 시간인 셈이다.

소녀들은 송구스럽지 않을 수 없었다.

"저희를 끼워 줘도 괜찮은 건가요……?"

해럴드는 이쪽을 보지 않고 대답한다.

"이유는 금방 알게 될 거야."

일행은 건물 안으로 들어갔다.

메리다의 신발 밑창이 모래를 밟고 살짝 가라앉았다. 과연, 해변인 이상 당연히 섬의 끝에 가까울 것이다. 지대가 완만하게 움푹 파여 물이 고이고 시원하게 파도까지 치고 있다. 숲속에 숨어 있는 호수와 같은 모습이지만 주변에 독특한 냄새가 감돈다……. 이래서 《소금 호수》라고 하는가 보다.

무엇보다 놀란 점은 무척 환하다는 사실이다.

쏟아지는 햇빛이 건물 밖을 걷고 있었을 때와 다르지 않다.

메리다와 친구들은 천장을 올려다보고, 거기에 파란 하늘이 펼쳐져 있는 것을 깨달았다. 또 그 초기술이다——. 건물 밖에서는 평범한 벽이나 천장으로 보이지만 건물 안에서는 유리처럼 투명하게 보인다.

해럴드 여사는 이 장소를 해변이자 욕탕이라고 표현했었다.

확실히…… 해방감 넘치는 리조트 기분을 맛볼 수 있으면서 누구의 눈치도 볼 필요 없는 공간이다. 정말이지, 고대인들의 라이프스타일은 번번이 혀를 내두르게 한다.

경쾌한 구두 소리가 다가왔다.

누군가가 메리다의 등에 달려든다.

"리~타~."

애정이 담긴 손끝. 체온. 그리고 요염한 목소리에 메리다는 놀라면서 돌아보았다.

"어라? 미우!"

분주하게 시선을 왕복하며 어린 흑수정의 조그마한 모습을 확인한다.

어깨 뒤에서 장난스럽게 웃는 친구에게 메리다도 웃음으로 화답했다.

"어느 틈에 커진 거야?"

뮬도 이에 질세라 대꾸한다.

"방금."

공작 가문 자매인 그녀 역시 다른 영애들과 마찬가지로 하얀 의복을 입고 있었다.

뮬과는 어제, 성가퀴를 나올 때를 끝으로 헤어졌었는데…….

여기서 메리다는 알아챘다. 이 프라이빗 비치 여기저기에 먼저 온 손님의 모습이 있음을. 모두 가지각색으로 속세에서 벗어난 분위기가 느껴진다.

그중에는 놀랍게도, 지면에 질질 끌릴 만큼 긴 금발이 돋보이는 미녀도 있는 것이 아닌가.

신비의 틴다리아 백성을 규합하는 금색 부인──.

그녀도 이쪽을 발견하고 진의를 꿰뚫어 보는 듯한 눈길로 미소 짓는다.

메리다는 저도 모르게 황공해졌다. 뮬이 노래하듯이 말한다.

"나는 부인의 권유를 받아 왔어. 다들, 좋은 분들뿐이더라."

거기서 해럴드 여사가 남의 일처럼 한마디 했다.

"틴다리아의 백성은 평소엔 자신들의 거주구에서 그다지 나오는 일이 없지만, 이 해변은 마음에 든 모양이더라고. 주 1회, 빼먹지 않고 오고 있어."

그 음성에서 속내를 엿보기는 어려웠지만──.

메리다는 깨달았다. 해럴드가 이 해변에서의 물놀이를 '아주 중요' 하다고 한 이유. 그리고 메리다 일행도 초대한 이유── 바로 집에 틀어박히기 십상이라는 틴다리아의 백성들과 교류를 가질 귀중한 기회이기 때문일 것이다.

뮬이 메리다의 팔에 자신의 팔을 감는다.

"빨리 수영복으로 갈아입자? 소금 호수는 있잖아, 보통 해변과는 달라. 헤엄치는 법이 따로 있대."

그리고 그녀는 심오한 웃음을 띠웠다.

"나도 오늘 너희가 어떤 공부를 했는지 알고 싶어."

눈과 눈으로 서로의 마음을 읽고, 메리다는 여러 번 고개를 끄덕여 응답한다.

뮬과 따로 행동하게 된 지 하루 가까이——.

알고 싶은 건 이쪽도 마찬가지다. 서로에게 귀중한 정보 교환의 시간으로 만들자.

† † †

소금 호수란 즉 염분의 농도가 높은 웅덩이를 말한다.

그 농도가 어느 정도인가 하면 바닷물의 약 10배——.

물맛이 짜다 수준이 아니라, 이 호수에서는 어떤 생물도 살 수 없다고 한다.

물은 생명의 근원임에도 불구하고 물고기 한 마리 헤엄치지 않는다.

그런 까닭에서 《죽음의 호수》라고도 불린다고 한다.

하지만, 하고.

뮬은 설명을 계속했다.

"우리 같은 레이디에게 이곳은 《생명의 호수》야."

메리다는 눈썹을 찡그렸다.

"무슨 뜻이야?"

"물을 떠 봐, 리타."

그 말에 메리다는 몸을 구부려 호수면에 손바닥을 넣었다.

찐득하게, 손가락에 물이 휘감긴다.

"우왓, 뭔가 신기한 감촉이야……."

"그렇지? 이 호수의 염분에는 피부 미용 효과가 있대."

"피, 피부 미용……."

보니까 프라이빗 비치 여기저기에서는 여성들이 제각각 편히 쉬고 있었다. 호수면에 몸을 띄우고 흐름에 몸을 맡기고 있는 자, 의자에서 햇빛을 만끽하고 있는 자, 그 외에도——해변에 몇 명씩 뭉쳐 있는 집단은 무엇을 하는 중일까?

틴다리아의 백성들이 이 해변에만은 뻔질나게 다니는 이유를 안 것 같은 기분이 든다. 아무렴, 잠기기만 해도 피부를 가꿀 수 있다면 오지 않을 수 없겠지.

뮬이 메리다와 팔짱을 끼었다.

둘 다 이미 탈의실에서 수영복으로 갈아입어 준비는 만반이다.

"너희가 오는 걸 기다리고 있었다니까. 자, 이쪽이야."

"으, 응."

뮬이 스킨십을 즐기는 건 늘 있던 일이지만, 수영복이든 속옷 차림이든 한결같이 그러니까 메리다로서는 언제고 농락당할 뿐이다.

하지만 평소 이상으로 거리가 가까운 느낌인데……?

엘리제와 살라샤—— 마찬가지로 수영복 차림이 된 자매들도 고개를 갸웃하면서 뒤를 따른다.

어린 흑수정은 똑같은 용모를 지닌 뮬을 경계하는 걸지도 모른다. 살라샤 뒤에 숨은 채 뮬의 등으로부터 시선을 돌리지 않는다.

일행의 맨 뒤에 있는 것은 시르마릴이다. 해변에는 그녀를 포함해 몇 명의 신탁인이 마치 시녀같이 틴다리아 백성 옆에 대기하고 있다.

신탁인들은 사전을 겨드랑이에 끼고, 여기에서마저 하얀 복장을 고수하고 있다.

……틀림없이 감시의 목적도 있으리라. 틴다리아의 백성들은 이 휴식 시간에도 결코 자유의 몸이 아니다.

그래서, 뮬이 어디로 안내해 주나 싶었더니 해변의 한구석이었다. 무언가 빽빽하게 진흙이 쌓여 작은 산을 이루고 있다.

이것이 뭐냐 하니, 그저 해변의 흙을 쌓았을 뿐이라나.

"앉아, 리타."

뮬의 권유에 그대로 메리다는 모래사장에 엉덩이를 붙인다.

그러자 뮬은 진흙 산을 손바닥으로 퍼서, 그것을 메리다의 등에 마구 바르기 시작했다.

"꺄아악. 뭐, 뭐야, 뭐야?"

뮬은 캔버스를 물들이는 것같이 메리다의 하얀 등에 손을 미끄러뜨린다.

"소금 호수의 물처럼 이 진흙도 미용 성분 덩어리래. 이렇게 피부에 바르고 햇빛을 받으면서 릴랙스 하고, 호수에 들어가 진흙을 제거하고, 또 바르고——. 해변에서 나올 무렵에는 피부에서 윤기가 좌르르 흐른다나 봐?"

뮬은 살짝 혀를 내민다.

"……라고, 부인이 나눈 대화를 신탁인을 통해 들었어."

과연, 그것이 소금 호수를 즐기는 방법이란 얘기다.

정보를 입수한 엘리제도 손가락을 꿈틀거리면서 살라샤에게 무릎걸음으로 다가간다.

"사라한테는 내가 발라 줄게. 커다란 《복숭아》를 잘 꾸며야 지……. 주르륵."

"엘리?! 손놀림! 손놀림이 무서워요!"

메리다도 솔직히 말해 조금 부끄럽다.

"저기, 미우. 나도 직접 바를 수 있어."

하지만 뮬은 팔을 슬쩍 두르며 메리다의 몸을 놓치지 않는다.

"부끄러워할 거 없는데? 주변을 둘러봐."

듣기 전부터 인식하고 있었지만, 모래사장 여기저기에 모여 있는 여성들은 서로 진흙을 발라 주고 있었다. 해럴드 여사가 이 해변을 「여탕」이라 부른 이유가 밝혀졌다. 수영복을 입고 있는 것조차 민망하게 느껴진다.

상반신을 홀랑 노출하고 일광욕하고 있는 사람도 있어서 메리다는 볼이 뜨거워진다.

"왠지 다른 사람이 몸을 씻겨 줘야 하는 어린이가 된 것 같아."

정작 그 《어린이》인 어린 흑수정은 아무 신경도 쓰지 않고 호숫물과 장난치는 중이었다.

그래, 기분 전환하는 데는 이만한 것이 없겠다! 메리다는 뮬이 진흙을 발라 주는 상태에서 그대로 이야기를 꺼냈다.

"미우. 우리가 오늘 보고 들은 것을 가르쳐 줄게."

뮬도 자신들 세 명이 얻은 정보에 흥미가 있을 것이다.

메리다는 오늘 있었던 일을 돌이켜보면서 가능한 한 자세히 말해 주었다.

그래도 이따금 부자연스럽게 말문이 막혔다.

바로 옆에서 시르마릴이 귀를 기울이고 있기 때문이다…….

이방인인 메리다 일행은 아직 의심받고 있다. 추궁이라도 당하면 단숨에 입장이 나빠질지도 모른다.

뮬은 짧게 질문했다.

"쿠퍼 선생님의 상태는?"

아무 신경 쓸 것이 없으면 그의 태생에 관해서도 언급할 상황이겠지만——.

최소한으로밖에 가르쳐 줄 수 없다.

"지금은 푹 자고 있어."

뮬은 "그래."라고 중얼거리고, 무언가 골똘히 생각하는 듯한 눈빛이 되었다.

메리다의 등을 손으로 찰싹 때리고 이런 소릴 한다.

"자, 등은 끝. 다음은 앞이네."

어? 메리다가 무심코 뒤돌아본 것도 아주 잠시.

뮬은 무릎걸음으로 앞으로 돌아 들어오더니, 또다시 진흙을 퍼서 메리다의 피부에 마구 바르기 시작했다. 수영복으로 가려지지 않은 어깨나 배, 가냘픈 바디 라인을 구석구석 덧그린다.

파상공격에 메리다도 볼이 마냥 붉어진다.

"아, 아, 앞은 직접 바를 수 있으니까!"

"사양할 거 없는데?"

뮬은 정면에서 씨익 웃는다.

무언가 의미심장하게——.

"이러는 편이 이야기하기도 쉽고."

그렇게 말하고, 메리다가 뭐라고 할 틈도 주지 않고 화제를 바꾼다.

"나도 흥미로운 이야기를 알았어. ——있잖아. 너희는 틴다리아의 부인들이 어떠한 입장인지 알고 있어?"

"어? 으음⋯⋯."

해럴드 여사에게서 배운 이야기다. 원래는 특이한 소수민족이었지만, 실은 신화의 시대라고 불리는 창세기의 후예라는 사실이 밝혀지고——.

거기까지 읊조리고 메리다는 "어라?" 말문이 막혔다.

표정의 변화를 감지했는지 뮬은 조그맣게 고개를 끄덕인다.

"그러면, 그런 부인들이 왜 지금, 이 바르니바빌에서 살고 있는 걸까? ——간단해. 끌려 온 거야."

목소리에 강한 감정이 켜진다.

"강제로 말이지."

"어⋯⋯?!"

"부인들은 고향 숲에서 소박하게 사는 게 다였어. 하지만 그리로 바르니바빌의 사자가 찾아왔지. '태양의 죽음을 회피하기 위해서 신화의 시대의 힘을 빌리고 싶다' 라면서. 틴다리아의 백성은 처음에는 거절했다고 해. '먼 후손인 우리에게 대단한 힘은 없다. 그저 평온하게 살고 싶다' ……고."

뮬의 손바닥에 어찌할 수 없는 마음이 담기는 것을 알 수 있었다.

"……그랬더니 바르니바빌이 어떻게 했을 것 같아?"

메리다의 입술이 무의식적으로 떨렸다. "설마."

뮬은 시선을 떨군 채 고개를 끄덕였다.

"병사, 스티그마를 파견했어. 저항하는 자는 죽이고 연약한 부인들은 연행했지. 그녀들의 고향을 모조리 태워버려 돌아갈 수 있는 장소를 없애고…… 지금은 이 탑에 가둬 놨어."

"금색 부인은 있잖아? 틴다리아 족장의 혈통이래. 족장님은 마지막까지 바르니바빌에 항거한 것 같아. 하지만 그도, 그와 부인의 아이도, 본보기가 되어 죽고 말았어……. 그렇지만, 바르니바빌의 연구는 세계적인 프로젝트잖아? 누구나가 이 무도한 행위를 정당화했지."

애처로운 음성으로 단언한다.

"그녀들의 아군은 어디에도 없어."

거기서 날카로운 목소리가 끼어들었다.

신탁인 시르마릴이다.

"틀린 말이에요!!"

메리다의 시선이 뮬과, 격렬하게 주장하는 시르마릴 사이를 오간다.

"티, 틴다리아의 백성은 전염병으로 멸망하고 있었어요! 그 것을 바르니바빌이 보호한 거라고요! 벼, 병사를 보냈다니, 대체 누가, 그런······!"

뮬은 차갑게 그녀를 쳐다보았다.

"응. 당연히 그런 짓을 공공연하게는 못 했겠지?"

"······!!"

시르마릴은 얼굴이 새빨개져서 거칠게 몸을 돌렸다.

그 뒷모습이 멀어져간다──.

그녀는 이 사실을 몰랐던 걸까?

혹은 알면서 외면하는 걸까······.

뮬은 입을 다물고 묵묵히 메리다의 피부에 진흙을 바른다.

뮬도 몹시 그녀답지 않다. 그만큼 틴다리아의 동포에게 감정이입 하고 있는 걸까. 메리다는 평소와는 다른 친구의 표정이 마음에 걸렸다.

"저기, 미우······."

하지만 뮬은 시선을 떨군 채 날카롭게 말했다.

"알아채 줘, 리타."

어? 메리다는 입을 벌린다.

무엇을 알아채라는 걸까?

뮬은 눈을 맞추지 않고, 지긋이 메리다의 피부를 보고 있다.

그녀의 두 손이 분주하게 춤추며 진흙을 펴고 있다.

그 섬세한 손가락이 픽시를 지휘하듯이 튀어 올랐다.

메리다는 그제야 퍼뜩 숨을 죽인다.

──문자를 쓰고 있다?!

뮬은 캔버스 같은 메리다의 하얀 피부에 진흙을 펴고 거기에 문자를, 즉 메시지를 남기는 중이었다. 전격을 맞은 것처럼 메리다의 신경이 눈떴다. 뮬이 평소 이상으로 스킨십 한 이유는 물론이고 시르마릴에게 몹시 공격적이었던 위화감에도 수긍이 간다.

메리다는 비로소 깨달았다.

해변에는 적잖은 수의 신탁인이 배치되어서 틴다리아의 백성을 엄중히 감시하고 있다. 그리고 몇몇 틴다리아 백성은 해변에서 한 덩어리가 되어 진흙을 서로 바르고 있다. 교대하고 교차하며……. 주고받는 말은 없으나 그녀들의 눈짓도 지금의 메리다에게는 의미가 있는 것처럼 보였다.

틴다리아의 백성들은 이 탑에 감금되어 있다고 했다.

말과 행동의 부자유란 면에서 지금의 메리다 일행과 큰 차이 없을 것이다.

그런 그녀들이 신탁인에게 책잡히지 않고 진의를 주고받는 수단이 이런 스킨십인 것이다. 뮬은 동포들의 동작을 보고 그것을 헤아린 것이 확실하다. 시르마릴을 멀리 떼어 놓고 메리다에게 비밀 메시지를 전하려 하고 있다……!

메리다의 표정이 변화한 것을 뮬도 알아챈 듯하다. 얼굴을 돌린다.

"사라랑 엘리도 거들어 줘."

등에 문자를 쓰면 신탁인이 눈치챈다. 고로 몸 앞에 와서 가리라는 얘기다.

옆에 다가온 살라샤와 엘리제는 뮬이 무엇을 하고 있는지 바로 이해한 것 같았다. 앞과 좌우에서 메리다를 에워싸고 세 명이 진흙을 바르는 척을 해 메시지를 가린다. 뮬은 붓끝에 한층 더 기세가 붙은 모습이다.

세 명의 손에 농락당하는 메리다는 견디기 어려운 상황이지만.

"아, 아직이야?"

뮬은 딱 잘라 대꾸한다.

"아직 멀었어. 꼼꼼히 해야지."

부자연스러우면 안 된다. 게다가 최대한 시간을 벌어야 한다. 좌우의 엘리제와 살라샤는 그야말로 빈틈없이 메리다의 겨드랑이부터 목덜미에 걸쳐 정성껏 손가락을 뻗고 있다. 그 뒤에서는 뮬이 메리다의 배에 예술적인 스케치를 하고 있다.

아무리 우애 깊은 네 자매라고 해도, 시르마릴이 수상하다는 표정을 하고 돌아왔다.

"여, 여러분은 정말로 그냥 친구 사이인가요……?"

뮬은 당연하다는 표정으로 대꾸한다.

"어머, 틴다리아의 백성에 관해서 더 가르쳐 주시려고요?"

"……."

시르마릴은 입술을 깨물고 다시 발길을 돌렸다.

바로 지금이다. 너무 시간을 들이면 그녀 이외의 다른 신탁인들에게까지 주목받게 될지도 모른다. 그런데 거기서 뮬은 "으윽." 하고 가볍게 입술을 깨물었다.

두 손바닥의 움직임이 멈춘다.

하복부까지 이르렀던 손이, 더 나아갈 곳을 잃은 모양이다.

메리다도, 엘리제도, 살라샤도 이내 헤아렸다. 전달해야 하는 메시지가 너무 길어서 쓸 공간이 부족해진 것을. 처음에 큰 글자로 쓰기 시작, 문장이 끝나 감에 따라 여백이 없어져 버리는, 노트를 쓰는 학생이라면 누구나 하기 십상인 실수다.

양피지라면 새로 한 장을 보태면 된다.

그러나 지금은 그렇게 할 수가 없다…….

어, 어떡할 거야? 메리다는 시선으로 물었다.

뮬은 입술을 꾹 깨물고, 그런 다음 어째선지 얼버무리듯이 웃었다.

"으음, 여기, 목욕탕이나 마찬가지니까."

"엥?"

"전부 벗고 있는 분도 계시고, 부끄러워할 거는 하나도 없으니까?"

메리다가 순간적으로 좋지 않은 예감을 느낀 직후다.

뮬의 진흙투성이 손이 메리다의 수영복 상의를 꽉 거머쥐고 밀어 올렸다. 미약한 저항을 보인 좌우의 바스트가 탱글, 흔들리면서 천 밖으로 삐져나온다.

메리다는 필사적으로 비명을 참았다.

즉시 감싸려고 한 두 팔은, 그러나 양옆에 있는 엘리제와 살라샤에게 막혔다.

뮬의 의도는 전원 곧바로 이해했다. 어떻게든 쓸 공간을 짜내려고 하는 것이리라. 안 그래도 가냘픈 메리다의 바다다. 복부는 이미 진흙에 완전히 젖어 있다.

　달리 남아 있는 공간이라고 하면…….

　가슴 쪽밖에 없다, 는 판단이다.

　확실히 이 해변에는 여성밖에 없지만. 욕탕처럼 알몸으로 호수에 떠 있는 사람도 있지만……! 친구들은 버젓이 수영복을 입고 있는데 자기만 알몸을 드러낸다는 사실에 수치심이 끓어올랐다. 자기가 있는 곳이 어딘지도 모르는, 상식이 모자란 사람 같아서.

　뮬은 다시 두 손을 진흙에 담그고 도예가인 양 입술을 핥았다.

　"사라, 엘리, 그대로 잠깐 누르고 있어 줘."

　흑요석 같은 눈동자가 번뜩이고 새하얀 캔버스를 노려보았다.

　이 네 자매에게 알몸 교제는 일상다반사이긴 하지만…… 역시 자기 혼자만, 이라는 상황이 메리다를 애달프게 만든다. 왜 무저항으로 가슴을 내밀어야 한단 말인가──.

　예상대로 시간과의 승부였다. 뮬은 거리낌 없이 피부를 더듬는다.

　메시지를 남기기 위해서는 우선 진흙을 펴야 한다. 뮬은 진흙을 떠서 발라 하얀 피부를 초콜릿색으로 물들여 갔다. 좌우의 두 아담한 바스트가 뮬의 가냘픈 손바닥에 착 감싸였다. 손가락이 하나의 생물처럼 움직이며 부지런히 주무른다.

　메리다는 새어 나올 뻔한 목소리를 참는 데 필사적이었다. 전방은 몸을 들이미는 뮬. 좌우는 꿀꺽 침을 삼키는 살라샤와 엘리제가 잘 가려 주고 있지만, 다시 말하면 친구들은 상당히 주목받고 있다는 것이기도 하다.

……어느샌가 어린 흑수정이 호수에서 돌아와 네 자매의 행위를 말끄러미 관찰하고 있었다. 메리다는 견디지 못하고 이성적인 소리를 지른다.

"미, 미우, 어린아이 교육상, 별로 좋지 않은 것 같아!"

반면 뮬은 여기서부터가 본 게임이라고 말하고 싶은 듯한 얼굴이다.

"마지막이 제일 중요해."

어떻게 해서라도 친구들에게 전하고 싶은 메시지가 있는 모양이다.

뮬은 열심히 메리다의 피부에 손가락을 미끄러뜨렸다. 피부라고 해야 하나, 그냥 가슴이다. 메리다의 등줄기에 오작동을 일으킨 로봇 같은 세밀한 자극이 튀었다. 섬세한 손가락이 완만한 기복의 바스트를 구석구석 덧그리고 초콜릿색 궤적을 긋는다.

일절의 타협을 용납하지 않는 장인처럼——.

더구나 그 터치가 애정으로 가득 차 있어서, 메리다는 목소리를 참는 것도 한계였다.

"미우, 일부러 그러는 거 아냐?!"

뮬은 메롱 하고 혀를 살짝 보여 준다.

"조금만 더. ——자, 끝."

"아앙."

손놀림을 잘 참은 체리가, 마지막으로 뮬의 손가락에 콕 눌린다.

뮬은 드디어 전언을 마친 모양이다. 만족한 모습으로 몸을 일으켰다.

그리고 가볍게 돌아선다.

"이제 가야 해. 그럼 또 봐."

앞서 목욕을 즐기고 있었던 만큼 되돌아가는 것도 틴다리아의 백성이 한발 먼저라는 걸까.

한참을 농락당한 메리다는 숨이 끊어질 것만 같았다…….

하지만 얼굴을 새빨갛게 붉히고 있는 사람은 옆에 있는 살라샤 쪽이었다. 메리다는 벌써 수치심을 뿌리쳤는지, 수영복 상의를 직접 걷어 올리면서 친구들에게 돌아선다.

"으으으~……. 뭐, 뭐라고 썼어?"

"으, 으음."

또 여기서부터 엘리제와 살라샤에게 바스트를 곰곰이 관찰당해야 하는 치욕이 기다리고 있었지만——.

살라샤의 입에서 나온 한마디로 단숨에 이성이 눈떴다.

"'미스 시저'……."

세 명이 동시에 얼굴을 마주 본다.

엘리제와 살라샤는 몸을 좀 더 내밀어 메리다의 피부에 코끝을 가까이 댄다.

어린 흑수정은 아주 신기하다는 듯이 그 광경을 보고 있다…….

이윽고 누군가가 말을 걸었다. 신탁인 시르마릴이다.

뒤늦게 미심쩍어 보이는 눈길로.

"다, 당신들은 뭘 하고 있는 건가요?"

메리다는 서둘러 수영복 상의를 되돌리고 세 명의 집회를 해산시켰다. 자기 손으로 진흙을 뒤섞어 메시지를 지우면서 그대로 호수로 다이빙.

초콜릿색 증거가 물에 녹아 떠내려간다——.

이제 함부로 입 밖에 말을 꺼낼 수는 없다. 그러나 이미 의사소통은 충분히 했다. 메리다, 엘리제, 살라샤는 호수에 둥실 뜨면서 조심스럽게 눈짓을 나누고 고개를 끄덕인다.

뮬이 남긴 메시지는 세 개였다.

하나. '시저 씨를 발견했다'

둘. '이제부터 거처를 알아내겠다'

'그리고——.' 하고, 셋.

《내》가 하는 말을 들어선 안 된다'

† † †

무슨 의미일까? 메리다는 해변을 나오고 나서 내내 그 생각 중이었다.

'발견했다', 라고 했음에도 불구하고 '거처'가 아직 판명되지 않았다니?

예상할 수 있는 것은 기껏해야 세 번째 메시지다.

'《내》가 하는 말'에서 '나'는 뮬 본인을 지칭하는 게 아닐 것이다.

5천 년 전의 그녀를 가리키는 것이리라. 이 고대에서 틴다리아의 백성이라고 불리고 있는 어린 흑수정——. 그 아이가 하는 말을 들어선 안 된다, 고 뮬은 충고한 것이다. 그러나 듣지 말라고 해도 애당초 메리다 일행은 네피림어를 이해할 수 없으니…….

뮬은 지금 틴다리아의 백성들과 행동을 함께하고 있다. 뭔가 독자적으로 진상을 알아냈을지도 모른다. 하지만 그것을 털어놓고 싶어도 언동이 제한되고 있어서…….

눈치 볼 필요가 없는 상황이라면 모든 사항을 전해 줬을 것이다. 그것이 불가능하기 때문에 뮬이 엄선한 것이 이 3행. 자신들 세 명은 그 의도를 읽어내야 한다.

——이러한 난제에 둘러싸였을 때는 역시 존경하는 스승을 의지하는 것이 제일이다.

정말 기쁘게도 쿠퍼는 저녁과 함께 잠에서 깨어나 주었다. 즉 태양이 빛을 거두고 지상에 어둠이 내리는 것과 교대로 말이다.

특별한 것은 없다. 밤에 사는 마물의 당연한 생활 스타일처럼 자연히 그랬다.

단지 침대에서 일어나는 것도 꽤 힘들어 보였지만.

"정말 죄송합니다, 아가씨."

쿠퍼는 원통스럽게 사죄했다.

메리다는 굳이 램프도 켜지 않고 그의 침대 옆에서 시중을 들고 있다. 지금은 단둘이다. 엘리제와 살라샤는 개인실에서 어린 흑수정을 재우는 중일 것이다.

감시인 시르마릴은——— 문밖. 따라서 피차 목소리가 조심스럽다.

"이런 중요한 때 몸이 뜻대로 안 따라 줄 줄은…….."

움켜쥔 그의 주먹에 메리다는 살며시 손을 포갠다.

"무엇을 위해서 저희가 따라왔다고 생각하세요? 선생님, 말씀하셨었잖아요. '배우러 왔다'고."

메리다들 미래인의 목적은 어디까지나 보는 것. 역사의 증인이 되는 것, 그뿐이다.

메리다는 납작한 가슴을 편다.

"그 정도라면 저희도 할 수 있어요."

"하지만——."

쿠퍼는 걱정이 끊이지 않는 듯한 모습이었다.

메리다는 화제를 바꾸기 위해서 커다란 창으로 얼굴을 돌린다.

이미 심야지만 하늘은 어슴푸레하게 밝았다. 왜냐면《천장》에 모래알 같은 빛이 박혀 있기 때문이다. 어둠에 깜박이는 한결같은 빛——이 얼마나 마음 편안해지는 광경인가.

고민 전부가 밤바람에 채여 사라져 버릴 것 같다.

쿠퍼도 같은 것을 보고 있음을 감지하고 메리다는 말했다.

"저 빛을《별》이라고 부른다고 해요. 그 정체는 지표 반대쪽에 있는 도시들의 등불……이라던가. 그리고."

쿠퍼를 만지고 있는 것과는 반대쪽 손으로 하늘을 가리킨다.

"정중앙의 유달리 큰 빛이,《달》."

그 구체는 낮에는《태양》이라고 불렸었다.

활동 시간대에 따라서 통칭이 바뀌는 것이다. 공동 세계의 중심에 뜨는 그 달은 태양이라고 불리는 낮만큼은 밝지 않았다. 이대로 가만히 계속 볼 수 있을 정도다.

……이렇게 직시하고 있으니, 《달=태양》 주위에 무언가가 떠 있는 게 눈에 들어왔다.

몇 겹이나 되는 둥근 고리다. 완만하고도 규칙적으로 회전하고 있다. 과연, 고대 사람들은 태양이 인공물이라는 사실을 밝혀냈다고 했는데, 그 말마따나 둥근 고리의 회전 운동은 매우 규칙적이다.

저것은 무엇을 위한 장치인 걸까?

아니, 태양=달의 규모를 생각하면 《시설》이라고 부르는 편이 좋을지도 모른다…….

메리다는 자기가 알고 있는 범위의 일을 쿠퍼에게 가르쳐 주는 수밖에 없었다.

거의 해럴드 여사의 생각을 받아 옮긴 거긴 하지만.

"저 구체는 하루의 반을 태양으로, 또 반을 달로 활동하도록 설계되어 있대요. 달일 동안에는 빙점 아래의 극한(極寒) 속에서 필요한 물질을 만들어내고, 태양일 동안에 그것들을 화합해서 빛과 고열을 발생시키고 있다고——."

그것이 이 세상에 《낮》과 《밤》의 개념을 가져다주는 것이다.

그렇지만, 하고 메리다는 해럴드 여사의 흉내인 양 고개를 젓는다.

"최근엔 그 에너지를 만들어내는 효율이 노후화 때문에 점점 나빠지고 있고, 그 때문에 밤이 길어지고 있다⋯⋯고, 해럴드 씨는 말씀하셨어요."

그녀의 고뇌를 맛본 것처럼 메리다도 입술을 깨문다.

"만약 하루 중에 《태양의 시간》이 완전히 없어져 버리면――."

"아가씨."

쿠퍼의 손에 힘이 들어갔다.

메리다는 손바닥이 간지러웠다. 메리다는 시선을 내렸고, 거기에 쿠퍼가 손가락으로 문자를 쓰고 있는 것을 깨달았다. 뮬에게서 배운 비밀 대화법을 쿠퍼는 바로 실천하고 있는 것이다.

고대 사람들의 귀에는 들어갈 수 없는 대화――.

쿠퍼의 손가락은 이렇게 전했다.

'아가씨. 앞으로 이 고대의 세계에서 무슨 일이 일어날지 아십니까?'

메리다는 침대에 푹 걸터앉아 쿠퍼에게 몸을 기울인다.

조금도 부자연스럽지 않다고, 시르마릴과 스스로에게 핑계를 대듯이 쿠퍼의 몸에 열정적으로 팔을 휘감는다. 그리고 티 나지 않게 그의 손바닥에 생각을 그린다.

긴 문장을 다 쓴 손가락 끝은 조금 붉어져 있었다.

'분명 바르니바빌의 계획은 어느 것도 잘 풀리지 않을 거라 생각해요.'

쿠퍼는 침묵한 채 연신 고개를 끄덕인다.

의심할 여지는 없을 것이다. 세계의 종언을 극복하기 위한 계획은 그 모든 것이 실패로 끝난다. 그 결과, 태양은 죽고 이 갇힌 세계에 어둠이 가득 차서 메리다 일행이 잘 아는 5천 년 후의 광경에 이른다——.

쿠퍼는 그것을 또렷이 긍정한 것이다.

다시 한번 메리다의 손바닥에 문자를 쓴다.

'그리고 저희는 그것을 끝까지 지켜봐야 합니다.'

그의 눈빛은 굳세고 한결같았다.

'보는 것 이외에, 아무것도 해서는 안 됩니다.'

메리다는 문득 깨달았다.

쿠퍼가 왜 걱정을 떨치지 못하는지……. 바로 제자들 때문이다. 우리 미래인은 역사에 손을 대서는 안 된다. 해럴드 일행을 도와주면 안 된다. 앞으로 그들을 기다리는 멸망의 운명을, 그저 잠자코 지켜보기만 해야 한다.

괴로울 것이다.

당장에라도 손길을 내밀어 주고 싶어질지도 모른다…….

메리다에겐 자신이 없었다.

거기서 재차 깨달은 것이 있었다. 약간 초조한 기색으로 쿠퍼의 손바닥에 손가락을 미끄러뜨린다.

'혹시 시저 씨는 멸망의 역사를 바꾸려 하는 게 아닐까요?'

쿠퍼는 이미 그 가능성을 염두에 두고 있었던 모양이다. 씁쓸한 듯이 고개를 끄덕인다.

시저 비서——라기보다 그녀가 사모하는 클로버 사장은 태양이 군림하는 푸른 하늘을 보는 것이 소원이었다. 그 때문에 얼마 남지 않은 수명을 소비했고, 그야말로 목숨과 바꿔 '보는'

소원을 이뤘다…….

만약 그에게 그런 소원이 없었다면 조금 더 오래 살 수 있었을 것이다. 아니, 애당초 실험하다 사고에 휘말리는 일도 없었을 지도 모른다. 전부 다, 5천 년 후의 세계에서는 태양이 사라지고 없기 때문에——.

만약 5천 년 후에도 태양이 건재하다면.

클로버 사장은 죽지 않는다. 사고에 휘말리는 일도 없다.

란칸스로프도 생기지 않는다. 국가를 흔드는 범죄 조직 따윈 휴지통행이다!

시저 비서는 건강한 몸으로 다시 한번 그를 만날 수 있다.

그것이 얼마나 그녀에게 감미로운 꿈일는지…….

저지, 해야만 한다.

쿠퍼가 애처로운 표정이 되는 것도 당연하다 할 수 있다.

메리다의 손바닥을 그의 손가락이 긴다.

'금색 부인도 저희에게 기대하는 걸지도 모릅니다.'

메리다는 조그만 고개를 갸웃거린다. 쿠퍼는 계속해서 메리다의 손을 간지럽혔다.

'틴다리아의 백성이 정말로 저들에게 사로잡힌 신세라면, 제 검술을 믿고 해방해 달라는 것이겠죠. 그 때문에 저희를 자신들 편으로 끌어들이려 하고 있어요. 하지만.'

그의 손가락이 굳는다.

자신들이 본래, 역사의 이 시간에 존재하지 않음을 생각하면.

쿠퍼는 손가락을 천천히 미끄러뜨린다.

'그들은 희생되는 수밖에——.'

거기서 메리다는 그의 손에 자기 손을 덮어 멈췄다.

그의 가슴에 바싹 붙는다.

말도 문자도 필요 없다.

그래도 전해지는 것은 있을 것이다.

메리다의 귓가에서 그의 마음이 생생히 상처 입고 비명을 지르고 있으니까——.

고대 세계의 밤은 밝다.

창으로 쏟아져 들어오는 달빛이 포개지는 두 사람의 실루엣을 부각하고 있었다.

LESSON: V ~영원의 하늘을 찾아서~

에드가 씨의 개인실에는 분명 어제 방문했지만——.

그가 본래 사용하는 연구실이라는 것은 지면 아래에 있었다. 즉 탑의 지하다. 이 고대 세계로 오고 나서 사흘째. 오전 중—— 태양이 그런대로 기운찬 시간. 메리다 일행이 안내를 따라 지하실로 향하자 에드가 씨는 냉큼 나와 맞이해 주었다.

사근사근하게 웃는 얼굴이 정비용 기름으로 더러워져 있다.

"여어, 다들! 와 주었구나!"

그리고 눈 아래에 다크 서클이 조금 생겨 있었다. 살라샤는 조심조심 묻는다.

"에드가 님. 혹시 안 주무셨나요……?"

"그게 그만, 열중하다 보니."

검은 기름이 묻은 손으로 머리카락을 긁는다.

그 목소리는 확실히, 활력이 넘쳐흐르고 있었다.

"내 연구는 관심 가져 주는 일이 워낙에 없어서 말이지. 이거저거 전부 소개하려고 힘내었더니 벌써 시간이 이렇게 됐네——. 그래도 덕분에 준비는 만반이야!"

"아, 네에."

"바로 투어를 시작하지. 참가자는 하나, 둘, 셋……. 어라?"

잠에 취한 눈을 한 에드가 씨는 그제야 겨우 알아챈 것 같았다.

어제와는 멤버의 면면이 다른 것을.

일단 메리다, 엘리제에, 살라샤까지, 이른바 프란돌 학생조.

그리고 꼬마 미우, 즉 어린 틴다리아 소녀.

거기에 나머지 한 명은——.

해럴드 여사였다.

에드가 씨는 눈을 비비려다가 멈추고 대신 고개를 흔든다.

"해, 해럴드? 왜 네가?"

"왜, 불만 있어?"

입장 상 두 사람은 같은 십 인의 현인이고, 동지일 터.

에드가 씨는 메리다에게 물었다.

"그 신탁인 아이는 투어에 참가하지 않는 거니?"

메리다는 고개를 끄덕여 응답한다.

별일 아니다. 해럴드 여사가 "오늘 스케줄은?" 하고 물어봐서 에드가 씨와의 약속 이야기를 했더니, 그녀도 자신의 연구를 끝 맺고 동행을 자청한 것이다.

메리다 일행에게 수행원이 붙는 것은 감시의 의미가 강하다.

따라서 감독자인 해럴드가 있다면 문제없으리란 판단 아래 시르마릴에게는 오늘 휴가가 나온 것이다. ……덧붙여 쿠퍼는 역시 태양이 밝게 빛나기 시작하는 것과 교대로 다시 체력을 잃어 버렸다. 무리도 아니다. 지금은 그저 메리다가 그의 눈이 되어서 이 손발로 그의 의지를 받들고 이룰 뿐이다.

그리하여 메리다 이하 학생조에, 인솔이란 모양새로 해럴드 여사가 참가한 면면이——.

에드가 씨는 일변해서 조금 거북한 표정이 되었다.

"해럴드도 같이 왔나……. 어쩐 불편한데."

해럴드 여사는 그런 그와 어깨동무한다. 남녀를 의식하게 두지 않는 거리감이다.

"당신, 속사정을 조금도 보여 주지 않잖아. 연구가 어느 정도 진행됐는지 이 기회에 확인하려고 왔지."

에드가 씨는 대개 상대방에게 밀리는 타입이다.

"보여 줄 상대를 가리고 싶다고."

바르니바빌의 식구이기 때문에 부끄러운 걸지도 모른다.

해럴드 여사는 개의치 않는 것처럼 보이지만.

투어 안내인보다 먼저 메리다와 친구들을 지하실 안쪽으로 손짓해 부른다.

"바로 가자고. 아찔한 지저 세계로 안내하겠습니다~!"

터덜터덜 어깨가 처지는 에드가 씨.

"그거, 내 역할인데……."

철야까지 하며 생각한 플랜에 일찌감치 차질이 생긴 모습이다.

지하실 안쪽에는 엘리베이터가 있었다. 더욱 깊은 지저로 향하는 모양이다. 과연 에드가 씨의 연구 내용이란 무엇일까……. 호기심을 가슴에 안고 소녀들이 엘리베이터에 올라타자 철책이 미끄러지고 입구가 단단히 닫힌다.

철컹, 흔들리며 낙하하기 시작했다.

일행을 태운 상자는 컴컴한 어둠 밑으로 향한다…….

어린 흑수정은 살라샤의 허리에 바짝 매달렸다.

하지만 금방 무섭지는 않게 됐을 것이다. 어쨌든 밝다. 지하 깊숙이 파고드는 중일 텐데도 그 발밑에서 빛이 솟구쳐 온다. 저 빛은 대체……?

조명은 아니었다. 바위다! 주위의 암벽이 빛을 발하고 있다. 바위 표면에 피가 통하고 있는 것처럼 빨갛고, 뜨겁게 불타는 것 같은 빛이 지하 공간을 물들이고 있다. 메리다는 이상한 착각에 휩싸였다. 거대한 괴물에게 삼켜져, 그 육체를 탐험하고 있는 듯한 기분이다.

뭔가 탄내가 감돌고 있다…….

엘리베이터는 삐걱거리면서 감속했고, 곧 종점까지 다 내려와서 멈췄다.

에드가 씨가 앞서 내리고 여자들을 인도한다.

"여기서부터는 길 없는 길이야. 광차에 타서 지하를 한 바퀴 일주하고 오자."

확실히. 지면이 울퉁불퉁 융기하여 걷기는 힘들어 보인다. 그 대신 레일 두 개가 깔려 있고, 터널의 끝없는 저편까지 연결되어 있다. 이 지하 공동은 천연인 것 같다. 천장 아래로 늘어진 종유석이 긴 세월을 상상케 했다.

오래된 광차가 승객을 기다리고 있었다. 에드가 씨가 선두의 조종석에 올라탄다. 두 번째 차량부터는 간소한 시트가 깔린 객차로 되어 있었다. 해럴드 여사와 소녀들은 진행 방향을 보고 벌벌 떨면서 객석에 자리 잡는다.

딱딱한 의자에 해럴드는 슬쩍 비아냥거렸다.

"멋진 마차네."

에드가 씨도 그에 질세라 뒤돌아선 채로 대꾸한다.

"볼거리는 경치야. 자, 꽉들 붙잡아 주시게나!"

광차가 움직이기 시작했다.

거대 생물의 체내 같은, 빨갛게 달구어지는 터널로 미끄러져 들어간다.

바르니바빌 지하에 이와 같은 공동이 있었다니……! 레일은 군데군데 분기되어 있는데, 흡사 지하 미궁의 구석구석에까지 깔려 있는 것 같다. 방치된 광차도 보인다. 공구가 가득 실려 있다. 자신들 말고 인기척이 없지만…… 메리다는 에드가 씨의 뒤통수에 질문하지 않을 수 없었다.

"에드가 님은 여기서 어떤 연구를 하시는 건가요?"

그는 어째선지 말하기를 조금 머뭇거리는 듯했다.

뒤를 돌아보지 않은 채 대답한다.

"──《우주》야. 나는 우주로 나갈 방법을 찾고 있어. 그것이 내 생애를 건 연구지."

메리다와 엘리제, 살라샤는 저도 모르게 얼굴을 마주 보았다.

우주, 라는 단어만은 들은 기억이 있어서다. 미래의 프란돌에는 비블리아 고트라는 미궁 도서관이 있다. 그 최상층, 최중요 구획이 우주라는 이름을 쓰고 있었다.

그렇게 명명한 알메디아 라 모르 왈, 고문서에서 《우주》라는 단어를 발견하고 그 울림에 심상치 않은 인연을 느껴 자신의 연구실 이름에 배정했다던가.

이 고대에서 《우주》란 본래 어떠한 의미였던 것일까?

영애들이 잠자코 있자 설명해 준 것은 해럴드 여사였다.

"우주라는 건 있지, 세계의 《바깥쪽》을 말하는 거야."

집게손가락을, 공기를 휘젓듯이 움직인다.

"어제 가르쳐 준 거 기억해? 이 세계가 만들어진 신화의 시대에 관한 얘기――."

"아, 네에……."

"신들은 이 세계를 창조하시고 어디론가 떠났어. ――어디로 떠난 것 같아? 이 문제를 두고 오늘날까지 수많은 학자가 뇌를 쥐어짜고 있지만, 누구도 답을 내지 못했어. 틴다리아의 백성은 신이 실재했다는 흔적, 신화 시대의 곁가지에 불과하다고 여겨지고 있어. 그 혈통의 본류는 현재 이 세계에서 홀연히 사라지고 없는 상태지."

현자의 말은 때때로 네피림어보다 이해하기 어렵다――.

영애들은 눈을 빙글빙글 돌리면서 이야기를 따라가는 것이 고작이었다.

해럴드 여사는 일방적으로 말을 쏟아냈다.

"몇 가지 가설이 세워져 있는 정도야. 그중 하나에 《우주》라는 착상이 있어. 이 둥글게 닫힌 세계의, 지면의 아득한 밑에는 《출구》가 있고, 그곳이 바깥쪽으로 이어져 있을 것이다――라는 얘기지. 그 누구도 본 적 없는, 신들이 떠났다고 여겨지는 세계의 바깥쪽이 《우주》라고 불리고 있다는 말씀."

에드가 씨의 어깨가 조종간을 쥔 채 푹 처졌다.

"그 이야기…… . 내가 하려고 했었는데…… ."

해럴드 여사는 손을 뻗어 그의 뒤통수를 가볍게 쳤다.

"네가 입 다물고 있으니까 내가 이야기하는 거잖아."

에드가 씨는 더는 못 참겠다는 듯이 고개를 흔들고 투덜거렸
다.

"우주 이야기는 학자 동료에게는 별로 하고 싶지 않아. 다들
황당무계한 연구 분야라고 생각하니까 말이지. 뭐, 과학적인
근거가 아주 빈약하긴 해."

굳이 따지면 창작 분야라고 조소받는 일도 많은 모양이다——.

그래도 에드가 씨는 진행 방향을 응시하고 이렇게 말했다.

"우리 백부님도 그랬어. 사재를 털어 우주를 찾는 그를, 고향
사람들이 바보 취급했었지. 우리 아버지와 어머니도 말이야. 그
래도 나는 백부님이 들려주는 미지의 세계 이야기를 좋아했어."

거기서 목소리가 살짝 쉬는 것을 메리다도 알 수 있었다.

"백부님은 우주를 찾는 몇 차례의 탐험에 나섰고, 그것을 마
지막으로 돌아오지 않았어. 그를 찾지도 않고 장례는 곧 행해졌
고…… . 정말 어째서일까. 내 수중에는 백부님의 연구일지가 단
한 권 남았어. 나는 이해가 되지 않았어. 왜 다들, 뒤에서 짜기라
도 한 것처럼 백부님 일을 보고도 못 본 척하는 걸까, 하고."

거기서 이야기는 끊어졌다.

바퀴가 레일에 맞물리는 소리가 울리고 조금 지나 해럴드가

묻는다.

"어때? 당신의 연구는."

에드가는 단호히 고개를 좌우로 젓는다.

"좋지 않아. 지면 여기저기를 파고 있지만, 보고는 으레——."

거기서 소녀들의 존재가 생각난 것처럼 한 번 뒤돌아본다.

"지면의 아득한 하층에는 엄청나게 단단한 암반이 있어. 어떤 칼날도 잘 듣지 않지. 그게 지금은 세계의 끝이라고 여겨지고 있어. 《맨 끝의 석층》이라고 하지."

그 단어는 메리다 일행 또한 들은 적은 있다. 신기한 감각이다. 계속 공백이었던 퍼즐 조각이 딱 들어맞은 것 같은 상쾌함마저 느껴진다.

에드가 씨는 다시 해럴드 여사에게 의식을 향하고 있었다.

"눈에 띄는 곳이 하나도 없어. 전멸이야. 그래서 '맨 끝의 석층 어디에도 구멍은 없다'고 해. 하지만 나는 포기 안 했어. 언젠가 반드시, 백부님이 말했던 우주로 가는 출구를 찾아내서——."

덜컹, 광차가 흔들렸다.

갑자기 브레이크가 걸려 좌석에서 굴러떨어질 뻔한 어린 흑수정을 살라샤가 꽉 껴안는다.

에드가 씨는 안전벨트를 풀고 조종석에서 내렸다.

"이상한걸."

광차 옆에 몸을 구부리지만 좀처럼 이상의 원인을 발견하지 못하는 것 같다…….

해럴드 여사가 여봐란 듯한 음성으로 트집을 잡는다.

"저기요, 기사 양반~? 이러면 모처럼의 투어가 엉망이 되잖아요."

"이럴 리가 없는데."

에드가 씨는 일어나서 분주하게 셔츠로 손을 닦는다.

"이상하군, 확실히 점검해 뒀는데. 왜 멈춰 버린 거지……."

광차가 움직이지 않으면 뜻대로 돌아가지도 나아가지도 못한다.

메리다는 객차에서 얼굴을 내밀었다.

"으음, 탑과 연락은 할 수 없나요?"

에드가 씨는 실로 난감한 듯이 쓴웃음을 짓는다.

"연락실에 가면 할 수 있지만 말이지……."

그러면 즉시 광차를 타고 연락실로── 그렇게 다람쥐 쳇바퀴를 돌고 있을 때가 아니다.

광대한 지하 공동의 한복판에서 오도 가도 못하는 신세가 되었다. 소녀들은 이미 방향 감각도 없어진 상태다. 에드가 씨는 턱에 손가락을 대고 생각에 잠겨 있다.

"지하의 동력 전달계가 이상해진 건가? 그렇다면 엘리베이터도 안 움직일지도 모르겠군……."

비교적 심각한 상황이 아닌지…….

어린 흑수정의 경우 말이 통하지 않는 만큼 불안도 한층 더 클 것이다. 연상인 모두의 얼굴을 차례로 올려다보고 있다. 그러나 영애들도 잠자코 있을 수밖에 없다.

에드가 씨는 침묵을 깨닫고 티 나게 큰 소리를 질렀다.

"괜찮아! 나는 지하에 관해서라면 뭐든 자세히 알고 있거든!"

"아, 네에."

"걸어서 지상으로 나갈 수 있는 길도 있어. 여기서 조금 떨어져 있지만."

이런 연유로 광차 투어는 빨리도 예정이 변경되었다.

여기서부터는 하이킹 시간이다──. 에드가 씨는 광차 조종석에서 휴대용 램프를 꺼내고 솔선하여 걷기 시작한다. 해럴드 여사는 어깨를 으쓱하며 객차의 문을 열었다. 발밑에 주의하면서 내리고, 선도하는 램프 불빛을 다 함께 뒤쫓아간다.

묘한 감각이지만 메리다는 문득 프란돌에서의 생활이 생각났다.

다행히 이 지하 암반에는 혈관 같은 붉은 빛이 뻗어 있어서 시야에 별로 곤란한 점은 없지만. 엘리제와 살라샤도 야계에서 랜턴을 들고 걸었을 때가 생각난 걸까. 얼굴을 마주 보고 미소 짓는다.

갑자기 떠오른 그리움이라 하면── 쿠퍼는 괜찮을까.

뮬도 틴다리아의 백성들 사이에 섞여 독자적으로 정보 수집을 하고 있을 터. 틈을 살펴 또 그녀와 의사소통을 하고 싶은 바다. 시저 비서를 어떻게 해서 발견해 냈는지, 크로노스 기어를 어떻게 탈환할지……. 의논하고 싶은 것은 많이 있다.

메리다는 왼손으로 어린 흑수정의 자그마한 손을 잡아 이끌고 있었다.

내려다보니 마침 눈이 맞은 김에 물어본다.

"안 춥니?"

어린 흑수정은 네피림어로 대답한다.

"푸르 투운 케디무투운."

새치름한 태도에, 메리다는 그녀가 뭐라고 했는지 왠지 모르게 알 것 같은 기분이 들어 저도 모르게 미소가 흘러나왔다.

물소리가 들려왔다——.

에드가 씨의 램프를 따라가자 상당히 넓은 공간으로 나왔다. 천장이 높다. 큼직하고 뾰족한 종유석이 일행의 정수리를 노리고 있다. 만약 지진이라도 나서 저것이 빗발치듯 쏟아지면 모두 잠시도 버티지 못할 것이다.

지상으로 돌아가려면 이 길을 통과해야 하는 모양이다.

공동의 한쪽은 호수였다. 지저 호수. 보아하니 뭔가 거품이 일고 있는데……. 에드가 씨도 그것을 발견한 듯 호수 근처에 몸을 구부려 손을 댔다.

물에 닿자마자 호들갑스럽게 뛰어오른다.

"앗, 뜨거!!"

영애들은 눈을 껌벅인다. 해럴드 여사도 호수면에 가까이 가서 신중하게 손을 올렸다.

안경 안쪽에서 눈썹을 찡그린다.

"……이 계절에 원래 이렇게 수온이 높았나?"

에드가 씨는 달아오른 손을 열심히 흔들어 식히고 있다.

"설마! 어제 정확하게 확인했어. 《미온수》였다고! 이상하네, 왜 오늘은 자꾸 이런 이상한 일만 생기는 거지?"

에드가 씨는 빨개진 손의 반대편 손으로 다시 램프를 들었다.

"여하튼 얼른 빠져나가자. 간헐천이 분출이라도 했다간 큰 화상을 입겠어."

메리다와 친구들의 마음에도 슬슬 조바심이 다가온다.

생소한 단어에는 질문하지 않을 수 없다.

"가, 간헐천?"

해럴드 여사가 어리둥절해 하는 영애들의 등을 밀었다. 빠른 걸음으로 걸으면서 대답한다.

"지열의 압력으로 인해 호수가 폭발하는 거야. 소규모라면 그래도 괜찮지만, 만약 저 열탕이 이 공동에 가득 퍼지면 어떻게 될지, 생각해 보렴."

호수에 이는 거품의 의미를 알았다. 소녀들은 오히려 등골이 서늘해진다.

거품은, 어느 한 곳에서 집중적으로 솟고 있는 것 같았다.

순식간에 밀도와 기세가 높아졌다.

마치 알껍데기가 갈라지고 울음소리가 들리는 것처럼——.

검은 실루엣이 호수면에 다가왔다.

메리다의 등줄기에 직감이 내달렸고, 저도 모르게 이렇게 소리치고 있었다.

"다들, 뛰어!!"

호수면이 폭발한다.

무언가가 튀어나왔다. 머리—— 두부다. 거대한 해양 생물, 아니, 괴수라 하는 편이 올바르겠다. 네 장의 지느러미로 수중을 휘젓고, 긴 목을 힘껏 뻗고선 천장 가까이에서 이쪽을 내려다본다. 다들 발걸음을 멈출 수밖에 없었다.

에드가 씨의 턱이 빠지지 않은 게 기적이다.

"와우! 이 녀석은 뭐야?!"

이 지하 공간의 주인인 그로서도 짐작이 가지 않는 모양이다.

그러나 메리다 쪽은. 다름 아닌 메리다와 엘리제와 살라샤만은 이 괴물의 정체를 알았다. 있을 수 없을 사태에 사고와 신체의 톱니바퀴가 어긋난다.

괴물의 두 눈에서 내뿜는 살의와 거구에서 피어오르는 아니마는────.

"란칸스로프?!"

에드가 씨가 뒤돌아본다.

"란……로프? 그게 이 녀석의 이름이야?"

영애들은 즉각 대답할 수 없었다. 란칸스로프는 야계의 독에서 태어난 마물. 아직 태양이 건재한 이 고대 세계에 존재하고 있을 리가 없다. 메리다와 같은 마나 능력자가 아득한 미래의 존재인 것처럼.

갑자기 메리다는 지금 있는 장소가 어디인지 현실감을 잃어버렸다.

그러나 괴물의 안구가 발하는 프레셔는 환상일 턱이 없다…….

그런데도, 아아, 에드가 씨는 왜 이렇게 무사태평한 걸까. 새 장난감을 손에 넣은 아이처럼 얼굴이 반짝반짝 빛나고 있지 않은가.

"오랫동안 지하를 탐험했는데 이런 생물은 본 적이 없어! 분명이 녀석이야말로 우주로 이어지는 단서임에 틀림없어……!"

이문화 커뮤니케이션이라도 취할 요량인지 양팔을 관대하게 펼치고 가까이 다가간다.

"여어, 무슨무슨로프 군, 낮잠 자는데 방해해서 미안해. 나는 에드가! 네가 대체 어디서 왔는지, 발자취를 더듬어 봐도 될까?"

괴물은 수중에서 앞다리를 들어 올렸다.

악수를 하기 위해서——는 물론 아니다.

거구의 압도적 질량으로 물가를 후려친다. 에드가 씨가 직전에 기겁해서 주저앉은 것이 다행이었다. 발끝에서 직격을 면했으나, 너무나 큰 충격에 뒤로 굴러간다.

종유석에 뒤통수를 부딪치고, 딱, 하고 경쾌한 소리가 났다.

그대로 지면에 주르륵 무너져 내린다……. 해럴드 여사가 황급히 그를 안아 세웠다. 의식을 잃은 것 같지만 어딘가 편안하게도 보이는 얼굴이었다.

해럴드 여사가 아니더라도 욕을 퍼붓고 싶어질 정도로.

"우주밖에 모르는 바보짓도 적당히 좀 해!"

영애들은 기가 막히면서도, 에드가 씨가 첫 대면 때 무척이나 수상한 여행자에게 왜 그토록 우호적이었는지 납득이 되었다. 그는 미지의 바깥 세계에 대해 지나치게 긍정적이다……

해럴드 여사는 파워풀하게 에드가 씨의 팔을 자기 어깨에 두르고 들어 올렸다.

그러나 오도 가도 꼼짝도 할 수 없다.

"이런 괴물이 지하에서 날뛰면 절대 못 버텨. 천장이 무너지면 우린 전부 생매장이야!"

그렇다고 손 놓고 있으면 통째로 삼켜져 버릴 뿐이다.

사태가 이 마당에 이르렀으니, 영애들도 각오해야 한다——.

살라샤와 엘리제 그리고 메리다는 결연하게 앞으로 나선다. 거구의 란칸스로프를 정면으로 가로막아 서면서 딱 한 번 어깨 너머로 해럴드 여사를 돌아본다.

"해럴드 님은, 에드가 님을 데리고 먼저 도망치세요."

해럴드가 입을 떡 벌린다.

"……너희는?"

대답 대신 영애들은 마나를 일제히 해방했다.

형형색색의 불길이 솟아오르고, 어둠의 압력을 되돌려 보내 괴물을 겁먹게 만든다.

메리다는 괴물의 안구를 꿰뚫을 듯이 응시하며 선언한다.

"우리 마나 능력자 앞에 나타나다니, 운이 다했구나."

오른발을 미끄러뜨리고 허리를 낮춘다. 왼손으로 칼집을 모방하자, 움켜쥔 오른손 손바닥에 칼날 같은 예리한 빛이 집중된다. 불길이 제한 없이 압축되고 공간에 균열을 일으켰다.

중심을 왼발에서 오른발로——.

순식간에 발도.

"《환도일섬(幻刀一閃) 풍아(風牙)》!!"

손날에서 파괴력을 동반한 불길이 날아갔다. 괴물의 배를 강타하고 굉음과 함께 밀어낸다.

고통의 외침이 지하를 뒤흔들었다.

괴물이 격렬하게 저항하면 모든 것이 허사가 된다. 단숨에 목을 날려야 하나?

무기만 있다면……!

메리다가 스승에게 물려받은 전투사고를 펼치기 시작했을 때다. 뒤쪽에서 해럴드 여사가 환호성을 질렀다.

"역시! 특수한 건 그 사람만이 아니었구나!"

정신을 잃은 에드가 씨를 질질 끌면서 다가온다.

"그 불꽃은 뭐야? 초능력?! 프란돌 사람한테는 그런 힘이 있는 거야? 애당초 그 《선생님》과 너희의 관계는 뭐야? 전원이 부부야? 아~ 진짜, 이건 역시 싹 다 벗기고 철저하게 조사하는 수밖에──."

슬쩍 돌아보니, 코앞에서는 괴물의 식욕과 살의가 끓어오르고 있건만──.

엘리제와 살라샤는 진심으로 어이없어하면서 해럴드 여사를 물리친다.

"됐으니까."

"빠, 빨리 도망치세요……."

해럴드 여사는 해럴드 여사대로, 왜 자신들을 적극적으로 받아들여 줬는지 이제 아주 잘 알겠다…….

그래도 역시 목숨은 아까운 모양이다. 해럴드 여사는 아쉬워하면서도 에드가 씨를 다시 짊어지고 길 앞쪽으로 달려간다.

가능하면 영애들도 란칸스로프 따윈 내버려 두고 도망치고 싶은 바지만…….

그럴 수는 없다.

란칸스로프의 숨통을 끊을 수 있는 것은 마나 능력자뿐. 그리고 지금, 이 5천 년 전의 고대에 존재하는 마나 능력자는 자기들밖에 없다! 자신들이 이 녀석을 놓치면 머지않아 이 시대의 누군가가 독니에 희생된다.

그런데 그러면 본래의 역사가 바뀌는 것이지 않은가.

애초에 왜 여기에 란칸스로프가……?!

메리다와 엘리제, 살라샤는 도수공권 자세를 취했다.

괴물은 공격할 틈을 살피는 것처럼 보인다. 조금 전의 어썰트 스킬이 유효타가 되지 않은 걸 보아 피부가 두껍고 단단함을 알 수 있다.

펄펄 끓는 호수에 태연하게 잠겨 있는 놈이니까 그것도 당연하겠지만.

메리다는 시선을 돌리지 않은 채 묻는다.

"사라, 어떻게 공격할래?"

살라샤는 무인다운 얼굴로 괴물을 매섭게 노려보고 있다.

"눈을 노리는 수밖에 없어요. 하지만 그리 간단히 타격을 줄 수 있을지……."

어썰트 스킬의 발동에는 시간차가 생기기 마련이다.

괴물 쪽도 두 번이나 친절하게 그 틈을 놓치지는 않을 것이다.

그러면. 메리다는 또 한 명의 친구에게 묻는다.

"엘리, 저 녀석의 공격을 받아낼 수 있겠어?"

엘리제는 자세를 바꾸고 좌우의 다섯 손가락을 가슴 앞에서 딱 맞췄다.

　백은색 마나가 그 손바닥 안에 모이고 살을 에는 듯한 음색을 울린다.

　"해 볼게. 하지만——."

　무기가 필요하다고, 희미하게 흔들리는 푸른 눈동자가 이야기했다.

　메리다는 가볍게 입술을 깨문다. 이 자리에 없음을 알면서도 공작 가문 네 영애의 마지막 한 명을 부르고 싶어졌다. 파괴력에 특화된 그 디아볼로스가 이곳에 있어 줬다면, 저 거대한 괴물을 상대로도 공략법을 찾아낼 수 있을 텐데…….

　바로 그때.

　바로 그녀의 목소리가 울렸다.

　정확히는 5천 년 전의 뮬 라 모르지만.

　"푸르 푸디야 문!"

　세 명은 깜짝 놀라 뒤돌아보았다.

　이 무슨 일인가. 어린 흑수정은 도망치지 않고 뒤에 머물러 있었다!

　뭐 하는 거야?! 메리다는 소리치고 싶어졌다.

　그러나 깨닫는다. 그러고 보니 그녀들, 틴다리아의 백성과 우리는 쓰는 말이 다르다. 혹시 지금이 어느 정도의 위기 상황인지 모르고 있는 걸까?

　메리다는 황급히 그녀의 어깨를 붙잡고 통로 끝을 손가락으로 가리켰다.

"도망쳐! 알겠어? 저쪽! 얼른, 해럴드 씨를 따라가!"

하지만 어린 흑수정은 반대로 메리다의 팔을 잡았다.

무언가 씩씩한 표정으로 격렬하게 떠들어댄다.

"무아! 푸르 푸디야 이디웨 바르!"

작은 손으로 호수 쪽을 가리켰다.

"그누바 바르 푸우이? 푸르 에디야 푸르오디 스에디 바르. 룬 바르 두디야 푸우이!"

도무지 도망치려고 하지 않는다. 대체 무엇을 호소하는 걸까?

메리다는 어린 흑수정이 가리키는 방향을 보았다.

거품이 이는 호수.

괴물의 위치.

종유석이 늘어진 천장——.

퍼뜩 무언가에 생각이 미쳤다.

혹시. 다시 어린 흑수정의 결연한 얼굴을 본다.

그녀는 열심히 몸짓 손짓을 섞고 있었다. 손바닥으로 오리주둥이를 표현하고.

"루운 바르 헤디야! 푸르 에디야 투우에야에——."

메리다의 등줄기에 직감이 전류같이 내달렸다.

메리다도 요란한 제스처로 어린 흑수정에게 호소한다.

"그러니까 힘을 빌려주겠다는 거지?! 네가 저렇게 하고, 내가 이렇게 해서——."

어린 흑수정 쪽도 조그마한 전신을 쭉 펴고 뛰어오른다.

"프디우레무티인! 룬 츤디디에 바우디야!"

그 광경은 옆에서 보면 신비한 부족이 행하는 저주의 의식으로밖에 보이지 않아서——.

괴물이 보기에는 필시 빈틈투성이였을 것이다. 긴 앞다리를 번쩍 올리고 그대로 내리친다. 즉시 엘리제가 미끄러지듯이 달리고, 메리다의 등에 자기 등을 부딪치면서 공격에 끼어든다.

마나와 아니마가 격돌, 공기가 터질 정도로 강렬한 충격이 퍼졌다.

버티지 못하고 괴물의 몸도 젖혀졌으나 당연히 엘리제에게도 충격이 컸던 모양이다.

받아낸 두 팔이 후들거리고 있다.

"둘 다, 방심하지 마……."

두 번째 공격을 받기는 힘들다, 라고 그 고통에 찬 표정이 말하고 있었다.

메리다는 그녀의 어깨를 만지며 교대로 앞으로 나온다.

"고마워, 엘리. 나머지는 우리가 할게."

말을 마치기도 전에 앞으로 뛰어나가고서 등으로 외친다.

"사라는 마나를 뽑아 둬. 궁극의 한 방을 가하는 거야!"

친구들이 말릴 틈도 없었다. 엘리제도 살라샤도 "앗." 하고 소리를 질렀다.

메리다가 괴물에게 정면으로 돌격했기 때문이다. 고작 그 정도에 겁먹을 적도 아닌데. 아닌 게 아니라 란칸스로프는 상대방을 물어 죽이기 위해서 뾰족한 이빨을 과시하고 포효한다.

그러나 메리다는 물가에서 날카롭게 왼쪽으로 턴 했다.

괴물도 그 뒤를 쫓아 거구로 헤엄친다.

긴 목을 채찍처럼 휘둘러 사냥감의 머리 위를 노리고 덥석 물었다. 메리다는 종이 한 장 차이로 이빨 사이를 빠져나간다. 이럴 수가, 괴물의 턱은 물가를 거뜬히 씹어 부쉈다. 의심할 필요도 없다. 역시 이 녀석은 인류를 섬멸하기 위해서 진화한 밤의 마물 란칸스로프다.

왜 이 태양의 시대에?

하지만 그 점을 따진다면—— 메리다와 같은 마나 능력자 역시 적에게 있어선 《오산》이다.

절묘한 포지션까지 유도한 것을 계산하고 메리다는 소리친다.

"지금이야, 꼬마 미우!"

마치 그 이질적인 언어를 이해하기라도 한 것처럼——.

어린 흑수정이 더할 나위 없는 타이밍에서 왼다.

"《쿼바이 포르야》"

네피림어다.

음성 언어와는 다르다고, 메리다의 직감이 알려 주었다.

해럴드 여사의 강의가 떠올랐다. 틴다리아의 백성이 특정 문법으로 네피림어를 욀 때는, 이 세계의 환경 시스템에 지령을 보내는 것을 의미한다고——.

호수가 끓는다.

급격하게 거품이 모이고, 폭발했다. 뿜어 나온 물의 기운이 어찌나 거센지, 격류라 하기에 손색없었다. 그 물줄기가 분출구 바로 위에 있었던 괴물을 덮쳤다.

밑에서 솟구친 충격에 강타당한 안면, 귀청을 찢는 듯한 절규.

메리다는 급히 물러나 호수로부터 거리를 뒀다. 이것이 간헐천의 위력인가……?

방아쇠를 당긴 것은 어린 흑수정의 주문이다. 그녀는 여전히 네피림어를 읊조리면서 지휘자같이 팔을 휘두르고 있었다. 물의 흐름이 그녀의 팔의 움직임에 연동하고 있어서, 괴물이 필사적으로 몸을 비틀고 있음에도 그 몸뚱이를 놓치지 않았다.

그 때문에 뜨거운 물이 단 한 방울도 메리다 일행 쪽으로 날아오지 않는 것이다——.

어린 흑수정은 공세를 늦추지 않았다. 다른 한쪽 손을 머리 위로 뻗고서 꽉 쥔다.

"《쿠우 페츤디》"

네피림어로 중얼대는 소리가 전파같이 공기 중을 달린 것을 알 수 있었다.

천장이 흔들린다.

종유석에 균열이 일고 부서졌다. 중력에 당겨지는 종유석은 바위로 된 창 그 자체다. 아니—— 바위로 이루어진 창이 비처럼 쏟아진다. 괴물의 머리 위에서만 핀포인트로 붕괴가 시작하여, 부서진 바위가 끝없이 그 정수리를 때렸다. 어느새 비명은 단속적으로만 들리게 되었다.

만약 쿠퍼가 보고 있었다면 틀림없이 여기서 이렇게 말할 것이다.

——지금이다. 주저하지 말고 해치워, 라고.

메리다는 전장의 여신같이 소리쳤다.

"사라! 숨통을 끊어 줘!"

이미 그녀는 지닌 마나 전부를 손바닥에 집중하고 있었다.

마나 그 자체를 경질의 공격력으로 삼을 수 있는 건 메리다의 사무라이 클래스나 그녀의 드라군 클래스의 특색이다――.

살라샤는 맨손으로 자세를 잡고 있었다. 하지만 그 손안에서 흘러나오는 마나는 벌써 그녀의 키보다 큰 장창 형상으로 수렴되어 있고, 창끝에 담긴 관통력은 한마디로 절대적이었다.

설령 그것을 알아채더라도, 란칸스로프는 결코 도망칠 수 없다.

맞히기 딱 좋은 과녁에 불과하다.

살라샤의 전진과 함께 발밑에 균열이 넓어진다.

노리는 건 오직, 일격――.

필살!

"《니르바 스팅거》!!"

살라샤의 팔이 일직선으로 쑥 뻗고, 그 기세 그대로 창끝이 뿜어져 나갔다. 순식간에 괴물의 목에 닿고, 관통한다.

피부가 경미하게 저항한다.

하지만 살라샤의 혼신의 일격은 적의 방어력을 뚫었다. 괴물의 목이 약간 휘나 싶더니 굉음을 내며 뻥 뚫린다. 힘이 남은 불길이 후방의 벽을 때려, 예상치 못한 흔들림이 메리다 일행의 발밑에 전해졌다.

어린 흑수정은 어깨를 들썩이며 멍하니 서 있다.

그리고——.

괴물의 거구는 축 늘어져 힘을 잃는다. 머리가 호수면에 내동 댕이쳐지듯이 떨어지고, 그대로 큰 몸이 통째로 가라앉는다.

메리다 일행은 잠시 말 한마디 없이 그 말로를 지켜보았다.

불현듯 아까 들은 설명이 떠오르고, 이런 생각이 들었다.

이 호수의 바닥만큼은 분명 우주가 아니라 나락으로 이어져 있는 게 틀림없다——라고.

† † †

괴물의 위협이 사라졌음을 전하자 에드가 씨는 우선 아쉬워했다.

"뭐어? 해치워 버린 거야……? 내가 자고 있는 동안에?"

척 보기에도 어깨가 처진다.

"너희가 무사해서 천만다행이지만…… 아쉽다, 우주의 중요한 단서가 될지도 몰랐는데."

그 뒤통수에는 커다란 혹이 생겨 있는 듯하지만, 오히려 그 통증 덕에 에드가 씨는 조금 전의 괴물이 환상은 아니었음을 안 것 같았다.

즉각 지저 호수로 되돌아가려고 한 그를 해럴드 여사가 꽁꽁 묶어 만류했다고 한다.

그녀는 에드가 씨의 혹이 난 위치를 찰싹 때려서, 그를 기절시켜 입 다물게 한다.

"무슨 소릴 하는 거야. 물려 죽지 않은 것만도 고맙게 생각해. 이 아이들이 있어 주지 않았으면── 그래, 이 아이들이 무사한 게 천만다행이지, 무슨."

거기서 해럴드 여사는 해럴드 여사대로 안경을 번뜩인다.

두 손바닥을 수상쩍게 비비고, 침을 흘리는 것 같은 착각마저 든다.

"귀중한 연구 샘플이 세 명이나……. 으응후후후!"

란칸스로프 이상의 공포를 느끼고 세 영애는 몸을 서로 바싹 맞댔다…….

지저 호수를 빠져나온 끝은 외길이었다. 란칸스로프를 쓰러뜨리고 뒤쫓아가니, 긴 비탈길을 올라간 곳에서 해럴드 여사와 합류했다.

이미 영애 세 명도 쿠퍼와 마찬가지로 초현실적인 마나 능력자란 사실은 숨길 수 없게 되었다…….

두 현인은 그 사실에도 흥미가 끊이지 않은 듯했지만, 다른 무엇보다도 입을 모아 이렇게 추궁해 왔다.

""조금 전의 괴물은, 도대체 뭐야?""

메리다는 두 손바닥을 올리고 뒷걸음질 친다.

"여, 여하튼 지상으로 돌아가지 않겠어요? 또 괴물이 안 나온다고는 보장할 수 없으니…….."

두 사람은 그 말에 질문을 꿀꺽 삼킨 것 같다.

그럼 당장에라도 지상으로 돌아가야지, 라면서 에드가 씨는 솔선하여 돌아섰다. 휴대용 램프는 잃어버렸지만 여기서 출구는 가까운 모양이다. 통로 안쪽에서 미약하게 쏟아져 들어오는 햇살이 이정표였다.

자, 총명한 현인들을 어떻게 구슬리면 좋을까?

란칸스로프에 관련된 이야기를, 고대의 인간에게 들려줘도 되는 걸까. 애초에 들려준들 이해할 수 있을지 어떨지…….

친구들의 얼굴을 둘러봐도 엘리제나 살라샤나 판단에 난감한 모습이다.

일행의 마지막 한 명은 어린 흑수정이었다. 아까 전투가 워낙 엄청났기 때문일까, 조그만 코끝이 모래로 더러워져 있다.

그럼에도 어린 그녀는 에헴, 하고 건방지게 몸을 젖혀 으스댄다.

"와이에 라?"

메리다는 저절로 입꼬리가 올라가고, 그녀의 머리를 쓰다듬고 있었다.

"응, 그래. 대활약이었네?"

말은 통하지 않더라도 흑수정은 득의만면하게 미소 지었다.

일단, 이곳에 남겨지기 전에 해럴드와 에드가를 뒤쫓아가야 할 것이다.

동시에 머리를 굴린다……. 자신들이 가진 마나 능력에 관해서, 돌연 나타난 란칸스로프에 관해서 어떻게 설명할지를. 이쪽 또한 혼란스러운 사항이 많다.

이럴 때는 역시 믿음직한 스승 쿠퍼에게 의견을 청해 듣고 싶은 참인데──.

그런 메리다의 희망은 또다시 이루어지게 되었다.

다만── 정말로 예기치 않았던 형태로.

출구는 걸어서 금방 도착하는 곳에 나 있었다. 바르니바빌의 탑 기슭의 숲에 묻힌 유적이 지하에 연결되어 있었던 것이다. 에드가 씨 그리고 해럴드 여사와 바깥까지 당도하고, 사랑스러운 햇살을 온몸으로 긁어모은다.

그리고 에드가 씨는 마지막으로 나온 메리다와 친구들을 뒤돌아보며, 이렇게 일러두었다.

"혹시나 해서 말해 두지만, 나는 지하에 사는 것도 괜찮다고 생각하는 사람이야."

영애들은 애매한 반응을 할 수밖에 없었다…….

우주 이야기나 지하 미궁의 탐험은 매우 의의 있는 것이었다. 엘리베이터와 광차가 심술을 부리지 않았다면 불만 없는 투어였을 것이다.

……이상한 일의 연속이었다. 만전으로 정비되어 있었을 광차가 멈추고, 지저 호수는 펄펄 끓어오르고, 거기에는 이 시대에 있을 리 없는 란칸스로프가 도사리고 있었다──마치 메리다 일행의 앞길을 방해하는 것처럼.

보이지 않는 곳에서 무언가가 꿈틀거리고 있는 듯한, 정체를 알 수 없는 위화감이 살며시 등줄기를 긴다.

구두 소리가 울렸다.

누군가가 뛰어온다.

모두 얼굴을 돌려 보니 그 모습은 이미 보이고 있었다. 나무들 건너편에서 오는 것은 하얀 의복을 입은 연구자. 곱슬머리 흑발 남성. 십 인의 현인 중 한 명, 노르망디 씨다.

콜드 슬립 연구를 하고 있고, 이방인인 메리다 일행의 체재에 긍정적인 인물이다. 물론 에드가 씨나 해럴드 여사와도 우호 관계임이 분명하다.

에드가 씨는 가볍게 놀라면서 명랑하게 노르망디 씨를 맞았다.

"여어! 무슨 일이야, 이런 곳까지."

해럴드 여사도 안경 안쪽에서 눈썹을 찡그리고 있다.

"웬일이래, 나돌아다니기 싫어하는 당신이 조깅이라니."

노르망디 씨는 운동을 잘 못하는 모양이다. 가볍게 뛰어 왔을 뿐인데 숨이 끊어지려고 한다.

탑에서 여기까지 달려온 걸까? 뭘 그렇게 서두르는 거지.

노르망디 씨는 겨우 일행 앞까지 도착하고 크게 어깨를 들썩였다.

거칠게 머리카락을 쓸어 올린다.

"너희를 찾고 있었어. 지하로 가는 엘리베이터가 움직이지 않아서, 부, 분명 여기에서 나오겠구나 하고……. 하아, 하아."

에드가 씨는 아이처럼 살짝 혀를 내민다.

"그거 미안하네. 나한테 뭔가 용건이 있는 거야?"

거기서 노르망디 씨는 어쩐 영문인지 말을 머뭇거렸다.

"아니, 자네한테가 아니라, 그……."

메리다와 친구들에게 시선을 보낸다.

"너, 너희다. 너희를 부르러 온 거야."

영애들은 눈을 껌벅일 수밖에 없다.

――어째서.

좋지 않은 예감만이 진흙처럼 등줄기에 찰싹 달라붙었다.

노르망디 씨는 한 마디 한 마디 확인하듯이 말했다.

"너희는, 곧장 탑으로 돌아가거라."

"……무슨 일이 있었나요?"

노르망디 씨는 조금 망설이는 눈치였다.

그러나 말한다.

어딘가 가엽다는 듯이――.

"너희가 《선생님》이라고 부르는 그 사람이 습격당했다."

LESSON: Ⅵ ～거꾸로 도는 천지～

　바르니바빌의 탑은 광대하다. 메리다는 아직 자기들 방의 위치조차 파악하지 못했지만 에드가 씨와 해럴드 여사, 노르망디 씨가 선도해 주었다.

　모두, 심각한 표정이었다.

　세 영애에 어린 흑수정 그리고 세 현인. 큰 무리를 이뤄 탑을 달린다.

　곧 낯익은 통로에 도착했다.

　쿠퍼에게 배정된 침실이 보인다.

　문은 활짝 열려 있고, 이미 사람 여럿이 모여 있는 것 같았다.

　아니—— 사람만 있는 건 아니다.

　스티그마라고 하는, 초테크놀로지 병기를 내장한 점토 인형이 방 앞에서 대기하고 있었다. 그 파랗게 빛나는 불가사의한 무기를 아예 뽑아 든 상태로.

　머리의 붉은 외눈이 메리다와 동료들의 모습을 지긋이 뒤쫓고 있었다.

　메리다는 되도록 인형들을 의식하지 않으면서 방으로 뛰어든다.

"쿠퍼 선생님!"

그의 모습은——금세 눈에 들어왔다. 침대 끝에 걸터앉아 있다. 의복이 조금 흐트러져 있다. 그리고 어째선지 뮬이 그를 필사적으로 감싸는 것처럼 가슴팍에 바짝 붙어 있다.

메리다는 두 사람에게 뛰어가려고 했다.

하지만 그 눈앞에 파란빛이 가로지른다. 점토 인형이 무기를 들어 메리다와 영애들을 세운 것이다. 엘리제와 살라샤도 영문도 모른 채 칼날에 포위당하고 만다.

남성의 목소리가 울렸다.

"이로써 범인이 다 모인 셈이군."

실내에는 점토 인형 말고도 하얀 복장 몇 명이 몰려와 있었다. 그중 한 명이 은발의 오즈월드 씨였다. 도통 이해가 되지 않는다. 대체 어떤 상황이기에.

메리다는 칼날의 빛에도 개의치 않고 오즈월드 씨를 쳐다본다.

"범인?"

쿠퍼와 뮬도 심각한 표정을 짓고 있었다.

——메리다 일행이 지하를 탐험하고 있는 사이에 도대체 무슨 일이?

오즈월드 씨는 팔짱을 끼고 코웃음 쳤다.

"시치미 뗄 셈인가. 좋아, 가르쳐 주지. 거기 부부는 말이지, 탑에 있는 사람에게 위해를 가했어. 연약한 신탁인에게 폭력을 휘둘렀다!"

일행은 깜짝 놀랐고, 그제야 발견했다.

방 한쪽 구석에 확실히 신탁인 소녀가 있다. 안면이 있는 시르마릴이다. 새파란 얼굴로 스스로를 부둥켜안고 떨고 있다.

반론한 것은 뮬이었다.

"아니, 아니야! 저 여자가 우리에게 덤벼들었어. 그래서 저항한 거야!"

메리다는 시선을 왕복시키는 데 바빠졌다.

쿠퍼는 숨 쉬는 것도 조금 갑갑해 보였으나 명확히 주장했다.

"정말입니다. 제가 괴로워서 눈을 떠보니, 저 사람이—— 시르마릴 씨가 침대에 올라타 목을 조르고 있었습니다. 그때 마침 뮬 님이 달려와서 그것을 막아 주었죠⋯⋯."

듣고 상상한 것만으로도 메리다는 등골이 얼어붙었다.

현재 쿠퍼는 태양에 생명력의 태반을 빼앗기고 있다. 만약 뮬이 마침 자리에 있어 주지 않았다면 그대로 어찌하지도 못하고 소녀의 가는 팔에 목이 조여 죽지 않았을까⋯⋯.

시르마릴이 날카롭게 소리쳤다.

"말도 안 돼, 전 기억 안 나요! 그런 무서운 짓, 못 해요⋯⋯!!"

뮬은 아름다운 눈썹을 치켜세운다.

"기억이 안 난다고요?! 시치미는 당신이 떼고 있네!"

상황이 명확하지 않다. 대체 뭐가 어떻게 된 걸까⋯⋯.

오즈월드 씨가 팔짱을 낀 채 묻는다.

"틴다리아의 신부. 네 주장대로라면, 용케 딱 맞춰 달려온 셈이군?"

뮬은 의연하게 그를 째려본다.

"……남편에게 편지를 전하러 온 거야."

힐끔, 시선을 보내니 확실히 원형 테이블 위에 봉투 한 통이 방치되어 있었다.

오즈월드 씨는 귀찮은 듯이 턱을 치켜든다. 그것을 보고서 해럴드 여사가 어깨를 으쓱하고 걸어갔다.

봉투를 열고 안에 든 편지지를 대충 훑어본다.

특별한 것은 없다는 식으로 보고한다.

"러브레터야. 암호 같은 것도 눈에 띄지 않는데——."

그것을 듣고 메리다를 비롯한 미래에서 온 여행자들은 알아차렸다.

그 편지는 5천 년 후의 쿠퍼에게 보낸 메시지다. 《검은 책》을 가지고 나온 뮬이 어디에 잠복하고 있는지에 관한 힌트가 기록되어 있었다. 이 편지가 시간이 흐른 미래의 유적에서 발견되고, 쿠퍼와 영애들을 《검은 책》의 저주에 사로잡힌 뮬이 있는 곳까지 이끌었다.

뮬은 이 5천 년 너머의 로직을 알아채고, 역사대로 이 탑에 편지를 남기기 위해서 쿠퍼의 방을 찾았다.

그러자, 그곳에서는 시르마릴이 끔찍한 짓을 저지르고 있었다——라는 이야기이지만.

당사자, 안면이 창백해진 신탁인 소녀는 오들오들 떨면서 자신은 모르는 일이라고 주장한다…….

쿠퍼와 뮬이 그런 거짓말을 할 리가 없다.

그렇다면 시르마릴에게 그럴 만한 이유가 있었다는 건가…….

공정한 시점에서 조사가 요구되는 장면이다.

그런데 공교롭게도 이 자리의 권력자는 그렇게는 생각지 않는 모습이었다. 오즈월드 씨는 처음부터 쿠퍼와 뮬이 어설픈 변명을 하고 있다고 단정하고 있다.

"기껏 온정을 베풀어 주었건만."

여봐란 듯한 한숨.

"우리가 내민 손을 저버린 셈이다. 이번에야말로 솔직하게 말해 봐라, 바르니바빌에 침입한 목적이 무엇이지? 보나 마나 '세계는 본디 그렇듯 멸망해야 한다' 같은 소리나 늘어놓는 파멸론자 놈들이겠지만."

점토 인형 스티그마는 이제 대놓고 칼날을 과시한다.

에드가 씨와 노르망디 씨는 끼어들려고 해도 일단 상황이 잘 이해되지 않는 것 같았다. 메리다 쪽도 마찬가지다. 쿠퍼의 표정도 긴박했다.

──어떡한다?

참을성 있게 결백을 주장해야 하나? 아니면 설득은 불가능하다 단념하고 마나를 전개해서 도망쳐야 할까. 그러나 탑을 떠난들 어디로 몸을 숨기지?

영애들은 말 없이 시선을 주고받을 수밖에 없었다. 어떡하지?

──어떡할래?!

구두 소리가 울렸다.

전조를 잔뜩 뿌리며, 새로운 사람이 방을 찾는다.

네피림어가 노랫말처럼 들렸다.

"안디디에 수우 무르 메르에디웨."

누가 왔는지, 메리다는 왠지 모르게 예감이 들었다. 바닥에 질질 끌릴 만큼 긴 백금색 머리칼에 묘령으로 보이는 부인. 틴다리아의 백성들의 실질적인 리더라고 하는 그 사람이다——. 곁에 전속 신탁인을 대동하고 있다.

투명한 목소리로 무슨 일인지를 물어보고 있다.

"푸르 이루디야 리디웨——."

그 존재감에 모두 숨죽였지만 오즈월드 씨만은 달랐다.

메리다도 어렴풋이 감지했으나, 부인이 이 타이밍에 참견한 의도가 오즈월드 씨에게도 전해진 모양이다.

마지못한 태도로 부인의 모습을 흘겨본다.

"……부인. 아무래도 착각을 하는 것 같은데, 당신은 결코 우리와 대등하지 않아. 일개 틴다리아에 불과해. 설마 '나를 봐서 용서해' 그러는 건——."

"요오디루야 리디웨."

부인은 오즈월드 씨의 말을 가로막았다.

그의 눈을 똑바로 꿰뚫어 보며 미소 짓는다.

"푸르 베디야 테스야에디웨 스에디 바르."

그 순간, 눈을 부릅뜬 건 옆에 있는 신탁인이었다.

입에서 거품을 날릴 기세로 혀를 깨물면서 소리친다.

"차, 차—— '찬성한다' 고!!"

메리다 일행은 눈썹을 찌푸릴 수밖에 없었다.

오즈월드 씨도 신중하게 되묻는다.

"……뭐라고?"

신탁인은 분주한 손놀림으로 네피림어 교서를 넘겼다.

그리고 자신의 번역이 올바른 것을 확신한 모양이다. 몇 번이고 힘주어 말한다.

"다, 당신의 소망에—— 이해를 나타낸다. 즈, 즉 계획에 협력하겠다고 말하고 있어요!!"

현자들의 표정이 변했다.

해럴드 여사와 노르망디 씨는 숨을 죽였다. 그리고 어째선지 에드가 씨의 얼굴에서 핏기가 가셨다.

딱 한 사람, 오즈월드 씨의 표정이 순식간에 환희로 물든다.

"——그게 정말이냐!!"

금색 부인은 시간이 멈춘 것처럼 미소 지은 채.

조용히 고개를 끄덕인다.

오즈월드 씨의 온몸이 기쁨에 떨리는 것을 알 수 있었다. 그는 앞다투어 방을 나가, 탑 전체에 들릴 정도로 큰 소리를 지르면서 통로 건너편으로 가버렸다.

"십 인의 현인을 모아! 연구는 오늘로 끝이다! 구원받는다——. 세계는 구원받을 거야!!"

번개같이 뒤를 쫓은 것은 에드가 씨다. "기다려, 오즈월드!"

대체 뭐가 어떻게 되었기에 저러는 것일까?

하나 확실한 건 아무래도 메리다 일행은 궁지를 벗어난 것 같다는 사실이다. 여하튼 오즈월드 씨도, 스티그마도 벌써 이쪽은 안중에도 없어졌다.

점토 인형들은 무기를 집어넣고, 기계적으로 방을 떴다.

해럴드 여사가 노르망디 씨를 재촉해 두 사람도 빠른 걸음으로 오즈월드 씨를 쫓는다.

신탁인 시르마릴도 멍에에서 풀려난 것처럼 문에서 뛰쳐나갔다…….

금색 부인은——뮬을 손짓해 부른다.

따르지 않을 수 없다. 뮬은 깊이 한숨을 쉬며 몸을 일으키고, 잠깐 쿠퍼에게 돌아섰다.

"몸조리 잘해요."

못내 아쉬운 듯이 볼과 볼을 바싹 대고 나서 몸을 돌린다.

옆을 지나치기 직전, 메리다는 그녀의 팔을 붙잡지 않을 수 없었다.

탑에 되돌아온 이래 위화감이 손가락 사이로 빠져나가기만 한다.

"대체 무슨 일이 일어난 거야? 미우."

뮬은 부인의 시선을 염려하는 눈치였다.

단 한 마디만 남긴다.

"——시저 씨야."

걷기 시작했다.

금색 부인의 옆을 따라서 통로를 떠나간다.

남겨진 메리다는 아무 말도 하지 못하고 그 뒷모습을 바라볼 수밖에 없었다.

† † †

　그날은 이미 외출을 허락받고 그럴 만한 분위기는 아니었다. 메리다와 엘리제, 살라샤 그리고 어린 흑수정은 간병을 구실로 쿠퍼의 침실에 모여, 대량의 역사서를 반입해 독서에 열중하기로 했다.

　쿠퍼도 어지간히 지친 모양이다. 지금은 침대에서 편히 눈을 감고 있다.

　──그가 있는 곳에 모인 데에는 물론 다른 목적이 있었다.

　의논해야 한다! 아까의 소동에 관해. 이후의 방침. 이대로 바르니바빌에 머물러도 되는 것인지. 어느 타이밍에, 어떤 행동을 일으켜야 할지를…….

　메리다는 책의 문자를 바라보고 있었으나 그 내용은 전혀 머리에 들어오지 않았다.

　생각으로 머릿속이 터질 것만 같다.

　행방을 감춘 시저 비서── 그녀의 목적은 대체 뭘까? 크로노스 기어를 되찾지 않고서는 메리다 일행도 원래 시대로 돌아갈 수 없다. 애당초 자신들 시간 여행자의 목적은 역사를 《본다》이지, 《바꾼다》는 아니다. 시저 비서는 그 금기를 침범하려는 게 아닐까? 뮬이 그녀의 꼬리를 붙잡았다고 했지만…….

　쿠퍼의 정확한 지시가 필요하다.

　동료 간의 작전 회의가 긴요한 때다.

　그렇게 생각하고 메리다는 티 안 나게 옆에 있는 엘리제에게로 몸을 붙인다.

"있잖아, 엘리, 그쪽에 있는 책 말인데……."

말하면서 엘리제의 무릎에 손바닥을 놓는다.

진짜 목적은 당연히 그녀의 피부에 문자를 써 비밀이야기를 하는 거다.

그러나. 메리다와 엘리제가 접촉하자마자 날카로운 구두 소리가 울렸다. 방구석에 대기하고 있었던 시녀 한 명이 걸어 나와 또랑또랑하게 말을 건다.

"어느 책이라고요?"

메리다는 위축되면서 엘리제로부터 몸을 뗄 수밖에 없었다.

애매하게 손가락으로 가리킨다.

"으음, 거기 쌓여 있는…… 위에서 두 번째의."

시녀는 군인처럼 위세 좋게 책을 끄집어내고 메리다에게 들이밀었다.

"분부하실 일이 있으면 뭐든지 말씀하시고! 여러분은 공부에 전념하십시오."

메리다는 조금 낙담한 태도로 책을 받아들고 원래 위치로 되돌아간다.

"──친절하게 고마워요."

시녀도 척척 원래 위치로 돌아가 다시 눈을 번뜩이기 시작한다.

아까의 소동……. 일단 프란돌 사람들의 만행은 불문에 부치기로 한 모양이다.

그러나 결코 잊은 것은 아니다.

그 증거로 시녀의 숫자가 단숨에 세 명으로 늘었다. 전원 신탁인이지만, 당연히 통역을 위해서 붙어 있는 건 아닐 것이다. 벽쪽의 세 방향에서 메리다, 엘리제, 살라샤에게 수상한 움직임이 없는지, 마치 채점하는 듯한 눈초리로 매섭게 노려보고 있다.

　이래서는 대화는 물론 문자를 사용한 커뮤니케이션도 뜻대로 할 수 없다.

　의논하고 싶은 것은 잔뜩 있다. 그런데 아무 소득 없이 시간만 소모되어 간다.

　따라서 메리다의 머리에는 생각만 빙글빙글 돌고 있을 뿐이다…….

　덧붙여 당연하다면 당연하지만, 시르마릴의 모습은 없었다.

　아까 뮬이 딱 한 마디지만 정보를 남겨 주었다. 떠날 때, 시르마릴의 주장과 왜 차이가 나는지 물어본 메리다에게 흑수정 친구는 짤막하게──.

　'시저 씨야.' 라고 가르쳐 주었다.

　시저 비서의 소행이란 뜻이다. 체자리 가문의 특기인 강령술(샤머니즘)……! 자신의 주원을 마나에 담아 무방비한 인간에게 끼얹어서 꼭두각시로 탈바꿈시키는 술법이다.

　그 능력에 의해 시르마릴은 시저 비서에게 자유 의지를 빼앗긴 것이다…….

　메리다의 가슴속에서 분노와 공포 그리고 슬픔이 뒤섞인다.

　──관계없는 인간을 조종해 쿠퍼 선생님의 목을 조르다니.

　뮬이 급히 와주지 않았다면, 하고 생각하면 할수록 소름이 돋는다.

그리고 시저 비서의 얼굴을 떠올리자 메리다는 가만히 있을 수가 없어졌다.

클로버 사장이 있었을 무렵은 자신들과 시저 비서와의 관계도 결코 나쁘지는 않았다. 메리다 자신도 그 사장과 비서가 쾌활하게 대화를 주고받는 모습을 흐뭇하게 생각했었다.

그 시저 비서를 마지막으로 봤을 때의 광경……

쿠퍼에게 냉혹하게 굴었을 때부터 명백했지만.

이미 지금의 그녀에게 자신들은 적인 걸까——.

침대에서 꿈틀하고 움직임이 있었다.

쿠퍼가 몸을 조금 뒤척이고 있다.

메리다는 이불을 고쳐 주려다가 문득 깨달았다.

눈을 감고는 있지만 쿠퍼가 잠에서 깨어 있음을……

감시당하는 것을 뻔히 알면서, 그럼에도 제자들에게 호소하고 있다. 메리다는 긴장에 가슴을 쿵쿵 울리면서 침대 끝에 걸터앉았다.

쿠퍼의 손을 만진다.

하지만 그 순간 신탁인 한 명이 눈을 번뜩였다.

"무슨 일이시죠?"

메리다는 황급히 그의 손을 놓고 책 표지를 떠받쳤다.

……틀렸다! 이 상태에서 문자를 쓰기라도 했다간 금방 들통나고 만다.

그러나 벽 쪽의 세 방향에서 감시하고 있어서 사각이 없었다.

어떡한다? 정말로 아무 작전 회의도 하지 못한 채 벌써 저녁이 되어 가고 있다.

신탁인들도 영애들이 계속 쿠퍼의 방에 몰려와 있는 것이 탐탁지 않을 것이다.

당사자인 쿠퍼도 초조함을 미묘하게 경직된 표정을 통해 메리다는 알 수 있었다.

살라샤와 눈짓을 교환한다. 그러나 가볍게 깨문 입술이 '방법이 없다'고 말하고 있다.

어린 흑수정은—— 침묵이 거북한가 보다. 의자에 앉아 다리를 흔들거리고 있다.

그리고 마지막 한 사람.

엘리제가 움직였다.

메리다의 맞은편 침대 끝, 쿠퍼의 왼손 쪽에 걸터앉는다.

아니, 걸터앉는다기보다는 침대에 올라갔다.

치마를 한 번 사뿐히 펼치고 나서 깊숙이 앉는다.

엘리제는 그대로 책에 집중했다.

——적어도 신탁인에게는 그렇게 보였을 것이다.

하지만 그때, 메리다와 살라샤의 뇌리에는 번개가 치고 있었다. 엘리제는 치마를 바로잡는 척 펼쳐서 쿠퍼의 왼손을 덮은 것이다. 묘안이다……! 저렇게 하면 쿠퍼의 손이 무엇을 하고 있는지 신탁인은 모른다.

……치, 치마 속으로 사랑하는 사람의 손을 부르다니, 엘리제도 참 대담한 생각을 했다.

그래도 나이스 아이디어임은 틀림없다. 쿠퍼는 잠든 척을 하고 있는데, 상황을 이해했을까? 메리다는 상상한다……. 쿠퍼의 손이 신중히 움직여 엘리제의 허벅지를 찾는 모습을. 손가락이 섬세하게 피부 위를 움직여 그의 의사를 전달한다.

엘리제는 애써 무정한 태도로, 오른손으로 공기를 붙잡았다.

그 제스처를 바로 헤아리고 살라샤가 그녀에게 만년필과 양피지를 건네준다.

엘리제는 책 표지를 받침으로 해서 무언가 문자를 쓰기 시작했다…….

메리다는 확신하고 속으로 쾌재를 불렀다. 작전 성공! 신탁인 중 누구도 치마 속의 밀담을 눈치챈 모습은 없다. 엘리제는 문제없이 쿠퍼의 의사를 이해한 것 같다. 나머지는 독서 모임을 끝낸 다음 메모를 돌려가면서 읽으면 끝이다.

──그런데.

자신들에게 늘 있는 일이라고 해야 할지, 그렇게 스마트하게 계획이 진행될 턱이 없었다. 단어를 하나둘 기록할 무렵 엘리제의 하얀 뺨이 붉은색으로 완연히 물들어 버린 것이다.

당연히 만년필을 쥔 손놀림도 어색하다.

메리다는 그다지 주의를 끌고 싶지 않다고는 생각하면서도 묻지 않을 수 없었다.

"왜, 왜 그래? 엘리."

엘리제는 가차 없이 대답했다.

"손놀림이 엉큼해."

세 명의 시녀는 차례로 고개를 갸웃했다.

"엉큼?" "엉큼해……?"

그 순간, 쿠퍼의 몸이 움찔하고 튄 것을 메리다는 놓치지 않았다…….

그, 그야 뭐, 치마 속에서 허벅지의 상당히 아슬아슬한 영역을 만지는 거니까, 소녀로서 이런저런 생각이 들기는 하겠지만.

어, 엉큼할 건 없지 않을까.

메리다는 신탁인들에게 얼굴을 돌렸다.

"창을 열어 주실 수 있나요?"

"알겠습니다."

"그리고 물을……."

한 명이 고개를 끄덕이고 방을 나간다.

좋다, 이제야 신탁인들도 긴장이 풀려 감시가 소홀해지기 시작했다. 영애들로서는 지금 밀담을 후딱 해치우고 싶다.

쿠퍼도 그렇게 알고 있으리라.

그의 팔 근육이 살짝 떨린다.

떨린 순간.

"……히익?!"

엘리제가 난데없이 등을 구부렸다. 그러더니 스프링처럼 가냘픈 어깨가 오르락내리락하고, 급기야 엘리제는 책에 이마를 꽉 눌러 필사적으로 표정을 숨겼다.

메리다는 당황했다. 신탁인은 알아채지 못했다. 대, 대체 왜 이러는 거지?

조심조심 사촌 자매의 표정을 들여다본다. 푸른 눈이 크게 휘둥그레져 있고, 볼이 지금까지 본 적이 없을 정도로 새빨갛다. 입술이 떨리고, 숨이 끊어질 것같이 가느다란 목소리가 새어 나오고 있다.

귀를 기울여 보니…….

"어, 어딜…… 만, 지……!!"

살라샤는 입가를 손으로 막았다. 그 반응에 메리다도 늦게나마 깨달았다.

얼굴이 갑자기 뜨거워진다……!

아, 아마도 쿠퍼는 '엉큼하다'라는 말을 들어서 그랬을 것이다. 맨살을 직접 건드리는 데에 주저를 느끼고, 조금이라도 무난한 장소는 어딜까 하고 손의 위치를 움직인 것이다.

그리고 천의 감촉을 찾아냈음에 틀림없다. '여기라면 덜 부담스럽겠지.' 하고.

——그, 그치만 조금 기다려 주세요. 선생님.

치, 치마 속의 《천》이라고 하면, 즉…….

엘리제는 최대한으로 등을 구부리고 있었다.

당장에라도 터질 것 같은 무언가를 필사적으로 억눌렀고, 그러면서도 만년필을 쥔 오른손은 움직이고 있었다.

떨리고, 비틀어지고, 엄청나게 이상한 글자였지만 그래도 쓰고 있다…….

"때릴 거야."

주문처럼 중얼거리고, 양피지에 아무개 씨의 얼굴을 떠올리며 매섭게 노려보고 있었다.

"환자라고 봐주나 봐. 꼭 때려 줄 거야……!"

그 눈물겨운 모습이 참으로! 메리다는 급기야 감동적일 정도였다.

쿠, 쿠퍼는 알아채지 못한 걸까?

알아채고 있다면 바로 벌떡 일어났으리라……. 해프닝은 참 많지만, 그는 진지한 신사다. 지금의 쿠퍼는 명안이 떠오른 군사같이 상쾌해 보이는 얼굴을 하고 있다. 자는 척하고 있긴 하지만.

눈을 뜨지 않으면 엘리제가 한계 상황에서 버티고 있는 걸 알 길이 없다…….

일심동체인 엔젤 자매는 나중에 반드시 둘이 함께 그에게 매서운 설교를 해주기로 하였고── 그건 그렇다 치고.

이, 이대로라면 엘리제의 몸이 견디지 못할지도 모른다. 필담을 나누고 있는 것을 들켜 버리면, 이미 경고를 받은 메리다 일행은 치명적인 상황을 맞이하게 될 터.

──이렇게 된 이상.

일심동체 엔젤 자매, 메리다가 해야 할 일은 한 가지였다. 바로 자기도 쿠퍼의 오른손 쪽에 과감히 올라가, 흐트러진 치마를 고치는 것이었다.

정확히는 고치는 척을 하고 그의 오른손에 치마를 씌운다.

치마 너머로 그와 손바닥을 포갰다.

엘리제와 시련을 반으로 나눈 것이다. 그 용기 있는 행동에 살라샤는 숨을 죽였다. 그러나 아주 무모한 건 아니고, 메리다에게는 자신이 있었다——.

마음속으로 부른다. 선생님? 저랑 선생님 사이인걸요. 맨살을 만지셔도 어, 엉큼하단 생각은 안 할 테니까, 마음껏 마음의 소리를 들려주세요.

허벅지에. 허벅지에, 알았죠? 라며 반복해 염원한다.

메리다에게는 통하리라는 자신이 있었다——.

계산 착오가 있었다고 하면.

쿠퍼가 느끼고 있는 소녀의 치마에 실례를 범하고 있다는 배덕감과 그것을 뒷받침하는 '엉큼하다' 라는 비난이 그에게는 상당한 대미지였다는 점이다. 쿠퍼의 오른손이 메리다의 허벅지 위에 미끄러졌다. 맨살에 그냥 문자를 쓰는 것에 부담을 느낀 그는 조금이라도 무난한 장소를 찾아 손가락에 신경을 집중하고——.

천의 감촉을 찾아낸다.

그의 중지가 찰싹 더해졌을 때, 메리다의 목에서 "히익." 비명이 새어 나왔다.

메리다는 그때, 아주 드물게 사람을 저주했다.

전적으로, 자신의 무사안일함을…….

† † †

침실을 떠날 때까지는 아무 일도 없다는 태도를 취해야 했다.

신탁인들은 계속해서 쿠퍼의 간병——이라는 명목의 감시로 머무는 모양이다.

복도에 나가기만 하면 남의 눈은 사라진다.

복도로 나온 순간, 메리다와 엘리제는 일제히 무릎이 풀렸다. 비슷한 체중을 상대에게 맡기고, 두 손으로 서로를 떠받치면서 겨우겨우……! 겨우겨우 쓰러지는 것만은 버틴다.

쿠퍼에게는 도저히 보일 수 없을 정도로 얼굴이 새빨갰다.

참고 있었던 만큼 숨도 뜨겁다.

가냘픈 무릎에는 도무지 힘이 들어가지 않아 후들거림이 멈추지 않는다…….

엘리제가 귓가에서 중얼거렸다.

"깨, 깨물어도 무죄야……!"

보통이라면 달래야 하는 대목이겠으나.

지금만은 메리다도 숨이 끊어질 것 같은 상태에서 수긍했다.

"막지는 않겠어……. 엘리……. 하아, 하아."

다 쿠퍼 때문이다. 방을 나가기 직전에 본 그의 잠든 얼굴이 얼마나 개운했는지!

——어떠셨습니까? 아가씨들. 정말 스마트한 전달이었죠?

그렇게 말하는 걸로 보일 정도였다.

아니거든요, 선생님? 메리다는 가슴속으로 단호하게 고개를 흔들었다.

나중에 만감을 담아 깨물어 드리겠습니다. 그렇게 마음에 맹세한다.

어린 흑수정은 메리다와 엘리제가 왜 녹초가 되었는지 모르는 눈치다. 그저 어리둥절했다. 그리고 살라샤는 얼굴을 돌리고 있었다.

붉은 얼굴을 감추듯이 외면하고 있다.

"으, 으음, 두 사람 다……. 저는 아무것도 안 봤으니까……."

얼버무리고 넘어갈 일인가 싶어 엔젤 자매의 째려보는 눈이
그녀를 향한다.

"만약 쿠퍼 선생님이 《두 번째 줄》을 쓰려고 했었다면——."

"너도 희생양이었어, 사라."

그 상상을 한 것만으로도 살라샤는 "히윽!" 달아오른다…….

그나저나 불행 중 다행이라고 해야 할지, 쿠퍼의 메시지는 한
줄 분량이었다. 메리다와 엘리제는 겨우 다리의 떨림을 누르고
각자의 메모를 대조한다.

한쪽만으로는 의미불명이라 생각했는데 과연 쿠퍼, 치밀하
다. 메리다의 메모와 엘리제의 메모에서 한 단어씩 뽑아내 교차
로 늘어놓자 올바른 문법의 문장이 되는 것 같다.

자매는 잠시 이도 저도 아닌 단어를 늘어놓기를 반복하고…….

의논이 결론에 다다랐을 무렵, 살라샤가 고개를 갸웃한다.

"뭐, 뭐라고 써 있나요?"

무사히 해독은 끝났다.

메리다가 그것을 읽으려고 했을 때다.

뒤에서 난데없이 손이 뻗어 와, 들고 있었던 메모를 거두어 갔
다. 메리다와 엘리제가 깜짝 놀라 뒤돌아보자 그곳에는——.

어느 틈에 방에서 나와 있었던 걸까. 신탁인 한 명이 빈틈없는
눈초리로 이쪽을 내려다보고 있는 것이 아닌가. 완전히 주의가

소홀해져 있었다……!

신탁인은 빼앗은 메모를 증거품인 양 들고 있다.

"이 편지는 뭡니까?"

말할 필요도 없이 쿠퍼의 메시지가 쓰여 있는 종이다.

문장이 신탁인의 눈에 띄었다.

소리 내어 읽는다.

" '검은 토끼를──.' "

눈썹을 찡그리고.

" '검은 토끼를 데리고 돌아와라' ……대체 무슨 의미인가요?"

살라샤는 슬며시 눈이 휘둥그레져 있었다. 그러나 메리다가 시치미를 떼며 말했다.

"프란돌에서 유행하는 놀이예요. 다 함께 단어를 가지고 모여서, 그, 어떤 문장을 만들어요. ……돌려주실래요?"

신탁인은 수상한 듯이 메모 뒤를 확인하고, 메리다의 요청대로 건네주었다.

그대로 쿠퍼의 침실에 돌아가지 않고 몸을 돌려 물러간다…….

그 뒷모습을 충분히 지켜보고 나서 세 명은 눈짓을 교환하고 가슴을 깊이 쓸어내렸다.

쿠퍼가 워낙에 주도면밀해서 살았다……! 메시지가 제삼자의 눈에 들어갈 것을 우려해서 암호로 전달해 준 것이다.

그 진의는, 메리다 일행 시간 여행자에게만은 전해졌다──.

세 사람도 어린 흑수정도 별말 없이 발길을 돌렸다.

수다조차 떨지 않는 영애들의 얼굴을 어린 흑수정은 이상한 듯이 올려다보고 있다.

대신, 가는 곳이 느닷없이 소란해졌다.

통로의 막다른 곳에 쌍여닫이문이 있는데, 그 문이 벌컥 열린 것이다.

하얀 옷을 입은 사람 몇 명이 잇달아 나온다. 그런 그들에게 한 명이 뒤따라가 매달렸다.

에드가 씨였다.

"기다려 줘, 다들. 조금만 더 이야기하게 해 달라고!"

하얀 집단은 뒤돌아보고 타이른다.

"아니, 에드가. 이 이상 이야기해도 결론은 바뀌지 않아."

"그, 그러면, 다시 한번 채결을!"

에드가 씨는 포기하지 않고 물고 늘어졌다.

그러나 하얀 옷들의 태도가 바뀌는 일도 없었다.

"몇 번 채결해도 마찬가지야. 찬성 일곱에 반대 셋. 십 인의 현인 회의 결론에 따라 오늘 밤, 오즈월드의 《클레이돌 계획》을 결행하기로 한다——."

"그럴 수가……!"

"왜냐하면 더 이상 재고할 필요가 없어. 클레이돌 계획의 최대이자 유일한 문제는 틴다리아의 무녀의 동의였는데, 마침내 금색 부인으로부터 협력을 약속받았어. 굳이 다른 프로젝트를 채택할 필요가 어디에 있지?"

에드가 씨는 고개를 숙이고 아무 대꾸도 할 수 없었다.

하얀 복장은 "봐라." 하고 창으로 얼굴을 돌린다.

그곳에서는 태양의 빛이 쏟아져 들어오고 있었다. 다만 붉은 색을 띠고 있다. 마치 불타는 것처럼. 심지까지 모조리 타 버리는 생명의 종말을 연상시키는 듯한 불길한 주황색이 복도를 비추고 있었다.

하루 중 태양이 빛을 잃기 직전, 단말마를 닮은 붉은 빛이 지상을 물들인다던가.

중요한 것은 '그' 시간이다.

"곧 해가 진다."

하얀 옷을 입은 한 명이 말했다.

오후의 티타임마저 용납하지 않겠다는 듯이 다 죽어 가는 태양이 세계를 재촉한다.

바르니바빌의 현자들이 활로를 찾아내지 않는 한.

이 갇힌 세계는 죽는다──.

"우리에게는 일각의 유예도 없어."

이로써 의논은 끝이라는 듯이 하얀 집단은 복도를 떠났다…….

에드가 씨는 고개를 숙인 채 만류조차 하지 못하는 모습이었다.

그들이 나온 실내에는 해럴드 여사와 노르망디 씨의 모습도 보였다. 예삿일이 아닌 상황이다. 흥미를 가지는 게 당연하다. 메리다와 친구들은 해럴드에게로 달려간다.

"무, 무슨 일이 있었던 건가요?"

해럴드 여사는 못마땅한 표정으로 대답해 주었다.

"십 인의 현인 회의의 결정으로 프로젝트의 주도권이 오즈월드에게 넘어가게 됐어. 그가 추진하는──《클레이돌 계획》으로 말이지."

영애들이 눈썹을 찡그리자 해럴드는 자신의 집게손가락을 세웠다.

"내가 가르쳐 준 태양의 활동 원리를 기억하니? 눈에 보이지 않을 만큼 작은 입자를 생성하고, 그것들이 서로 부딪쳐서 열과 빛이 발생하고 있다는 거."

"네, 네에……."

"그 효율이 노후화로 인해 떨어지고 있다──는 것을 조금 더 자세히 설명하면."

좌우의 두 손을 공처럼 쥐고 움직인다.

"기껏 생성한 에너지 물질이 서로 부딪치기 전에 태양의 외각 밖으로 확산해 버리고 있어. 이것을 붙잡을 힘이 이미 쇠약해져 버린 거지. 하지만 신화의 시대의 로스트 테크놀로지를 수리할 수 있을 만한 기술은, 지금의 우리에게는 없어."

다만 한 가지, 가능성이 있다고 한다면──.

그렇게 서두를 떼고 해럴드 여사는 계속한다.

"신화의 시대의 후예인 틴다리아의 백성이라면 그것을 보완해 줄 수 있을지도 몰라."

"아……."

"네피림어로 태양에 액세스해서 쇠약해진 기능을 보조하게 하는 거지. 이론상으로는 그렇게 함으로써 태양의 연명을 꾀할 수 있어. 확산해 버리는 에너지 물질을 그녀들의 노랫소리로 감싸서 가두는 것. 이것을 초전도 하모닉스라고 불러."

이것이 성공한다면 태양은 표면상 전성기의 빛을 회복한다고 한다.

표면상이다.

배후에서 지탱하고 있는 자들이 있을 때 그렇다——라는 의미다.

전문가가 아닌 영애들도 바로 감이 왔다. 에드가 씨가 평정을 잃으려 하는 것도 당연하다. 노르망디 씨도 한탄스럽게 얼굴을 찌푸리고 있다.

해럴드 여사는 한숨과 함께 고개를 저었다.

"……요약하면, 틴다리아 백성들을 제물로 삼는 거야. 그녀들은 평생 태양 옆에 머무르며 계속 노래해야 해. 기계 부품으로 취급되는 셈이지……. 오즈월드는 이 때문에 스티그마를 시켜 그녀들의 고향을 멸망시킨 거야."

직설적인 이야기에 소녀들은 할 말을 잃었다.

뮬이 가르쳐 준 이야기는 진실이었던 것이다……!

금색 부인의 무상한 미소, 은수정 공주의 화사한 모습이 메리다의 뇌를 스친다.

해럴드 여사의 말투가 약간 빨라졌다.

"우리는—— 에드가도 노르망디도 줄곧 반대해 왔지만…… 세 명만으론 소용없더라. 현인은 열 명이고, 다수결로 방침이 결정되니까."

그리고 오늘. 결국 7대3으로 계획의 실행이 강행되어 버렸다고 한다.

회의실 안에서 한층 드높은 목소리가 울렸다.

"바르니바빌 전체의 의견이다!"

위압적인 어조. 모습을 보이기도 전부터 메리다는 상상이 되었다.

오즈월드 씨는 유유히 모습을 드러내고 노래하듯이 선언했다.

"세계 전체의 의견이라고 해도 무방해. 너희는 너무 물러."

노르망디 씨는 복잡한 얼굴로 그리고 해럴드 여사는 냉엄한 얼굴로 그를 매섭게 노려본다.

"만약에 세계가 구원되더라도, 우리는 악마라고 불릴 거야."

오즈월드 씨는 오히려 속이 편하다고 말할 기세다.

"그래서 빛이 가득 차게 된다면——."

몸을 돌린다.

여태 고개를 숙이고 있는 에드가 씨에게 다가가 스스럼없이 어깨를 안는다.

"뭘 침울해하고 있어, 에드가! 회의는 잘 들었냐? 네가 좋아하는 은수정은 클레이돌 계획에서 빼 줬다. 몸이 약해서 쓸모없으니까 말이지."

순간 에드가 씨는 무시무시한 얼굴로 오즈월드 씨를 노려보았다.

"그런 문제가 아니야!!"

그의 팔을 뿌리친다. 오즈월드 씨도 당황한 기색이다.

에드가 씨는 그런 그에게서 시선을 돌리고 피를 토하듯 말했다.

"나는 이제 그녀를 볼 낯이 없어."

자포자기한 듯이 걷기 시작한다. 에드가 씨의 뒷모습은 점점 멀어져 갔다…….

오즈월드 씨는 팔을 조금 다친 것 같다. 어찌할 수 없는 기분을 안고 주위를 노려보다, 메리다 일행이 말도 없이 계속 서 있음을 깨닫는다.

"……얼른 방으로 돌아가라! 프란돌 사람은 빠져 있어!"

그러고 나서 에드가 씨와는 반대 방향으로, 험악한 구두 소리를 내며 떠나갔다…….

메리다 일행도 이미 어찌할 도리가 없는 갑갑함으로 가득하다.

그래도 해럴드 여사에게 마지막으로 하나 더 물어봐야 하는 것이 있다.

"그, 클레이돌 계획은 언제 실행되는 건가요?"

"당장에라도 실행될 거야."

해럴드 여사는 팔짱을 낀다.

"그렇기는 해도 태양의 열이 있는 동안은 접근할 수도 없으니까 말이지. 반나절은 기다리고 오늘 밤——달이 가장 곱게 빛나는 시간이겠지."

거기서 문득 깨달은 눈빛으로 메리다 일행을 내려다본다.

살라샤의 허리 부근. 거기에서 어린 흑수정이 모두의 심각해 보이는 분위기에 겁을 먹고 있다.

"그러고 보니 은수정 공주랑 그 아이도 클레이돌 계획에서 빠지게 됐어. '너무 어리기 때문'이래. 하지만 너희의 친구인, 으음, 그 사람의 아내라고 말했던 그 아이는 아직 금색 부인 옆에 있을 거야. ……어떡할 셈이니."

설마 그대로 동포들과 운명을 함께할 생각은 없을 테지만——.

메리다는 자매들과 얼굴을 마주 보았다. 그리고 해럴드 여사와 노르망디 씨에게 작별 인사를 하고 함께 발길을 돌린다.

소리 내서 의논은 할 수 없다. 하지만 눈짓으로도 충분히 모두의 의사는 통하고 있다.

쿠퍼가 전한 메시지를 떠올린다——. '검은 토끼를 데리고 돌아와라'.

그리고 그가 몇 차례나 알아듣도록 타이른 말—— '역사를 수정해선 안 된다'.

이것들에 입각해서 생각하면 자연히 알 수 있다. 바르니바빌의 상황은 더없이 혼미해지기 시작했지만, 반대로 메리다는 자기가 해야 할 일을 선명하게 응시하고 있었다.

뮬을 데리고 돌아와 다 같이 바르니바빌에서 이탈한다——.

메리다 일행이 힘으로라도 상황을 타개해야 하는 순간이 기어코 온 것이다.

† † †

비밀 행동은 어둠 속에서——. 이 원칙만큼은 5천 년 전이라도 변함없다.

그날, 메리다 일행은 일찌감치 침대에 들어간 다음 시곗바늘이 12시를 돌았을 무렵에 눈을 딱 떴다.

그대로 잠시 꼼짝이지도 않고 귀를 기울인다…….

괜찮다. 감시하는 신탁인들도 영애들이 아주 얌전한 것을 보고 자기 방으로 되돌아간 것 같다. 사무라이 클래스의 후각을 활용해 확인해도 문 앞에는 현재 아무의 기척도 없다.

세 영애는 침대에서 꼼지락거리며 기어 나와 나갈 채비를 했다.

클레이돌 계획의 결행은 오늘 밤——. 따라서 오즈월드 씨를 비롯한 주요 현인들은 바르니바빌을 비울 것이다. 행동을 일으킨다면 타이밍은 지금밖에 없다.

메리다는 가볍게 스트레칭을 하면서 살라샤에게 묻는다.

"뭔가 무기가 될 걸 가지고 갈까?"

살라샤는 똑같이 몸을 풀면서 씁쓸해 보이는 표정을 짓는다.

"실은 그렇게 생각해서 저녁 식사 때부터 주변을 찾아봤는데……."

그렇게 말하고 그녀가 품에서 꺼낸 것은 테이블 나이프 한 자루.

……야생 여우에게 겁을 주는 정도야 가능하겠지만.

메리다도 어안이 벙벙하여 어깨를 으쓱했다.

"현지 조달하는 수밖에 없겠네."

불현듯 강철궁 박람회 때 있었던 콘테스트가 생각났다.

2년 가까이 쿠퍼에게 사사하여 어떤 상황에서도 살아남는 방법을 이 몸에 철저히 주입받아 왔다. 이제 와서 무기가 없는 정도로 두려워할쏘냐.

모두, 준비는 만전일까?

이제 보니 엘리제가 심각한 표정으로 창밖을 쳐다보고 있다.

"왜 그래? 엘리."

물음에 그녀는 고개를 흔든다.

"가슴이 두근거려."

그렇게 말하고 납작한 가슴에 손바닥을 댄다.

"왠지 가만히 있지 못하겠어⋯⋯. 그런데, 뭘 하면 좋을까."

스스로도 분명하지는 않은 감각인 듯하다.

그러나 그 명료하지 않은 생각을 메리다는 격하게 공유하고 있었다.

틀림없이 살라샤도 같은 기분일 것이다.

불길한 예감에 가슴이 뛴다⋯⋯. 이제 시간이 얼마 남지 않아서일까. 역시 쿠퍼의 지시는 틀리지 않았다. 강행책을 취하려면 지금밖에 없다. 바르니바빌의 백성들을 배려해 움직이다간 돌이킬 수 없게 된다.

실력으로 뮬을 데리고 돌아와서 시저 비서의 행방을 알아내야 한다! 시저 비서를 붙잡고, 크로노스 기어를 되찾아서 언제든지 미래로 가는 귀로에 오를 준비를 마쳐 놓아야 한다.

바르니바빌로부터는 쫓기는 신세가 될 것이다.

하지만 그 상태도 오래는 가지 않으리라는 직감이 있었다.

메리다 일행의 모반 따위는 매우 하찮은 수준의 사건이 곧 이 세계에서 일어난다.

그것은 메리다가 아는, 역사가 증명했었던──.

누군가가 꼼지락, 몸을 움직였다.

세 명의 영애는 퍼뜩 그쪽을 돌아본다.

어린 흑수정이었다……. 아직 더 자고 싶어 하는 것 같다. 눈꺼풀을 몇 번이나 비비면서 몸을 일으키고, 어째선지 메리다 일행을 흉내 내며 나갈 채비를 하고 있다.

　난감하다. 메리다는 그녀의 작은 어깨를 받치고.

　"더 자도 되는데?"

　하지만 어린 흑수정은 분명히 고개를 좌우로 젓는다.

　"푸르 디디야."

　어떻게 한담……. 야간 산책을 나가는 것과는 비교할 수 없다. 이 아이를 아무 신탁인에게라도 맡겨야 할까? 하지만 이제부터 반역을 일으킬 우리가?

　애당초 자신들이 가볍게 부를 수 있는 신탁인은——.

　있다.

　딱 한 명 있다.

　메리다는 그 기척을 깨닫고 재빨리 입구의 문을 돌아보았다. 어린 흑수정을 살라샤에게 맡기고, 발소리를 내지 않고 문에 다가간다.

　설마 싶지만, 또 목을 조르러 오기라도 한 걸까…….

　문이 바깥쪽에서 열린다.

　문 앞에 서 있는 것은 안면이 있는 신탁인 소녀였다.

　"시르…….”

　잠시 쳐다보고 메리다는 금세 온몸의 긴장을 풀었다.

　시르마릴의 표정을 보면 단박에 알 수 있다. 지금의 그녀는 틀림없이 제정신이다.

하지만 그렇다면 이런 한밤중에 무엇을 하러 메리다 일행의 침실을 찾은 걸까?

거기서 메리다는 퍼뜩 자신을 돌아보았다. 지금의 자신들은 잠옷에서 하얀 그 옷으로 갈아입은 상태. 아무리 봐도 이제부터 외출하겠다는 모습이다.

그러나 본래 타지인인 자신들의 자유는 엄격하게 제한되어 있다…….

순간적으로 변명하려다—— 메리다는 그만뒀다.

이제는 그러는 의미도 없다.

"막지 말아 줘, 시르."

신탁인인 그녀를 똑바로 응시한다.

"짧은 기간이었지만 잘해 줘서 고마워. 우리는 이곳을 나갈 거야. 선생님을 데리고, 로드 크로노스 호도 돌려받아서…….
누군가가 막으면 물리쳐서라도 갈 거야. 아무것도 설명할 수 없어서, 미안해."

어디선가 우르르 몰려와, 주민의 호의는 기꺼이 받아먹고는 아무 설명 없이 사라진다——. 여행자로서는 어이가 없을 정도로 그릇된 매너이리라.

그러나 시르마릴이 말하고 싶은 바는 그러한 것이 아닌가 보다.

불쑥.

"……저, 기억하고 있어요."

너무나 갑작스러워서 메리다는 "어?" 하고 당황한다.

시르마릴은 고개를 숙이고 있어서 표정이 잘 보이지 않았다.

입술만 경련하듯이 심하게 떨린다.

"사, 사실은, 기억하고 있어요……. 그, 그 사람의 목을 조른 일을요!! 그런데, 왜 그런 짓을 저질렀는지 모르겠어요……! 몸이 제 말을 안 들어서, 그, 그 아이가 막아 주지 않았다면, 저, 저 진짜로, 이 손으로 사람을……!!"

왈칵, 얼굴을 숙이고 울기 시작한다.

메리다는 그녀의 등에 손을 돌리고 살며시 끌어안았다.

"괜찮아, 시르."

머리를 쓰다듬고서 귓가에 타이른다.

"네가 그런 짓을 하지 않는다는 거, 우리는 알고 있으니까. 두 번 다시 그런 무서운 일은 일어나지 않을 거야. 안심해."

부단히 말을 걸어 주자 시르마릴은 겨우 코를 훌쩍이며 울음을 그쳐 주었다.

이제 얼버무려 넘어갈 필요도 없다. 메리다는 그녀의 손을 잡고 호소한다.

"있잖아, 시르, 우리는 이곳을 나가려고 해. 그런데 미우가—— 우리의 자매가 아직 돌아오지 않았어. 미우가 어딨는지 몰라?"

이 질문에 답하면, 어쩌면 시르마릴은 질책을 받게 될지도 모른다.

그럼에도 그녀는 연신 고개를 끄덕여 주었다.

"그, 그 아이라면…… 지금쯤은 오즈월드 님이나 금색 부인과 함께 아밀라스피어 천환의에 도착했을 거예요…….."

"아밀라스피어?"

되묻자 시르마릴은 창밖으로 집게손가락을 향한다.

"달 주위를 돌고 있는, 링 모양이 보이세요? 저건 신화의 시대에 만들어진, 일종의 제어 시설……이라고 해요. 밤 동안에는 출입할 수 있게 되어 있어서…… 오즈월드 님의 클레이돌 계획의 결행 장소로 쓰이게 됐어요."

메리다는 귀를 의심한다.

"그곳에 미우도 따라간 거야?"

시르마릴은 명확히 긍정한다…….

움직이는 게 조금 늦은 걸까……! 설마 뮬은 정말로 이 시대에서 틴다리아의 백성들과 운명을 함께할 생각인 걸까. 아니면 도망칠 수 없는 이유가 있었다? 시저 비서의 발자취를 절반은 포착했다는 식으로 말했었는데…….

좌우간 일각의 유예도 없는 것은 확실하다. 메리다는 거듭해서 부탁한다.

"시르, 우리도 거기에 갈 수 있을까?"

시르마릴은 답을 가르쳐 주기는커녕——.

복도 쪽으로 팔을 벌렸다. 선도해 주겠다는 거다. 이것이 탑의 다른 사람들에게 알려지면 그냥은 끝나지 않을 텐데……! 메리다는 엘리제, 살라샤와 얼굴을 마주 보고 결연하게 고개를 끄덕인다.

그리고 시르마릴은 생각난 것처럼 말했다.

"그, 작은 그 아이도, 따라오게 해 주세요."

그녀의 시선 끝에서 어린 흑수정은 나갈 채비를 완전히 갖춘 상태였다.

눈은 잠에 취한 주제에 득의만면해서 으스대고 있다.

"푸르 디디야 스에디 완크 스에디 바르."

메리다는 어깨를 으쓱하며 어쩔 수 없구나, 하고 그녀에게 손을 내민다.

생각해 보면 아밀라스피어 천환의라는 곳에는 그녀의 동포인 틴다리아의 백성들이 연행되어 있다. 제물로 삼기 위해서……. 흑수정의 소녀도 어리지만 나름대로 깊이 느끼는 바가 있는 걸지도 모른다.

메리다는 그녀의 조그마한 손을 잡고 다시 모두의 얼굴을 차례로 바라본다.

"가자."

시르마릴을 선두로 일행은 몰래 달리기 시작했다.

그렇지만 메리다 일행으로서는 아무리 생각해도 불안한 점이 있었다. 저 태양=달이라는 시설은 터무니없이 높은 위치에 있을 것이다. 인간의 다리로 어떻게 다다른다는 걸까?

쉬크잘 가문 비장의 비공정 프리마 베라라도 있으면 이야기는 다르겠지만…….

시르마릴은 발을 멈추지 않고 달리면서 가르쳐 주었다.

"본디 이 바르니바빌 탑은 신화의 시대에 세워진, 태양을 건조하기 위한 중계 시설이었어요."

메리다 일행이 알쏭달쏭한 표정을 짓고 있자 그녀는 추가로 설명했다.

"말하자면 이 탑도 신들의 유물인 셈이죠. 로스트 테크놀로지가 잠들어 있는."

거기까지 듣고 메리다는 이제야 납득된 점이 있었다.

점토로 된 살육 인형 스티그마. 노르망디 씨는 '그건 원래 탑의 격납고에 잠들어 있었다'고 했었다. 과연……. 마나 능력자도 고전하게 만드는 초기술의 병기! 신화의 시대라는 것이 얼마나 고도로 발달된 문명이었는지 알 수 있을 것 같다.

그리고 그 인형조차 로스트 테크놀로지의 편린에 불과하다는 것은.

시르마릴은 고개를 끄덕인다.

"태양으로 가는 직통로는 아직 살아 있어요."

"미우랑 다른 사람들은 거기서 태양으로 갔다는 거지?"

서둘러야 한다. 그 직통로란 건 계단일까?

그렇다면 목적지는 탑의 최상층인가 싶었지만, 시르마릴은 안뜰을 돌파하고 1층으로 나아갔다. 영애들은 그 뒤를 의지하는 외에 달리 방법이 없었다.

그런데. 아주 조용해진 한밤중의 정원——.

그곳을 누군가가 배회하고 있었다. 납작 엎드려 나무들 사이를 뛰어서 메리다 일행 눈앞으로 돌아 들어오자마자, 빨간 외눈을 강렬하게 번뜩인다.

나아가지 마라, 라는 경고다.

말할 것도 없이 살육 인형 스티그마였다.

시르마릴은 공포에 벌벌 떨며 멈추어 선다. 심지어 하나가 아니었다. 연달아 거인이 넷이나 몰려와, 매끄럽게 이족 보행으로 이행했다.

저마다 오른팔을 휘두르자 작은 나뭇가지 같은 돌기에서 빛이 확산한다.

빛은 푸르고 예리한 무기를 형성했다──.

공기가 타는 소리. 시르마릴은 두 발짝, 세 발짝 뒷걸음질 친다.

"여, 여러분, 도망치세요⋯⋯!"

기어들어가는 목소리로, 그러나 필사적으로 전달한다.

"엄계 모드로 가동하고 있어요⋯⋯! 클레이돌 계획이 실시됐기 때문이에요! 탑 안에서 수상한 행동을 하는 자는, 제, 제거하도록 설정되었다고요!!"

인형들의 위압감을 가장 겁내는 것은 어린 흑수정이었다.

틴다리아 백성의 고향을 바로 이 스티그마들이 모조리 태워 버렸다고 했다⋯⋯.

메리다는 시르마릴의 어깨를 받쳐 주고, 교대하듯이 앞으로 나갔다.

"시르, 이 아이를 부탁해."

이어서 양옆에 엘리제, 살라샤가 함께 걸어 나온다.

시르마릴과 그 팔에 안기는 어린 흑수정은 어안이 벙벙한 표정이다.

"어, 어떻게 하실 셈인가요⋯⋯?"

눈앞에는 거인 넷──.

기계적으로 경고는 마쳤다는 듯이 무기를 위협적으로 들이민다.

공격 범위에 발을 들여놓는 순간, 프로그래밍 된 대로 칼날을 휘두를 것이다.

그것이 빤히 보였기 때문에.

메리다는 양옆에 물었다.

"엘리, 사라, 뭘로 할래?"

직후, 그 모습이 사라져 있었다.

눈을 깜빡이지 않는 스티그마조차 그 속도를 포착하는 것이 어려웠다. 메리다는 미리 사념력을 높이고, 마나가 해방되는 것과 동시에 상대방에게 깊이 파고든 것이다. 너무나도 전조가 없는 초스피드에 선두의 스티그마는 빨간 외눈 속에서 불똥 같은 신호를 띄웠다.

방어 프로그램——.

그 오른팔이 튀어 오르려 하기 직전에 메리다가 달라붙는다. 상대의 손목을 강제로 비틀자 푸른 칼날은 컨트롤을 잃었다. 그대로 힘껏 치켜들게 한다.

인형의 목이 썩둑 날아갔다.

동시에 팔에서 동력이 덜컥 상실된다. 그래도 칼날은 빛을 잃지 않은 것이 행운이었다. 메리다는 호스로 물을 뿜어내는 것처럼 힘이 빠진 인형의 팔을 대충 휘두른다. 두 번째, 세 번째 스티그마에게는 정말로 불의의 습격이었음이 틀림없다.

두 개의 팔이 날아갔다. 무기를 뻗은 팔이다. 이미 엘리제와 살라샤도 움직이고 있었다. 허공을 나는 인형의 팔을, 뛰어가면서 그대로 낚아채 무방비한 인형들의 머리에 칼끝을 꽂는다.

무언가가 닿는 느낌이 없다──.

칼날이 얼마나 예리한지를 실감해 전율을 느끼며 연달아 인형의 머리가 두 동강으로 갈라진다. 그대로 절단면에서 합선을 일으키며 스티그마 둘은 지면에 무너져 내렸다⋯⋯. 가공할만한 위력이다. 공기에서부터 철까지, 닿는 족족 녹여 자르는 구조인 것 같다.

그것이 일기당천의 마나 능력자 손에 건너갔으니.

마지막으로 남은 스티그마는 순식간에 불리함을 깨달은 모양이다. 후방으로 점프해 물러섰다. 넙죽 엎드리고 네 발이 되어 미끄러지면서 멈추고, 머리에서 어떤 전자음을 연주한다.

빨간 외눈을 중심으로 빛이 모였다.

마음의 준비를 할 새도 없다. 눈은 급격히 압력을 높이고 열선을 발사한다.

사선상에 일부러 미끄러져 들어간 것은 엘리제였다. 눈도 감지 않고, 육박해 오는 광선에 칼날을 수직으로 세운다. 눈을 번쩍 뜸과 동시에 백은색 마나가 폭발.

광선은 순식간에 엘리제가 든 무기에 격돌하고──.

그리고 거울에 비춘 것처럼 튕겨 나갔다. 사선을 거슬러 올라가 발사구를 때린다.

즉, 네 번째 스티그마는 열선을 힘차게 발사한 직후 후방으로 날아가는 신세가 되었다. 폭발음과 함께 잔디를 구르고 사지가 비틀어진 채 쓰러진다.

그 머리는 불타고 눌어붙어, 더 이상 원형을 간직하지 않았다…….

메리다로서는 피할 것까지도 없었다는 얘기다.

"역시 대단해."

어떻게든 인형의 팔에서 무기를 뽑아내려고 시도하고 있으니 살라샤가 걸어와 주었다. 그녀가 든 무기의 날 끝으로 가볍게 찔러, 아예 돌기 뿌리에서 잘라 버린다.

그것을 칼자루 삼아 쥐면 무기의 현지 조달은 완료인 셈이다.

가쁜 숨 하나 쉬지 않는 세 명의 모습에, 역시나 시르마릴은 숨을 죽이고 있었다.

"그, 그 사람이 맨몸으로 스티그마를 쓰러뜨렸다는 얘긴 사실이었군요…….."

……어쩌면 메리다 일행 때문에 프란돌 사람에 대한 잘못된 인식이 퍼져 버릴지도 모르겠다.

그렇지만 어쨌든 간에, 상황은 이쪽에 유리하게 돌아갔다. 스티그마들이 들고 있었던 무기는 곡선을 그리는 외날이거나, 끝에 중량이 실린 창의 형상을 하고 있어서, 영애들의 손에 매우 익은 구조였기 때문이다.

그렇다면——.

네 번째 개체. 자신의 포격으로 날아간 마지막 스티그마는 두꺼운 대검을 들고 있었다. 메리다는 같은 요령으로 그 팔을 잘라 쥐기 쉬운 길이로 만들고 등에 짊어진다.

"나는 미우를 뒤쫓을게."

엘리제와 살라샤를 똑같이 번갈아 보고 작전을 확인한다.

"두 사람은 탑에 남아서 탈출 준비를 해 둬. 선생님을 데리고, 로드 크로노스 호를 되찾아서—— 우리가 돌아오면 바로 출발할 수 있도록."

엘리제는 눈빛으로. 살라샤는 목소리를 내어 알았다고 호응한다.

한가롭게 있을 시간은 없었다. 탑의 경비가 고작 넷만으로 그칠 리가 없다. 안뜰의 소동을 감지하고 곳곳에서 무기질한 짐승이 몰려드는 기척이 난다. 금세 빨간 외눈이 어둠 속에서 깜빡였다. 둘, 셋, 가속도적으로 숫자를 늘린다.

엘리제는 멍하니 있는 시르마릴의 어깨를 밀었다. 살라샤는 창을 돌리고 고한다.

"가세요. 저와 엘리가 적을 유인하겠습니다!"

한순간이라도 주저한 자는 시르마릴뿐이다. 메리다는 날카롭게 고개를 끄덕여 응답한 다음, 어린 흑수정의 손을 끌고 친구들과는 반대 방향으로 뛰기 시작했다.

시르마릴은 나란히 달리면서, 이렇게 묻지 않고는 배길 수 없었던 모양이다.

"여, 여러분은 대체 누구인가요?!"

메리다는 저도 모르게 이상한 기분이 들기 시작한다.

지금의 자신들은 공작 가문 영애의 입장은 아니다. 그렇다고 이 고대에서 말하는 프란돌의 사람이냐 하면, 그것도 역시 거짓이다.

다만 하염없이 펄럭이는 긍지는———.

"전사야."

오직 그뿐이다.

† † †

바르니바빌 탑의 바로 중추부———.

그곳은 이질적인 공간이었다. 시르마릴의 선도 아래 게이트를 빠져나간 순간, 일체의 소리가 사라진 것이다. 바람 소리도, 벌레 소리도, 혹은 무기 소리도…… 고작 한 걸음에 아득한 저편으로 사라졌다.

한눈에 구조가 다르다는 것을 알 수 있었다. 기계투성이인 점이 특히. 바닥에는 철판이 깔려 있고, 벽에는 빨강이나 초록 램프가 깜빡이며 끊임없이 전기 신호가 뿜어져 나오고 있다.

상당히 광대……하고도 엄숙한 공간.

중앙에 원통형의 작은 방이 있고, 그 위로 튜브가 연장되어 있다. 저 끝은 어디까지 이어져 있는 걸까……. 여하튼 그 공간에는 천장이 보이지 않고, 머리 위는 덮개로 닫혀 있다.

메리다는 그 작은 방이 무엇인지 짐작이 갔다. 엘리베이터다.

그렇다면 행선지도 명확하다.

시르마릴이 나지막한 목소리로 예상을 뒷받침했다.

"궤도 엘리베이터———《라비린토스》예요. 신화의 시대의 테크놀로지가 이 작은 방을 달까지 데려가 주는…… 걸로 알고 있는데."

승강구 옆에는 버튼이 몇 개 달린 패널이 설치되어 있었다.

시르마릴은 손을 뻗었으나 버튼 앞에서 손가락이 길을 잃는다.

움직이는 방법을 모르는가 보다. 이쪽을 돌아본다.

정확히는 메리다의 옆에 있는 어린 흑수정을.

"틴다리아의 백성이라면 이러한 신화의 시대의 유물을 자유자재로 쓸 수 있다고 하던데요."

어린 흑수정은 상황을 이해하고 있을까?

메리다의 손을 놓고 앞으로 나온다.

담담히 패널에 손을 올린 다음, 앳된 손가락으로 버튼 몇 개를 눌렀다.

순간, 맹수가 잠에서 깬 것처럼 공간 그 자체가 꿈틀거렸다. 증기 기관의 엔진음과 비슷하다. 벽 쪽의 램프가 격렬하게 깜빡이고, 발밑의 철판에 진동이 전해졌다.

어린 흑수정이 훌륭하게 기대에 부응해 준 것이다! 그녀는 누구보다 먼저 작은 방에 뛰어들더니, 기다릴 수 없다는 듯이 메리다를 손짓으로 불렀다.

동료들이 먼저 간 것을 이해하고 있는 것이다.

어쩌면 영애들이 행동을 일으키는 타이밍을 기다리고 있었던 걸지도 모른다──.

메리다는 결연하게 발을 내디뎠다.

그리고, 시르마릴이 침울한 듯이 고개를 숙이고 있음을 깨달는다.

그녀는 엘리베이터 앞에 우두커니 서 있었다.

"여기서부터는…… 신들의 영역이라고 해요. 저는 출입이 허가되지 않아요. 죄송……합니다."

길 안내는 여기까지——.

여기서부터는 무슨 일이 일어나도 이상하지 않은, 상식을 초월한 영역이라는 뜻이다.

메리다는 잠시 승강구 앞으로 되돌아갔다.

시르마릴의 팔을 만지고, 자신을 올려다보는 그녀의 눈빛을 받아들인다.

"고마워, 시르. 무척 도움이 됐어."

한 마디, 한 마디, 음미하듯이 제대로 전해야 한다.

"당신이 우리를 도와준 것은 아무도 몰라. 곧장 이곳을 떠나, 그리고 이제 우리에 대한 건 잊어 버리고?"

시르마릴은 고개를 흔들고서 힘껏 두건을 치웠다.

당장에라도 울 것 같은 얼굴로 웃고, 이쪽의 손을 잡는다.

"당신들은 평생 잊어 버릴 수 없을 것 같아요…….."

메리다도 최대한 웃으며 손을 되잡는다.

"그럼 나도 계속 기억할게."

맞잡은 손을 두 번, 세 번 위아래로 흔들고서 놓았다.

메리다는 몸을 돌려 승강기에 올라탄다.

그 순간을 재고 있었던 것처럼 문이 닫혔다. 소리도 없이 미끄러져 바깥의 광경을 숨긴다.

시르마릴은 마지막으로, 기도하듯이 가슴 앞으로 깍지를 끼고 있었다.

그 모습을 메리다는 영원히 잊지 않으리라──.

작은 방이, 승강기가 움직이기 시작한다.

이미 바깥의 풍경은 보이지 않지만, 남은 것은 목적지에의 도착을 기다리는 것뿐이다. 아득한, 까마득한 상공으로……. 메리다는 벽에 기대고 눈가에 글썽인 눈물을 닦았다.

본래라면 이 고대의 주민들과는 만날 일이 없었다.

역사가 혼란해지지 않게, 자신들의 흔적을 남겨서는 안 된다.

그런데도 메리다는 시르마릴에게 무언가를 전하고 싶어서 견딜 수 없었다.

이별이 서글프다…….

언젠가 다시, 라는 바람은 5천 년의 시간을 넘어서도 이루어질까.

보니까 어린 흑수정 역시 어딘가 신묘한 모습으로 잠자코 있었다.

신의 언어로 중얼거린다.

"룬 테스야에디 완크……."

누구를 향한 말일까.

그래도 메리다는 깨달은 바가 있었다.

"처음에 만났을 때도 말했었지, '테스야에디' 라고. 그건 틀림없이, '도와줘' 라는 의미인 거지?"

무릎을 꿇고 어린 그녀와 시선을 맞춘다.

"겨우 알았어……. 너는 언젠가 틴다리아의 동료들이 희생당할 것을 알고 우리에게 '도와줘'라고 말했었던 거야. 그리고, 그래서 미우는 '하는 말을 들어선 안 된다'고 충고한 거지."

그러면 역사를 바꿔 버리게 되기 때문에——.

메리다 일행이 그렇게 함으로써 태어나야 할 사람이 태어나지 않게 될지도 모른다.

그것이 자신들일지도 모른다.

뮬은 사랑하는 친구들이 있는 5천 년 후의 미래를 지키기 위해서, 오롯이 쿠퍼의 당부를 지키고자 하는 것이리라…….

메리다는 어린 흑수정의 등에 팔을 돌리고 꽉 껴안았다.

"미안해. 나는 네 바람을 들어줄 수 없어. 하지만 약속할게, 결코 너를 혼자 두지 않겠다고."

몸을 떼고 그녀의 동글동글한 큰 눈을 들여다본다.

웃음이 얼굴 가득 번졌다.

"우리, 나중에 자매가 된다? 5천 년 후에 눈을 뜨면 나를 찾아. 내 이름은 메리다—— 메리다야."

어린 흑수정은 뻐끔뻐끔 입을 움직인다.

"메리, 다?"

"그래, 메리다. 기억하고 있어야 해."

어린 흑수정은 마치 캔디를 굴리는 것처럼 입을 오물거렸다.

무슨 생각을 했는지 메리다에게 매달린다.

그리고 귓가에 입술을 가까이 가져가더니——.

속삭였다.

요정의 비밀이야기처럼.

아주 작은 목소리였지만 메리다에겐 들렸다. 얼굴을 뗀다.

"──그게, 네 진짜 이름이니?"

흑수정 소녀는 부끄러운 듯이 고개를 꾸벅였다.

메리다는 왠지 우스워지기 시작해서 꽃이 피는 것처럼 입가에 미소가 감돈다.

"나도 잊지 않을게."

작은 방이 느리게 진동하기 시작했다.

속도를 낮추고 있는 것이다. 종착역이 가깝다──.

메리다가 그것을 깨달았을 때는 도착 직전이었다. 일어나는 것과 동시에 부유감이 발밑을 흔들고 진동이 멎는다.

짐승의 울음소리를 닮은 구동음은 이미 그쳤다.

문이 소리도 없이 미끄러지고──.

그 앞의 광경은 진실로 신의 영역이었다. 벽 전체가 유리로 되어 있다. 무시무시한 고고도의 풍경. 인간이 이 땅에 발을 들여놓는 데에 과연 몇천 년, 몇만 년의 세월을 요구했을까.

승강구에서 나가려는 찰나, 메리다의 다리가 후들거리고 만 것도 당연하다.

하지만 겁내고 있을 때가 아니었다. 뮬이 어디로 끌려가 버렸는지. 오즈월드 씨가 내세우는 클레이돌 계획이란 것이 어디서 어떻게 행해지는지를 알아내야 한다.

어린 흑수정이 먼저 뛰기 시작했다.

메리다는 황급히 뒤를 쫓았지만, 아무래도 무작정 달리기 시작한 건 아닌 모양이다.

이제 보니 바닥 위로 받침대가 솟아 있고, 거기에 기계 패널이 얹혀 있다. 지상의 승강구에 있었던 것과 비슷하다. 어린 흑수정은 힘껏 까치발을 하고, 패널 위에 두 손을 올렸다.

피아노를 치는 것처럼 손가락이 뛴다.

틴다리아의 백성——이라기보다 신화의 시대의 사람들은 대체 얼마나 고도의 문명을 자랑했었던 걸까. 세계 그 자체의 기반을 창조하고 홀연히 사라졌다는 점이 매우 흥미롭다.

유리로 된 벽에 무언가 노이즈가 일었다.

영상이 비추어진다.

설계도⋯⋯처럼 보인다. 중앙에 커다란 구체가 있고, 몇 개의 링이 그것을 둘러싸고 있다. 통제된 예술품 같은 밸런스가 아닌가.

메리다는 곧바로 깨달았다. 저것이 인공 태양임을. 시르마릴이 가르쳐 준 아밀라스피어 천환의라고 하는 물건의 구조가 틀림없다.

링의 곳곳에는 문자가 할당되어 있었다. 메리다는 아차 하고 깨닫는다.

" '라비린토스' ⋯⋯의 승강구! 우리가 지금 있는 곳이 여기 같아."

메리다가 손가락으로 가리키자 어린 흑수정이 버튼 몇 개를 터치.

영상이 확대되고 보다 상세한 구조를 비추었다.

탑의 현인들도 바로 이곳에 내려섰을 텐데, 주위에는 일절 인기척이 없다.

어린 흑수정의 손놀림이 더욱 빨라졌다. 영상 속의 둥근 고리가 어지러울 정도로 빠르게 돈다.

메리다는 그것을 응시하여 태양의 구조를 해독했다.

"계층별로 이름이 붙여져 있어……. 제1계——제2계——출입구인 여기가 최하층이니까, 어디 보자, 《신문(神門)》이라고 불리고 있네."

그렇다면 당연히 궁금해지는 건 시설의 가장 깊은 곳이다.

그곳은 《성전》이라는, 무척이나 위엄 있는 명칭이 할당되어 있었다. 메리다는 손가락으로 가리킨다.

"이곳이 태양에 제일 가까운 장소가 되는가 봐."

어린 흑수정은 패널 위에서 손가락을 튕겼다.

영상이 순식간에, 그리고 극적으로 바뀌었다. 놀랍게도 스크린에는 어딘가의 실내 모습이 비치고 있었다. 메리다는 당황했다. 겨냥도 수준이 아니라, 그 영상은 바로 성전의 내부 동향을 알리고 있는 게 확실하다.

예상과 다르지 않게 영상 속에는 많은 인간이 비치고 있었다.

오즈월드 씨를 비롯한 하얀 옷의 현인들——.

그리고 십수 명에 이르는 틴다리아의 백성이 보인다. 성전의 중앙에는 커다란 크리스털이 떠 있고, 틴다리아 여자들은 그것을 둘러싸듯이 배치되어 있다.

틀림없는, 의식.

태양이라는 이름의 신에게 제물을 바치는 피의 제전이다.

금색 부인의 자태도 물론 있었다. 가장 눈에 띄는, 그녀에게 어울리는 위치에. 여전히 무슨 일이 생겨도 동요할 것 같지 않은, 초연한 얼굴을 하고 있다……. 메리다는 시계 방향으로 여성들의 모습을 확인하지만, 정작 찾는 사람의 모습은 보이지 않는다.

틴다리아 사람들의 고리 어디에도 뮬의 모습은 없었다.

"어디로 간 거야? 미우……."

소리가 울렸다.

영상 너머에서는 아니다. 이어져 있는 통로 끝에서다. 메리다는 퍼뜩 얼굴을 돌린다.

누군가가 있다──그게 다는 아니다.

전사로서의 감이 금세 감지하게 만들었다. 전투 소리다! 누군가가 싸우고 있다.

메리다는 어린 흑수정의 손을 잡고, 스크린도 켜둔 채 뛰기 시작했다.

주요 면면은 조금 전의 성전에 모여 있었다. 그렇다면 그 밖에 누가 이 아밀라스피어 천환의에 들어왔다는 걸까……. 한쪽은 뮬이 확실하다.

그녀가 싸우고 있다고 한다면, 상대는 대체?

나아간 곳에 무언가가 구르는 모습이 보였다. 사람이 사는 집으로 잘못 볼 정도로 커다란── 고철이다. 기계 덩어리. 메리다는 뛰다 멈추고, 신중하게 접근한다.

그리고 등줄기가 얼어붙었다.

이중의 의미에서다. 그 고철이 기억에 있었던 것이다.

"로드 크로노스 호……?!"

바르니바빌의 숲에서 소실된 2호차부터 4호차가 아닌가! 옆으로 쓰러져 있고, 기관차와의 연결부가 고온에 녹은 것처럼 비틀려 끊어져 있다.

이상한 점은 그것만이 아니었다. 메리다의 얼굴을 새파랗게 만든 건 다른 이유다.

누가 봐도 명백하다. 로드 크로노스 호는 풍화해 있었다.

외장은 심하게 녹슬고 퇴색해 있다. 문은 빠지고 창유리는 하얗게 바래 있었다. 차 안은 부식되고 황폐해진 채 내버려져 있다……. 얼마나 오랫동안 비바람에 노출되어야 이렇게 될까.

말이 안 됐다. 메리다 일행이 이 차량을 잃은 것은 불과 이틀 전의 일이다.

마치 혼자 보낸 시간이 다른 것처럼——.

또, 굉음이 울린다.

이번엔 가깝다. 누군가가 격렬하게 다투고 있는 것은 의심의 여지가 없었다. 메리다는 로드 크로노스 호에 관한 건 뒤로 미루고, 다시 어린 흑수정의 손을 끌고 뛰기 시작한다.

소녀들이 내려선 곳은 아밀라스피어 천환의의 가장 바깥 테두리 《신문》.

신화의 시대, 이 《문》에는 어떤 역할이 주어져 있었던 걸까. 신이 사라지고, 사람의 손을 떠난 지금은 유령조차 접근하지 않는 묘소같이 고요하기 짝이 없다.

커다란 홀로 나왔다. 마치 거인의 왕이 기다리고 있을 것만 같은, 옥좌를 닮은 광경이 보인다.

요란한 폭발음――.

동시에 누군가가 날아온다.

메리다는 그것을 부리나케 깨닫고 날카롭게 바닥을 찼다. 두 팔을 펼치면서 뛰어들어, 까딱하면 바닥에 격돌할 뻔한 소녀를 꽉 껴안는다.

말할 필요도 없이, 공작 가문 네 번째 자매였다.

"미우!"

뮬은 메리다의 얼굴을 확인하고 강한 척하며 웃는다.

"올 줄…… 알고 있었어. 리타."

그 손에서 짤그랑하고 무언가가 바닥에 떨어졌다.

테이블 나이프다. 뮬은 자조하듯이 말했다.

"역시 이런 결론 안 되네."

메리다는 주위의 어둠을 응시한다. 원근감이 이상해질 만큼 광대한 풍경이다.

"누구랑 싸우고 있었던 거야?"

시저 비서일까?

하지만 3대 기사 공작 가문의 디아볼로스, 성 도트리슈 여학원의 최우수 학생인 뮬을 몰아붙일 수 있는 적은 이 시대에 그렇게 있지도 않을 텐데…….

어디선가 목소리가 내려왔다.

"――헛된 발버둥을."

메리다는 곧바로 목소리가 들려온 쪽을 매섭게 노려보았다.

그리고 아연실색한다.

조금 전 로드 크로노스 호를 발견했을 때 이상으로――.

† † †

같은 시각, 아밀라스피어 천환의의 최심부에서는 계획이 대단원을 맞이하려 하고 있었다.

성전이라 불리는 그곳은 컨트롤 룸 구실을 한다. 바르니바빌의 현인들이 조사한 바에 따르면 태양의 내부에서 행해지는 《물질을 서로 부딪치게 함으로써 일으키는 에너지 생성》은 외부에서 제어하지 않으면 안 되는 모양이다.

고대에는, 인간이 신이라고 부르는 누군가가 이 방에 서 있었던 것이리라.

그 장소에는 지금 오즈월드가 서 있다.

우월감에 가슴을 한껏 부풀리면서――.

"드디어 이 시간이 왔다."

누구에게랄 것도 없이 중얼거린다.

이미 바르니바빌의 주도권은 그의 것이었다. 실내에서는 다른 10 현인들이 오즈월드의 지시 아래 계획의 최종 조정에 힘쓰고 있다.

입회한 현인은 오즈월드를 포함해 일곱 명――.

클레이돌 계획에 반대한 세 명. 에드가, 해럴드, 노르망디는

지상에 남아 있다. 세기의 순간에 결석하다니, 역시 그들에게는 각오가 부족하다고 오즈월드는 생각한다.

결과를 눈앞에 들이밀어 주면 좋든 싫든 깨닫겠지.

그들의 연구는 허사였음을.

암, 그렇고말고. 오즈월드는 노래하듯이 읊조린다.

"음침한 노르망디도, 괴짜 해럴드도, 꿈만 좇는 에드가도 아닌, 바로 내가 세계를 구하는 거야……!!"

현인 중 한 명, 호안코라스가 신호를 준다.

모든 준비가 된 모양이다…….

성전의 중앙에 뜬 거대한 크리스틸은 태양의 상태를 반영하는 컨트롤 패널이다. 그 주위에 틴다리아 여성들을 둥글게 배치했다. 의식을 치르는 듯한 광경. 그러나 이제부터 행해지는 것은 엄연한 과학이다!

오즈월드의 연구가 결실을 볼 때가 온 것이다.

크리스틸의 정면에서는 금색 부인이 지시를 기다리고 있었다.

오즈월드는 드높이 팔을 들었다, 아래로 휘두른다.

"자, 노래해라! 가엾은 인형(클레이돌)들아!"

금색 부인은 무슨 말인지도 이해하지 못했을 것이다. 그저 우아하게 고개를 끄덕인다.

두 팔을 펼쳤다. 모든 틴다리아의 백성들이 그것을 따라 한다.

천사의 노랫소리가 울려 퍼졌다.

"룬 바르 베스디야 푸르 레스디야 바르."

금색 부인에 이어서 한 명, 두 명, 노랫소리를 겹친다. 마치 직물 같다. 그녀들의 머리칼 색과 같은 형형색색의 목소리가 섬세하게 차례로 겹쳐져 크리스털을 감싼다.

현인들은 저도 모르게 숨을 죽이고 있었다.

오즈월드조차 만족스러운 듯이 신음한다.

"좋아."

왜냐하면 크리스털이 명민하게 반응을 보이기 시작했기 때문이다.

신들이 이 땅을 떠나고 나서 몇만 년, 몇억 년 만에 이루어지는 컨트롤 패널에 대한 지령…… . 크리스털의 표면에 전기 신호가 일었다. 잘 보니 그것은 문장이었다. 어디선가 본 적이 있는 네피림어의 문자다.

뭐라고 써 있는 걸까?

중추 멤버만이 아니라 신탁인과 다른 연구자도 데리고 와야 했던 걸까…… .

세기의 순간을 목격하고 있는 건 오즈월드를 포함해 7인의 현인뿐――. 크리스털의 중앙에 빛이 생겼다. 빛은 문장이 되어 크리스털의 표면을 새겼다. 엄청난 양의 기술(記述)이 줄지어 상단부터 하단까지를 빈틈없이 가득 메운다.

――문자를 기록할 공간이 없어지면 어떻게 되는 걸까.

빛은 갈 곳을 찾아 크리스털에서 흘러나왔다. 그 여파에 모서리가 우지직 부서진다. 단면에서 빛이 분출하고, 띠가 되어 크리스털을 둘러싸기 시작한다.

잉구아와 페르두나가 몹시 놀라 당황한다. 얼굴을 돌리지만 오즈월드는 대답할 수 없다.

이 현상은—— 문제없는 걸까.

틴다리아의 백성들은 여전히 노래 중이다. 노랫소리가 열기를 띤다.

금색 부인은 무대 위 여배우같이 팔을 벌리고 하늘을 우러러보았다.

"샤오 훈 도르디야 리르무 바르. 룬 에디야 에딘!"

그 순간 크리스털이 핏빛으로 물들었다.

균열이 일고 단면에서 맹렬하게 빛이 분출된다. 바람이 소용돌이쳤다. 정상적인 인간이라면 서 있을 수도 없는 상황. 그래도 틴다리아의 백성은 일심불란하게 노래를 계속하고 있다.

흡사 마녀의 의식처럼.

일이 이 마당에 이르러 결국 오즈월드는 뛰쳐나왔다.

"그만해! 노래를 멈춰!!"

크리스털이 일으키는 현상이 자신의 손을 떠나 있음을 오즈월드는 인정할 수밖에 없었다. 또, 그렇다면 그냥 보고만 있을 수는 없다. 이 크리스털은 컨트롤 패널이자, 그 상태는 태양과 직결되어 있다.

등줄기는 이미 얼어붙어 있다.

오즈월드는 금색 부인에게 달려들어 막무가내로 노래를 멈추게 했다.

"네 이년, 무슨 짓을 한 거냐! 태, 태양에 대체 무슨 일이 일어나고 있는 거야!"

금색 부인은 조금도 평정을 잃지 않고 미소 짓고 있다.

그리고 말했다.

"──이미 늦었다."

그 모습이 갑자기 흔적도 없이 사라진다.

마치 환상처럼. 그녀의 어깨를 잡고 있었던 오즈월드는 돌연 그 감촉이 사라져 그만 헛발을 디뎠다.

주위를 둘러봐도 어디에도 없다. 처음부터 이곳에 없었던 것처럼.

"어, 어디로 갔어?! 돌아와! 여기로 돌아와!!"

대답조차 없이, 주변에는 틴다리아 백성의 노랫소리와 바람 소리가 울려 퍼진다.

현인 중 한 명, 압둘이 절망적인 목소리로 부르고 있었다. "오즈월드!!" 그의 계측기가 이상한 수치를 보이는 모양이다. 오즈월드의 머리 위에서 크리스털이 요란하게 깨졌다. 견디지 못해 머리를 감싸고 바닥을 구르자 위로 수많은 파편이 쏟아진다.

부서진 크리스털의 파편은 가시같이도, 검같이도 보였다.

"그년이……!"

오즈월드는 파편 하나를 움켜쥐었다.

찔끔, 핏방울이 배어 나왔다.

† † †

메리다는 신문에 나타난 예상 밖 인물의 모습에 눈을 껌뻑였다.

"금색 부인……?"

바닥에 질질 끌릴 만큼 기다란 백금색 머리칼의 절세 미녀.

틴다리아 백성의 족장을 잇는 분…….

그런 그녀가 홀로 이런 장소에 있을 리가 없다. 조금 전 어린 흑수정이 영상으로 보여 주지 않았는가. 모든 틴다리아의 백성은, 물론 금색 부인도 오즈월드 씨 일행과 함께 최심부인 성전에 모여 있었을 터.

가짜?

묻지 않을 수 없다.

"어, 어째서 여기에……. 분명 성전에 계셨을 텐데요."

금색 부인은 연신 고개를 끄덕인다.

"조금 전까지 있었다."

아무렇지도 않은 듯이.

"그리고 시간을 거슬러 올라가, 이쪽까지 걸어왔다. 단지 그뿐이지."

메리다는 그제야 위화감을 인식했다. 부인과 평범하게 대화를 나누고 있다. 이것이 매우 기묘한 감각으로 다가왔다.

"부, 부인, 저희의 언어를 말할 수 있었던 건가요? 그런데 숨기고 있었던 건가요?"

이것에 대해서 그녀는 긍정도 부정도 하지 않았다.

"배웠다."

짧게 대답하고 옷소매를 뒤진다.

그녀가 꺼낸 것을 보고 메리다의 등줄기에 전기가 일었다. 수많은 톱니바퀴를 조합한 공예품과도 같은── 크로노스 기어!! 왜 그것이 그녀의 손에……. 금색 부인은 이미 완전히 손에 익었다는 듯이 크로노스 기어를 가지고 놀고 있다.

"이것을 사용하면…… 시간은 얼마든지 있었다. 아무도 없는 장소, 아무도 없는 시간을 떠돌아다니며…… 조금씩 배웠다. 너희의 이야기는 전부 들렸다."

메리다는 무의식적으로 고개를 흔든다.

"그게 가능해?"

그 말에 대답한 것은 품 안에 있는 뮬이었다.

"이 세계의 모든 것은── 바람도, 대지도, 물도, 빛조차도 로스트 테크놀로지에 의해 생성된 것. 그렇다면──."

한숨과 함께.

"《시간》조차 예외는 아니다……라고 해. 터무니없는 이야기지, 참."

메리다는 숨을 삼켰다.

금색 부인의 마력은 헤아릴 수 없다. 그 손에 시공의 나침반 크로노스 기어가 건너가 버렸고, 그녀는 시간을 마음대로 다루는 방법을 익히고 만 것이다.

누가 이 사태를 일으켰는지는 생각할 필요도 없다.

금색 부인 뒤에서 또 한 명의 여성이 걸어 나왔을 때 메리다는 놀라지 않았다.

"……시저 씨!"

헤어졌을 때와 똑같은 정장 치마 차림———. 이틀 만이지만 과연 시저 비서의 체감으로도 그럴까. 분명 금색 부인이 그녀를 숨겨 두었던 거다. 바르니바빌의 인간이 때마침 아무도 없는 장소를, 시간을 찾아 끊임없이 옮겼던 게 확실하다.

뮬이 전해 준 '찾아냈지만 거처를 모르겠다'의 의미가 비로소 이해되었다. 그런 식으로 숨으면 정상적인 시간을 사는 한 꼬리조차 잡을 수 없을 것이다.

그래서 군이, 확실하게 시저 비서가 모습을 드러낼 이곳, 이 순간에 나선 것이다.

시저 비서의 태도는 태연했다.

적어도 그렇게 보이게끔 가장하고 있었다.

"방해하지 말아 줘."

약간 뒤집힌 목소리로.

"끈질긴 것들……! 너, 너희는 반드시 우리를 방해할 줄 알았어!"

메리다는 시저 비서가 아니라 그 옆의 금색 부인을 노려본다.

"———방해될 줄 알고 있었다면, 왜 몇 번이나 도와준 건가요? 당신이 거들지 않았다면 애초에 바르니바빌은 우리를 받아들이지도 않았을 텐데!"

부인은 입술만을 움직인다.

"그건 실수였다."

마치 몇 년이나 된 옛날 일을 떠올리는 것처럼.

"그날, 나도 너희를 찾으러 갔고, 시저를 발견했다. 우리는 아주 좋은 친구가 되었다. 그래서 동향인 너희도 내 편이 될 줄 알았다. 하지만 그렇지 않았다."

그녀의 목소리는 투명하여 감정의 열기가 느껴지지 않았다.

"시저를 통해 금세 내 판단이 틀렸음을 배웠다. 너희는 내 편은 되지 않는다. 우리의 생각에 찬성은 하지 않는다⋯⋯. 그래서 처치하기로 했다. 그런데 살아남았다. 그 남자도, 너희 계집들도, 끈질기게 바닥에서 도망쳐 나왔다!"

메리다는 이번에야말로 번개 같은 직감을 맞았다.

이 고대에 있을 수 없는 란칸스로프가 왜 자기들 앞에 나타났는지⋯⋯. 그것은 어느 의미로는 자신들, 시간 여행자 탓이었다.

움켜쥔 주먹이 떨린다.

"그, 그러면 부인이 그때, 우리를 지하에서 죽이려고⋯⋯."

부인은 태연하게 고개를 끄덕였다.

"하지만 실패했다."

한 손바닥에 크로노스 기어를 들고.

"이번에야말로 없애 주마. 시간이야 넘치게 있으니까."

뮬이 사지에 힘을 담아 메리다의 품 안에서 일어섰다.

"부인에게 실망하고 있을 틈은 없어, 리타. 아주 큰일이 났다고."

메리다도 일어나 반사적으로 자세를 취했다.

큰일이라니?

듣고 보니 금색 부인은 왜 오즈월드 씨의 클레이돌 계획에 찬성했을까. 크로노스 기어를 악용해 무엇을 꾸미는 걸까.

그리고 시저 비서가 가담하고 있는 까닭은?

뮬은 심각한 표정으로 이야기한다.

"상상이 가지? 오늘 이날! 바르니바빌의 계획은 실패하고 태양에서 빛이 사라져 버려. 바로 그게 틴다리아의 백성의 계획이었던 거야!"

"어……?!"

메리다가 귀를 의심하고 있을 틈도 없이 금색 부인이 천천히 수긍한다.

"소원을 이루어 줄 따름이다. 센트럴 선(태양)에서 에너지를 끄집어내고 싶은 거지? 우리라면 가능하다. 바보 같은 녀석들……. 센트럴 선은 틴다리아의 성이나 마찬가지이거늘, 빤히 알면서 이곳으로 우리를 불러들이다니."

메리다는 그녀를 노려보지 않고는 견딜 수 없었다. 미소는 전부 거짓이었다!

"세계를 엉망진창으로 만들 속셈으로, 하라는 대로 하고 있었던 거군?!"

금색 부인은 도리어 만족스러워 보인다.

"너희 시간 여행자 덕분에 보다 완전한 형태로 복수할 수 있다."

크로노스 기어를 높이 들었다.

안쪽에서 빛이 발산된다. 한없이…… 눈부시다! 부인은 이미 완전히 그 기구의 사용에 통달한 모양이다.

그 힘으로 무엇을 하려는 것일까?

금색 부인은 황홀한 눈빛으로 이야기했다.

"시간의 파괴다."

손바닥의 빛을 직시하는데, 이미 그 눈동자는 눈앞이 아니라 다른 어딘가를 바라보고 있었다.

"어제도, 내일도, 과거도, 미래도, 지금 현재라는 개념마저 없애 주겠다. 인간은 영원히 《세계가 멸망하는 날》을 반복하게 되는 거다. 크, 크, 크……! 우리가 맛본 절망을, 끝이 없는 멸망 속에서 뼈저리게 느끼거라!!"

메리다는 등줄기가 얼어붙을 듯한 감각에 사로잡혔다.

부인 옆에 선 여성에게 도저히 묻지 않을 수 없었다.

"시저 씨는 그런 일에 손을 빌려 주는 건가요?"

시저 비서는 수차례, 정신없이 고개를 끄덕여 대답했다.

그녀 역시 눈앞이 아닌 다른 광경을 보고 있는 걸지도 모른다.

"모, 못 들었어? 부인은 시간을 없애 줄 거야! 그럼 나는 다시, 살아 있을 적의 사장님을 만날 수 있어. 그 사람과 영원히 함께 있을 수 있다고!!"

냉담하게 대꾸한 것은 뮬이었다.

"우리 시간 여행자가 이 시대에서 무언가를 하면, 그것만으로 역사가 바뀌어 버려. 미래에서 태어나야 할 사람이 없어지게 될지도 모르는데……. 그렇게 본인에게만 유리하게, 당신의 소망대로 다 될까!"

시저 비서는 마치 미지의 언어를 들은 것 같은 표정을 지었다.

금색 부인을 향해 용수철처럼 얼굴을 돌린다.

부인은 이전까지와 같이 우아하게 미소 지었다.

"——되찾을 수 있다."

시저 비서는 그것 보라는 듯이 메리다와 뮬에게 대꾸했다.

"들었어? 되찾을 수 있대! 소망대로 된대!!"

뮬은 어깨를 으쓱할 수밖에 없다는 눈치다.

"설득해도 소용없네."

메리다는 짊어지고 있었던 무기 중 하나를 뮬에게 던져 줬다.

두 사람이 쥐는 작은 나뭇가지 같은 돌기에서 푸른빛을 발하는 칼날이 뻗었다.

그것을 나란히 겨눈다. 숫자상으로는 2대2—— 아니, 3대2인가.

뮬은 빈틈없이 후방으로 의식을 돌린다.

"저 아이는?"

어린 흑수정을 말하는 것이다. 이들이 주고받는 대화를 이해하고 있을까? 어쨌든 그 자리에 완강히 버티고 서서 도망은 치지 않겠다는 표정이다.

메리다는 대담하게 웃었다.

"바로 너잖아? 도망칠 것 같아?"

뮬은 대검 같은 무기를 머리 위에서 돌리고 정안 자세를 고쳐 잡는다.

당연히 그래야지, 라는 뉘앙스로 요염하게 웃는다.

"내가 여기에 있는 게 대답이네."

　조용히 두 사람의 마나가 해방된다——.

　아밀라스피어 천환의에 켜진 빛이 마치 달에 다가온 연성(連星)
처럼 보였다.

　그것이 의미하는 바는, 임종을 지켜보는, 하늘의 사자(使者)다.

금색 부인

종족 : 틴다리아

HP	???		MP	5000		
			방어력	???	민첩력	???
공격력	???					
			방어지원	–		
공격지원	–					
사념압력	??%					

※ 「MP 5000」은 본래 있을 수 없는 숫자로, 요컨대 「무한함」을 의미한다.

CLASSICS.02   5천 년 전의 프란돌

시간 여행에서 최대의 애로사항이 되는 것은 웜홀을 여는 일 자체와 동시에 그 제어라고 한다. 이를테면 시간을 넘은 후의 《출구》 선정에 만에 하나 실패할 경우, 웜홀로부터 탈출할 때 반신이 찢기는 것과 같은 위험도 충분히 상정할 수 있다.

클로버 사장이 남긴 크로노스 기어는 이 제어의 요점이 되는 장치로 추정된다.

금색 부인은 이 크로노스 기어를 수중에 넣고, 매우 한정적인 기간 내이긴 하지만 자유자재로 시간을 넘는 기술을 익혔다. 아무리 한정적이라 해도 그것을 실현시키는 틴다리아의 마력과 실패의 리스크를 조금도 겁내지 않는 그녀의 정신력은 범상치 않다.

LESSON : Ⅶ ~약속은 미래로 돌아간다~

　검 같은 건 일절 만져 본 적이 없지만 사용법 정도는 안다.

　인체의 급소에 푹 찌르면 된다. 다행히 틴다리아의 백성은 보통 인간과 신체의 구조는 같았다. 더구나 무저항. 왜냐하면 그녀들은 이쪽이 검을 손에 들고 위협해도 도무지 노래를 멈추려고 하지 않기 때문이다.

　제어가 되지 않는 축음기 같다.

　그렇다면 부숴서 멈추는 수밖에 없다.

　오즈월드는 또 한 명, 틴다리아의 백성의 등에 검을 찔러 넣는다.

　"그 노래 좀 멈추라고…… 몇 번을 말해!"

　가슴의 중심에서 칼끝이 쑥 나온다.

　냅다 걷어차며 검을 뽑으니 그제야 노랫소리는 멈췄다. 성전의 바닥에는 틴다리아의 백성의 시체가 첩첩이 쌓였다. 결국 아무도 현인들의 말에 귀를 기울이지 않았다.

　사용하는 언어가 달라서일까? 아니, 그런 문제가 아니다.

　순교다. 그녀들은 목숨을 버려 무언가를 완수한 것이다.

　――대체 무슨 짓을 한 거지?

오즈월드는 피투성이 손에 피투성이 검을 든 채 동료들을 뒤돌아본다.

"어때?!"

이로써 네피림어를 외고 있었던 틴다리아의 백성은 전부 죽었다.

그러나 현인 중 한 명 루히람의 얼굴이 조작판 앞에서 새파래져 있다.

"아, 안 돼, 멈추지 않아⋯⋯! 달이 본 적도 없는 반응을 일으키고 있어⋯⋯!"

옆의 페르두나가 모니터 한구석을 손가락으로 가리킨다.

"저기, 이거—— 달에서 뭔가, 안개 같은 것이 발생하고 있지 않아⋯⋯?"

루히람이 신속하게 조작판을 두드린다.

모니터를 쳐다보는 눈이 경련하면서 휘둥그레졌다.

"뭐야, 이건⋯⋯? 관측한 적 없는 물질——자연계에 존재하지 않는—— 어떤 에너지인가⋯⋯? 지향성이 보이는데⋯⋯."

에너지라는 말을 듣고 오즈월드는 일말의 기대를 품는다.

"요컨대 태양은 힘을 회복했다는 말이야? 클레이돌 계획이 성공한 거냐고!"

루히람은 모니터에 달라붙어 떨어질 줄을 몰랐다.

이미 표정으로 사태의 심각성을 외치고 있다.

"⋯⋯아니, 그렇지 않아. 이건 그러니까—— 유해 물질이야! 새, 생물에게 어떤 영향을 끼칠지, 저, 전혀 예측할 수 없어!! 이

대로는 43분 후에는 지표의 모든 것이 이 독에 덮이게 될 거야!"

모니터가 잇달아 최악의 계산 결과를 비추기 시작한 모양이다.

루히람은 반쯤 광란하여 일어났다.

"여, 여기도 더는 버티지 못해!"

직후였다. 성전의 중앙에서 크리스털이 포효를 질렀다.

새카만 안개가 솟아 나오기 시작한다. 이것이 루히람이 말한 독인가 하는 것이리라. 현인들은 패닉에 빠졌다. 최연소인 젠이 절규하고 있다.

"철수하자! 오즈월드, 철수하자!"

"안 돼!!"

오즈월드는 목청이 찢어져라 소리치고, 루히람을 조작판 앞으로 질질 끌어다 되돌려놓았다.

피범벅이 된 검을 번쩍 들고, 도망치는 자는 발목을 베어 버리겠다는 귀기 서린 표정으로 부르짖는다.

"남아서 버텨!! 이, 이곳을 포기하면—— 세계는 정말로 끝이다!!"

지옥의 가마가 열린 것처럼 독이 흘러나온다.

그것은 7인의 현인을 단숨에 집어삼켰다——.

† † †

이변은 물론 지상에 있는 자들에게도 전해지고 있었다. 처음으로 그것을 알아챈 것은 역시 바르니바빌의 연구자들이다.

연구자들 중에서도 해럴드와 노르망디 그리고 에드가는 클레이돌 계획의 미래가 걱정되어 잠들지 못하는 밤을 보내는 중이었다. 잠시도 눈을 붙이지 못하고 달을 올려다보고 있었다.

그 달이, 먹물을 흘린 것처럼 불길하게 물들어 간다…….

명백한 이상 사태임을 모두가 깨달았다.

에드가는 안절부절못하고 개인실에서 뛰쳐나온다.

"오즈월드……. 무슨 일이 일어나고 있는 거야……?!"

탑의 연구자들도 모두 잠에서 깨었다. 창을 통해 내려다보니 마을에도 등불이 잇따라 늘어나고 있었다. 분명 전 세계 어디의 도시나 똑같은 불안에 사로잡혀 있을 것이 틀림없다.

안뜰로 나간다.

거기에서는 두 명의 동지가 하늘을 올려다보고 있었다. 해럴드와 노르망디다.

에드가는 가쁜 숨을 쉬면서 달려와 불필요한 대화를 생략하고.

"《위》에서의 연락은?"

노르망디도 심각한 표정이다.

"조금 전까지 중계가 돼 있었는데—— 끊어졌어. 부름에도 응하지 않아."

그 옆에서 해럴드는 망원경을 들여다보며 달을 쳐다보고 있었다.

무언가를 깨달은 분위기다.

"——어두워. 어두워졌어."

말할 필요도 없다. 밤의 어둠을 지켜보던 달이 그 빛을 상실하려 하고 있으니까.

그뿐만이 아니었다. 해럴드는 한 차례 렌즈에서 눈을 떼고 다시 들여다본다.

"저건 뭐지⋯⋯? 구름? 안개⋯⋯? 어떻게 움직이고 있는 거지⋯⋯?!"

육안으로도 뚜렷이 보였다.

그것은 달에서 흘러나오는 악의 그 자체와도 같이 보였다. 새카만 독. 눈 깜짝할 사이에 부피를 늘려 하늘을 뒤덮으려 하고 있다. 《별》이 보이지 않게 됐다. 즉, 대지의 반대쪽에 있는 도시들도 비슷한 상황이라는 것이리라.

달이 타락해 떨어지고, 하늘이 악의에 가리어지고, 별이 사라진다.

이것은 악몽인가──.

악몽이라면 차라리 낫다. 이 현실은 자나 깨나 끝나지 않으니까. 오히려 더 나쁜 쪽으로 굴러간다. 에드가는 즉시 실내로 도망치고 싶어졌지만 이미 늦었다.

독 덩어리가 눈 밑의 평야에 격돌한다.

맹렬한 기세로 부풀어 올랐다. 하천이 떠내려가고, 산조차 삼켜진다. 급격히 휩쓸린 바람이 회오리가 되어 하늘로 솟아올랐다.

그와 같은 광경을 바르니바빌의 높은 곳에서 드문드문 볼 수 있다. 현실감이 마비된다⋯⋯. 이 전대미문의 현상을 앞에 두고 인간이 할 수 있는 일이 있기는 한 것인가⋯⋯.

보잘것없는 인간들은 그저 초현실적인 스케일에 농락당할 뿐이었다.

또 수많은 독의 줄기가 하늘에서 지상을 향한다.

명확한 목표가 있는 것처럼 보였다. 그것들은 바르니바빌로—— 에드가 일행의 머리 위를 향해 오고 있다. 아, 하고 놀랄 틈도 없이 윙윙거리는 바람 소리와 함께 독이 머리 위를 지나간다.

세 현인은 즉시 머리를 감쌌다.

노르망디가 못 견디겠다는 듯이 소리친다.

"스티그마를!"

불러서 어떡하겠다는 말인가——.

그러나 이것이 최악의 결과를 초래했다. 현인의 부름에 응해 몇이나 되는 점토 인형이 안뜰로 급히 달려온다.

……상태가 이상했다. 녹이 잔뜩 슨 것처럼 동작이 어색하다.

조금 전의 검은 독을 전신에 두르고 있다.

덜덜덜덜, 부품을 사방에 뿌릴 듯한 기세로 경련을 하는가 싶더니——.

입이 찢어졌다.

머리에 틈이 생기고 두 동강으로 갈라진 것이다. 생물 같은 혀가 쭉 뻗어 에드가 일행을 도발했다. 날카로운 송곳니에서는 왕성한 식욕을 보여 주듯 침이 뚝뚝 떨어지고 있다.

빨간 외눈이 거대화하고 밀려 올라갔다. 혈관이 방사형으로 뻗고 핏발이 선다.

기성을 질렀다. '기샤샤샤샤…….' 하고.

비웃는 것만 같았다.

그와 같은 괴물들이 무기를 내보이니, 현인들은 뒷걸음질 칠 수밖에 없었다.

명백하다. 스티그마는 에드가 일행을 지키려 하고 있지 않다. 물어 죽이려 하고 있다──.

에드가는 이젠 떨리는 목소리로 신음할 수밖에 없었다.

"뭐, 뭐가 어떻게……!"

제 입으로 파멸을 부른 격이 됐다. 스티그마는 사방팔방에서 조금씩 다가온다.

에드가 일행은 등을 맞대고 하나가 되지만, 도망칠 곳도 없다.

노르망디가 아우성쳤다.

"물러가!"

스티그마들에게 들을 귀는 없다. 입과 이빨은 있지만.

"현인의 명령이다! 물러가라!"

포위는 오히려 착착 좁혀진다.

그때였다. 스티그마의 벽 건너편에서 고운 목소리가 울렸다.

에드가 일행이 이해할 수 없는 네피림어가.

"푸르 에디스 바르."

스티그마는 목소리의 주인에게 명민하게 반응했다.

그러나 멈추지는 않는다.

은색 머리칼의 소녀가 네피림어로 노래하면서 걸어온다.

에드가가 잘 아는 사람이었다.

더 잘 알고 싶다고, 친해지고 싶다고 바라 마지않는 상대였다.

하지만 결국, 이 마당에 이르러서도 그녀의 이름조차 부르지 못한다.

"너……."

《은수정》이라 구분해 불리고 있었던 틴다리아 여자는 에드가 쪽을 볼 여유가 없는 것 같았다. 스스로 스티그마의 포위망 안에 들어와서 오른손 손바닥을 든다.

암흑으로 물들어 가는 달을 향해 손바닥을 내민다.

손바닥에서 빛이 퍼지자, 그것은 《방패》로만 보였다.

"샤오 푸르 헤디야 이르 이디에 셰이르 에딘."

노랫소리에 응해 빛의 방패가 더욱 크게 전개한다.

한없이 수비하는 범위를 넓히고, 이내 바르니바빌의 면적 전부를 덮었다. 탑에 사는 자들은 잠시 밤하늘의 참극을 잊었다. 노랫소리를 넋을 잃고 듣는 자도 있었다.

스티그마조차 작동 불량을 일으킨 것처럼 굳어 있다.

해럴드가 재빨리 알아챘다.

"초전도 하모닉스야……!"

에드가가 돌아보자 그녀는 확신을 가지고 고개를 끄덕였다.

"그래, 안쪽에서 물질이 나가는 것을 놓치지 않는다는 것은, 바깥쪽에서 오는 침입을 막는다는 것이기도 해……! 그녀는 홀로 초전도 하모닉스를 전개해서 저 독으로부터 바르니바빌을 지켜 주고 있는 거야……!"

거기까지 들은 에드가의 결단은 뻔했다.

즉각 은수정 그녀의 팔을 붙잡고 만류한다.

"지금 당장 노래를 멈춰! 네 몸이 못 버텨!!"

본래는 틴다리아의 무녀의 총력으로 행하는 대규모 행동이다.

그것을 바르니바빌의 면적 한정이라곤 해도 고작 혼자서——.

심지어 그녀는 쇠약해진 몸 때문에 계획에서도 배제되었다.

은수정 공주는 에드가의 호소대로 즉시 노래를 멈췄다.

입 끝에서 피가 떨어진다.

그대로 실이 끊어진 것처럼 쓰러져 버렸다.

어찌 절규하지 않을 수 있을까——.

"야!! 너……. 야아————————아아아!!"

에드가가 그녀를 안아 일으켰을 때는 이미 늦었다.

숨이 멎어 있다…….

그것을 깨달은 순간, 지금까지 이상의, 최대의 절망이 에드가를 덮쳤다. 바르니바빌을 덮고 있었던 빛의 방패가 흔적도 없이 사라졌다. 하지만 그것조차 의식할 겨를이 없다.

스티그마들도 뒤늦게 할 일이 생각난 것처럼 움직이기 시작했다. 단지 처형 시간이 연기된 것뿐인가…….

에드가의 온몸이 불타올랐다. 그런데 그게 뭐——.

타올라?

"뜨, 뜨거워……?!"

에드가는 저도 모르게 껑충 뛰었다. 전조도 없이 온몸에서 불꽃이 솟아올랐으니 그럴 만도 하다. 그런데 무엇이 타고 있는지 하나도 모르겠다. 팔을 사정없이 휘둘러도 꺼지지 않는다.

"아, 아니, 안 뜨거워!"

놀랍게도 해럴드와 노르망디의 몸도 똑같이 불탔다.

힘찬 불길이 솟아오른다. 그러나 마찬가지로 그들의 피부와 옷은 조금도 그을지 않는다.

"이건……?!"

해럴드 역시 안경 속의 눈을 부릅뜨며 불똥을 뿌리는 자신의 팔을 보고 있다.

그 와중에 냉정하게 생각이 미친 것 같다.

"지저 호수에서 그 아이들이 걸친 불꽃과 똑같잖아……?"

더욱이 흥미로운 것은 그 빛을 앞에 둔 순간 스티그마가 겁을 낸 점이다.

그 모습은 불길을 겁내는 짐승과 다를 바 없었다. 그것을 직접 본 에드가는 적개심이 일었다. 품 안의 주검이 한층 더 차갑게 느껴진다.

자신의 불타는 팔을 휘둘러 불똥을 날려 주려고 한다.

"에잇, 에잇! 에잇!! 에잇!!"

그것은 확실히 상대를 기죽게 만드는 효과가 있었다. 그러나 너무나도 원시적인 저항이었다.

청량한 목소리가 에드가의 행위를 충고한다.

"그 힘은 그렇게 사용하는 게 아닙니다."

누군가가 유유히 안뜰에 들어왔다.

탑에서는 찾아보기 어려운 흑발의 미청년——.

누구겠는가. 타지에서 온 손님. 프란돌 사람들로 이목을 모은 일행 중 한 명, 바로 쿠퍼다. 쇠약했었던 것이 연기였나 싶을 정도로 건강한 모습이다.

해럴드가 준비한 하얀 옷을 입었는데, 어느샌가 허리에는 검은 칼을 차고 있었다——.

믿을 수 없을 만큼 선뜻, 사지로 발을 들여놓는다.

매우 침착한 태도로 설명하면서.

"이 불길은 《갑옷》입니다. 저 독기로부터, 그리고 적의 흉기로부터 몸을 지키는 갑옷——."

직후, 스티그마가 끝내 공세로 전환했다. 최대의 위협을 감지한 것처럼.

그야말로 짐승 같은 민첩함으로, 한 마리가 쿠퍼에게 달려든다.

쿠퍼의 한쪽 팔이 희미하게 보일 정도의 속도로 튀어 올랐다.

스티그마의 이마에 손바닥이 찰싹 닿았다.

그것만으로도 거인은 공격까지 한 걸음을 남기고 움직일 수 없게 되었다.

생물적인 본능을 익힌 것이 오히려 독이 되었다. 다름 아닌 짐승의 직감이 고하는 것이다. 힘의 차이를…… 이 이상 파고들면 목숨은 없음을.

설령 얌전하게 있더라도 마찬가지겠지만.

쿠퍼는 그쪽에 얼굴을 돌리지도 않는다.

"불길은 갑옷. 그리고 갑옷으로 다진 육체는——."

일단 손바닥을 당긴다.

주먹을 쥔다.

폭렬하는 푸른 불꽃(마나).

쾅! 파고들어 스티그마의 턱을 때렸다. 머리가 날아갈 정도의 위력에 거인은 수직으로 날아오른다. 사지가 멋대로 덜렁거리고, 뒤통수부터 지면에 고꾸라진다.

더는 움직이지 않는 것을 힐끔 보고 나서 쿠퍼는 설명을 매듭짓는다.

"──공격력으로도 전환된다. 이것이 마나 능력의 기초 중의 기초입니다. 기억해 두세요."

세 현인은 자신이 이해하지 못하는 것이 있다는 사실을 이해할 수 없는 듯하다.

"마나……?"

쿠퍼는 고개를 끄덕이고 한 명에게 시선을 돌린다.

"해럴드 님이라면 자신의 몸에 무슨 일이 일어났는지 아시겠죠?"

그 말을 듣고 그녀는 그제야 생각난 것처럼 자기 몸 여기저기를 만졌다.

쿠퍼에게서 눈을 떼지 못하고 몇 번이나 연신 고개를 끄덕인다.

"우리의 몸속에서…… 태양과 똑같은 결합 반응이 일어나고 있어! 이 불꽃처럼 보이는 빛이 그거야! 마치 우리 자신이 태양이 된 것 같아……!"

노르망디 씨는 격렬하게 고개를 흔들고 있다. 흑발이 흐트러졌다.

"말도 안 돼."

하지만 해럴드는 지론을 양보하진 않는다. 오히려 입증한 것처럼.

"초전도 하모닉스의 막이 우리를 저 독으로부터 보호했어. 동시에 지상에 남아 있었던 태양의 에너지가 막의 안쪽에 농축됐지. 그것이 인체에 영향을 미친 거야……. 그 가능성밖에 생각할 수 없어."

까다로운 이론은 전문가에게 맡겨 두기로 하고.

쿠퍼는 고개를 끄덕이고 다시 스티그마 무리로 돌아섰다.

아니, 이미 밤의 독에 중독되어 란칸스로프로 변한 괴물을 향해서.

"또 하나, 마나의 사용법을 강의해 두죠."

허리의 칼자루를 쥐고 칼을 쑥 뽑아 들었다.

뽑은 걸로 보였을 때는 공간을 세 개의 참섬이 가로지르고 있었다.

스티그마 셋의 팔이 동시에 떨어진다. 그들은 놀라든 겁먹든 반응이 두 타임 정도 늦었다. 쿠퍼는 이미 칼을 머리 위로 치켜들고 있다.

지면에 떨어진 팔에 서걱서걱 칼끝을 꽂는다.

무기를 적당한 길이로 자른 것이다. 주워 든 그것들을 대충 던진다.

노르망디 씨의 손에는 무섭게 생긴 대검이——.

해럴드 여사에게는 세련된 창이.

그리고 에드가 씨의 발밑에는 곧은 장검이 뒹군다.

쿠퍼는 그들에게 진로를 내주면서 말했다.

"마나는 의사에 따라 움직일 수 있고, 신체의 연장선상에 두르게 할 수도 있습니다. 무기를 마나로 강화하면 주먹으로 때리는 것보다 효율적으로 적을 처치할 수 있지요."

해럴드 여사는 창 자루를 벌벌 떠는 손으로 쥔 채 고개를 흔든다.

"잠깐── 잠깐만, 정리 좀 하게 해 줘. 그리고 나, 무기 같은 건 잡은 적도 없어!"

노르망디 씨도 믿기 어렵다는 표정이다.

그렇다고 해서 어리광을 받아 주지 않는 것이 쿠퍼다.

"그럼 지금부터 배우세요."

한쪽 팔을 전방으로 벌린다.

"마침 적당한 《허수아비》도 모여 있습니다."

가여운 스티그마들은 대화를 이해한 것처럼 얼굴을 마주 본다…….

해럴드 여사도, 노르망디 씨도 바로는 움직일 수 없었다.

낮은 목소리가 들린 것은 그때.

"해 보겠어."

바로 에드가 씨다. 사랑하는 사람을 잔디에 누이고서 뒹굴고 있었던 장검의 자루를 쥐었다.

눈동자가 복수에 불타고 있음을 누가 봐도 알 수 있다.

"내 탓이야……. 하겠어. 하겠다고!!"

다짜고짜 지면을 박차고 우렁찬 외침과 함께 장검을 들고 달려들었다.

그 칼날은 정확히 인형의 어깨에 파고들고, 죽지를 도려냈다
———.

쿠퍼는 두 발짝, 세 발짝, 그리고 더 물러서면서 에드가의 분
전을 지켜보기로 했다. 그 등에 구두 소리가 달려온다. 두 명분
의 경쾌한 음색.

엘리제와 살라샤다.

"쿠퍼 선생님……!"

쿠퍼는 방심하지 않고 스티그마의 움직임을 감시하면서 제자
들에게로 의식을 돌린다.

"로드 크로노스 호의 상태는 어떻습니까?"

살라샤는 수차례 고개를 끄덕였다.

"언제든지 움직일 수 있을 것 같아요."

이어서 시선을 엘리제에게.

"웜홀 쪽은……."

그녀는 평소와 같이 무표정이지만 어딘가 득의양양한 분위기
다.

"괜찮아. 아직 그 숲과 이어져 있었어. 이제 크로노스 기어만
되찾으면……."

쿠퍼는 힘껏 고개를 끄덕이고서 마지막으로 시선을 위로 옮긴
다.

이제는 보이지 않는 달———.

5천 년 후의 세계에서 익숙한 암담한 하늘로.

그 건너편에서 생생히 반짝이는 희망의 별을 본다.

"나머지는 아가씨들에게 달린 것이군요——."

그녀들도 지금 필사적으로 싸우고 있을 것이 틀림없다.

눈앞의 볼품없는 견습 능력자들처럼 불똥을 흩뿌리며.

† † †

연계 타이밍은 완벽했다.

메리다와 뮬은 좌우에서 상대가 도망칠 곳을 막으면서 검을 수평으로 휘둘렀다.

"에이잇!"

베어낸다.

아무것도 없는 공간에 푸른 칼날의 궤적이 남겨졌다.

메리다는 재빠르게 검을 되돌리면서 주위를 살핀다. 또 피했다! 그 강적의—— 금색 부인의 모습은 어디에도 보이지 않는다. 확실히 칼끝으로 포착했다고 생각했는데!

단순히 스피드 문제는 아니다.

구두 소리는 메리다와 뮬의 배후에서 울렸다.

"너희는 약하지 않다."

메리다와 뮬이 뒤돌아보니 부인은 우아하게 산책을 즐기는 중이었다.

빈틈투성이다. 틀림없다. 뮬은 강렬하게 바닥을 차고 경고도 없이 달려든다.

부인의 중심, 체간의 흔들림, 이에 비해서 뮬이 내찌르는 대검의 속도── 어느 것을 봐도 피할 수 없을 터. 힘껏 포물선을 그리며 위력을 모은 일격이 박힌다.

메리다의 동체시력에서도 칼날이 달하는 순간까지 부인이 그 자리에 있는 것이 보였다.

그러나 칼날은 허공을 쑤셨다.

목표물을 놓친 뮬은 헛발을 디디고 대검에 휘둘린다. 좌우를 둘러봐도 부인의 모습은 홀연히 사라져 있었다. 피한 것이 아니라, 사라졌다!

부인의 목소리가 덤덤하게 울린다.

"시간의 잔혹함에 거스를 수 있는 자는 없다."

목소리가 난 방향은, 이 광대한 공간의 높은 지대였다. 마치 거인의 원탁같이, 벽 한 면에 원대한 규모의 조각이 입혀져 있다.

그 높은 곳에 부인은 걸터앉아 있었다.

공격을 피하는 것과 동시에 기어 올라가기라도 했단 걸까. 그 잠깐 사이에? 있을 수 없는 일이다.

설사 메리다나 쿠퍼라도 물리적으로 불가능한 위치 관계다.

부인은 한 손으로 크로노스 기어를 가지고 놀고 있었다. ── 그것이 대답이다.

"조금 전까지 거기에 있었다."

자신이 있었던 장소를 손가락으로 가리킨다.

"조금 《되돌아가서》 걸었다. 단지 그뿐."

메리다는 다시금 그녀를 향해서 검을 쥐고 자세를 고쳤다. 그러나 무의미할지도 모른다. 부인이 마음만 먹으면 다음 순간에는 이쪽의 바로 뒤에 서는 것도 가능하니 말이다.

　뮬 정도 되는 마나 능력자가 고전한 까닭이 있었던 것이다……!

　부인은 "자." 하고 혼잣말을 하며 일어선다.

　품에서 무언가를 꺼낸다.

　칼자루였다. 그것을 살짝 튕겨 올리자, 푸른 칼날이 전개되고 공기를 진동시킨다.

　서바이벌 나이프 같은 형상이다.

　"너에 대한 대응도 《배웠다》. 반복해서 상정했다. 이제 무서워할 것은 없다."

　그 모습이 사라진다.

　순간이동에 이길 수 있는 것이 있다면, 《감》이다. 메리다가 반사적으로 검을 튕겨 올린 것은 바로 직감이었다. 어느샌가 눈앞에 번쩍 올라간 나이프가 세차게 내리쳐진다.

　로스트 테크놀로지가 낳은 칼날이 맞물리고, 어딘가 전자적인 칼싸움이 펼쳐진다.

　부인은 미끄러지는 듯한 발놀림으로 이쪽에 육박해, 그 가는 손가락으로부터 믿기 힘든 정밀한 검격이 두 번 세 번 이어졌다. 메리다는 검을 수직으로 세워 가까스로 받는다. 강렬한 네 번째 공격을 막아냈다 싶었더니 오른쪽 옆구리에 무거운 충격이 있었다.

　부인은 이미 정면에는 없었다.

　배후에서 돌려차기를 날리고 있다. 완벽한 기습에 메리다는 바닥에 고꾸라졌다. 즉각 낙법을 취하지만 "쿨럭." 하고 헛기

침이 나오는 건 막을 수 없었다.

묠이 감싸듯이 메리다 앞으로 돌아 들어온다.

하지만 그것조차 전방을 막는 데 의미가 있을지 어떨지…….

메리다는 옆구리의 둔통을 참으면서 최대한 강한 척하는 수밖에 없었다.

"부인도 참……. 의외로 무투파시군요……!"

부인이 서바이벌 나이프를 다루는 솜씨는 의심의 여지 없이 숙련자의 기술이었다.

대수롭지 않다는 투의 대답이 날아온다.

"마찬가지다. 배웠다."

약간 과시하는 듯한 음성.

"너희 마나 능력자의 특징도, 약점도 시저가 가르쳐 주었다. 인간으로부터 받은 대우를 생각하면 단련도 공부도 고되지 않았다. 시간은 얼마든지 있었다."

메리다는 이때가 되어 알아챘다.

이틀 전에 처음 만났을 때와 비교해서 금색 부인은 명백히 노쇠해져 있었다. 자랑하는 머리칼도 윤기가 없어지고, 곱슬곱슬해져 있다.

사람들 앞에서는 압도적인 카리스마를 방패로 계속 얼버무리고 있었던 것이다.

그러나 이제 그럴 필요도 없다는 듯이 악의와 본성을 남김없이 드러내고 있다…….

그녀의 강철 같은 육체는 오랜 수련을 쌓은 노병과 다르지 않다. 거기에 틴다리아 백성이 본디 지닌 마력까지……! 마나 능력자를 상대로 받아칠 각오도 준비도 만전인 듯하다.

메리다도 뮬도 공격에 나서지 못한다.

금색 부인은 크로노스 기어를 머리 위로 높이 들었다.

"한발 먼저 안내해 주마."

홀이 흔들린다.

예삿일이 아님을 본능적으로 알 수 있었다. 바닥의 흔들림이 한없이 증폭해 서 있기조차 힘들다. 그러나 어디로 피해야 할지도, 지금 무슨 일이 일어나고 있는 것인지도 알 수 없다.

뮬은 숨을 죽이고 주위를 살피고 있었다. 그리고 조금 빨리 깨닫는다.

"리타!!"

이쪽의 팔을 잡고 힘껏 도약한다.

직후에 바닥이 빠졌다.

홀 중앙에서 무게를 견디지 못한 것처럼 바닥이 질질 아래로 빨려 들어간다. 그 밑이 어디로 이어져 있는가 했더니 아무 데도 아니었다. 공간 그 자체가 뒤틀려 있다.

흡사 개미지옥. 메리다와 뮬은 다짜고짜 홀 구석으로 뛴다.

꺼림칙하게도 이 공간의 소용돌이가 무엇을 의미하는지를 알고 있었기 때문이다.

"웜홀이야!"

과거에서 미래까지. 모든 시공간을 꿰뚫는 터널. 그것을 부인은 홀로 연 것이다. 그 터널의 위험성은 메리다도 그 눈으로 직접 보아 알고 있다. 맨몸으로 집어 먹히면 압도적인 정보량의 격류에 영혼까지 깎여 나가 버릴 것이다.

바닥의 붕괴에 휩쓸리면 끝장이다. 도망치는 수밖에 없다.

그렇게 생각한 직후, 눈앞에 금색 부인의 모습이 있었다.

자애로 가득 찬 미소로 다리후리기를 걸어온다.

넘어진 메리다는 그대로 굴러 이동, 멈추려고 한 바닥이 공교롭게도 우수수 빠졌다.

우측 반신이 버팀목을 잃는다.

순간적으로 자세를 고쳐 세울 수 없다——.

뮬이 그것을 알아채고 절규했다. 몸을 돌린들 이미 늦었다.

"리타!!"

닿지 않을 것을 알면서도 메리다는 손을 뻗을 수밖에 없었다.

무언가에 닿는다.

손목을 세게 잡힌 채 끌려 올라갔다. 아슬아슬한 고비에서 생환하고 다시 무사한 바닥 위에 내던져진다. 손발을 세게 부딪혔지만…… 아픈 몸이 있다는 사실이 얼마나 고마운 일인가.

메리다는 망연히 올려다보았다.

뮬은 타이밍상 불가능한 위치였다.

구원의 손길을 내밀어 준 것은 바로 시저 체자리 비서였다.

"시저…… 씨?"

메리다는 감사의 말을 하는 것도 잊고 있었다. 왜 구해 준 걸까?

시저 비서는 분주하게 눈을 굴리고 있다. 스스로도 이해하지 못하는 모습이다.

왜 순간적으로 메리다의 손을 잡은 것일까——.

다만 그 사실만으로도 금색 부인의 노여움을 사기에는 충분했다.

"윤부구르! 모처럼의 기회를!"

시저 비서는 퍼뜩 정신을 차리고서 메리다의 어깨를 밀쳤다.

도망치듯 금색 부인의 곁으로 물러선다.

"죄, 죄, 죄송합니다, 부인……. 저, 저도 모르게……!"

부인은 날벌레를 쫓아 버리듯이 손사래를 친다.

"너는 물러가라! 내가 소망을 이루어 주지."

"……"

시키는 대로 시저 비서는 두세 걸음 물러가고 교대로 부인이 앞으로 나온다.

크로노스 기어를 여봐란듯이 치켜들었다. 메리다와 뮬은 무기를 들고 태세를 취한다.

전황은 여전히 좋지 않았다. 메리다와 뮬 바로 뒤의 바닥에는 큰 구멍이 났고, 그 밑은 시공간이 뒤틀려 소용돌이치고 있다. 그곳에 부인이 말하는 《계집애》 둘을 집어넣는 일은 필시 대수롭지 않을 것이다.

마음대로 시간을 건너가 사각에서 손을 뻗치면 그만이니까.

정말로 그렇게 해주겠다는 듯이 부인은 크로노스 기어에 의지를 담는다.

하지만 그때였다.

노래가 울린다.

천진난만한 노랫소리다. 뭐라고 노래하는지는 모르겠다. 《신의 목소리》라고 일컬어지는 네피림어이기 때문이다. 자리에 어울리지 않게 명랑한 그 선율에 메리다는 잠시 눈앞의 참극을 잊었다.

노래하고 있는 것은 어린 흑수정이었다.

그 가사의 의미는 같은 틴다리아의 백성, 금색 부인만이 안다.

부인은 어린 동포를 뒤돌아보았다.

"……샤오 샨디에 사디스 루두에."

부인이 무언가를 왼다. 그에 대항하여 어린 흑수정도 노랫소리에 열기를 담는다.

부인은 크로노스 기어를 향해 호소했다. "루디야 루두에."라고.

크로노스 기어는 그것에 응하기 시작했지만, 어린 흑수정의 노랫소리가 덧씌워지자마자 그것이 자장가인 양 빛이 약해졌다. 양자가 무엇을 두고 응수를 벌이는 것인지 옆에서 보고 있는 메리다도 알 수 있었다. 어린 흑수정은 부인의 시간 이동을 저지하고 있는 것이다!

부인은 귀신 같은 표정이 되어 격앙했다.

"바르 수 도르구우우운!!"

너무나도 큰 목소리에 어린 흑수정은 움찔했다.

부인의 절규는 그치지 않았다.

"바르 수 무르 틴다아아————리아!!"

메리다는 즉시 뛰쳐나가서 어린 흑수정을 감싸듯이 앞으로 돌아들었다.

겁에 질려 떨고 있는 어린 소녀를 대신해 항변하지 않을 수 없다.

"이 아이의 마음을 모르겠어?!"

금색 부인은 말없이 매섭게 노려보았다.

기백에서 밀려서는 안 된다며, 메리다도 힘껏 버티어 선다.

"나는 알아. 당신보다 훨씬 잘! 이 아이는 당신들을 구하고 싶었던 거야. 이 이상 동료를 잃고 싶지 않아서. 살아 있기를 바랐다고! 그래서 우리한테 도움을 요청한 건데. 자신의 목숨을 버려서 세계에 복수하겠다니, 당신들 틴다리아의 계획은 엉망이야. 아주 형편없어!"

부인은 조금 먼 곳을 보는 듯한 눈빛이 되었다.

"내가 구하고 싶었던 사람은——이제 없다."

메리다는 속절없이 슬퍼진다.

부인은 조금씩 고개를 끄덕였다.

"남편도, 아이도."

어쩌면 그녀는 시간을 파괴해서 과거에 살아 있었던 가족과 재회하고 싶은 걸지도 모른다. 그래서 시저 비서와 공감하고 협력한 것이다.

다만 두 사람이 결정적으로 다른 점은——.

금색 부인에게는 그럴 힘과 아무리 많은 것을 파괴하고 희생시키더라도 뒤돌아보지 않는다는, 녹슨 강철 같은 신념이 있다는 것이다.

완강히 크로노스 기어를 내건다.

그렇게는 안 되지, 하고 그 배후를 칠흑의 바람이 달려들었다. 뮬이다. 부인은 몸을 구부려 첫 번째 공격을 잽싸게 빠져나가고, 이어지는 두 번째 공격을 한쪽 손의 나이프 한 자루로 받아 물리친다.

어둠에 튀는 푸른 스파크.

뮬은 한숨도 돌리지 않고 공세에 나섰다. 부인은 어디에 그만한 여력이 있는 걸까. 묵직한 검격에도 체간이 흔들리지 않는다.

칼날이 맞물린다.

서로의 칼날이 맞물린 격렬한 자세에서 교착됐다. 아니, 부인이 한 발 들어오면 뮬은 상체를 뒤로 젖히면서 가까스로 버티는 것에 가까운 형세다.

뮬의 결사적인 눈빛을 받아내고———.

별안간 부인의 눈썹이 찌푸려졌다.

오른손 손바닥에 쥔 크로노스 기어가 푸른빛을 두 번, 세 번 반사한다.

깜짝 놀라 날카롭게 숨을 삼키는 것이 보였다.

"……이제야 네 정체를 알겠구나!"

이마를 들이밀고 당장에라도 물어뜯을 듯한 표정으로 노려본다.

"동료를 잃고, 기억을 잃고——— 신의 말을 버린 것도 모자라, 나까지 방해하느냐!!"

뮬은 당장에라도 그 압력에 무릎이 풀릴 것 같았다.

하지만 거기서 의연하게 응수하는 것이 그녀가 그녀인 이유다.

"그래, 맞아!"

한 걸음, 억지로 발을 들이밀고.

"나는 당신의 야망을 저지하기 위해서, 5천 년의 시간을 넘어왔어!"

쌍방의 압력이 공간에 균열을 일으킨다. 메리다조차 섣불리 파고들 수 없다.

불리한 것은 뮬 쪽으로 보였다.

그녀는 견디다 못해 한 걸음 물리고 머리를 숙인다.

무언가를 중얼거리고 있다.

"으음, 바스——가 아니라—— 루이, 루이——…………."

금색 부인도 눈썹을 찡그린다.

직후, 뮬은 매섭게 얼굴을 들고 소리쳤다.

"《바에스 루티에》!"

그것은 네피림어였다. 메리다도 들은 기억이 있다. 이 고대 세계에 막 왔을 때, 어린 흑수정에게 혼쭐났던 그 주문——.

그렇다는 말은.

전조도 없이 돌풍이 소용돌이쳤다. 금색 부인의 길고 긴 머리칼을 휘저어, 그것이 그녀의 얼굴에 엉겨 붙게 했다. 그러자 엄청난 신체 능력을 보인 부인조차 발걸음이 불안해진다.

"으으윽……?!"

찰나의 빈틈이었다.

뮬은 눈을 깜빡일 새도 없이 파고들어 사신의 일섬과 같이 대검을 번쩍 든다. "이야아앗!" 기합과 함께 부인의 손에서 나이프가 튕겨 나갔다.

부인은 무기를 놓치지 않으려고 했다.

그러나 기세에 밀려 나이프가 쑥 빠져나가는 것과 동시에 바닥을 구르고 만다.

위치가 하필이면 웜홀의 벼랑 끝이었다. 굴러떨어지기 직전에 구멍의 끄트머리를 붙잡지만, 왼손으로 붙든 바닥 돌이 그녀의 체중을 지탱하지 못하고 뜯어져 나가 구멍으로 떨어졌다.

오른손 하나로 매달려 있는 상태가 되었다.

부인은 장신이다. 발끝은 이미 웜홀의 격류에 접하기 직전이 아닌가. 그 표정이 공포로 굳어져서 한층 더 노쇠를 드러냈다.

추악함을 감추지도 않고 아우성친다.

"크로노스 기어를 이리 내!!"

메리다는 순간적으로 시선을 돌렸다. 그것은 부인의 손을 떠나 바닥에 뒹굴고 있었다.

하지만 가장 가까이에 있어서 누구보다도 빠르게 손에 쥔 것은 시저 비서였다.

"……시저 씨!"

메리다는 필사적으로 고개를 저어 호소했다.

금색 부인에게 손을 뻗어도 상관없다. 그러나 크로노스 기어만은 거둬야만 한다! 그것을 그녀가 마음대로 쓰게 놔두면 또 실컷 시간을 오가며 태세를 재정비하고, 몇 번이라도 시간의 파괴를 획책하게 될 것이다.

메리다는 손을 내밀었다.

"크로노스 기어를 제게!"

시저 비서는 이루 표현할 수 없는 표정을 짓고 있었다.

구멍의 끄트머리에서 날카로운 목소리가 다그친다.

"와에오즈! 되찾기 싫은 거냐!"

시저 비서는 메리다의 얼굴과 웜홀을 번갈아 본다.

그다지 망설이지는 않았다.

웜홀 옆에 무릎을 꿇고 손을 뻗는다. 금색 부인은 환희에 찬 표정이었다. 뻗은 팔에 손톱을 세우고, 피가 배어 나오면서도 기어오르려 하고 있다.

"좋아! 됐어. 자, 크로노스 기어를!"

시저 비서는 통증을 참으면서 왼손에 든 것을 내밀려고 꽉 쥐었다.

엄지손가락이 의도치 않게 기구의 오목한 곳에 낀다.

그 순간에.

목소리가 울려 퍼졌다——

'딩동댕! 당 · 첨~~~! 오오~호호호!'

이 자리에 전혀 어울리지 않는 쾌활한 목소리……. 메리다는 당연히 어안이 벙벙했고, 금색 부인도 무슨 일이 일어났는지 이해하지 못했을 것이다.

그러나 시저 비서는 달랐다. 그 목소리로 인해 눈동자에 빛이 켜진다.

"클로버 사장님……?"

그것은 로드 크로노스 호에 내장되어 있었던 그의 《유언》 중 하나였다.

전자적으로, 일방적으로, 이쪽의 사정은 개의치도 않고 마음껏 떠드는 피에로 보이스.

'설마 이 시크릿 메시지를 알아차리실 줄이야, 당신, 무척 안목이 높군요! 호호오! ──그런데, 그게~.'

어째선지 머뭇거린다.

클로버 사장치고는 드물게 우물거리는 음성이 된다.

'사실을 말하면 이 시크릿 메시지만은 타임머신의 취급 설명이 아니라…… 제 개인적인! 음~……. 마지막으로 남기는 말이라고나 할까요.'

이 메시지만은 다른 것과 달리 녹음된 환경이 다른 듯하다.

많은 잡음이 섞여 있다. 여러 사람이 오가는 기척, 떠들썩한 이야기 소리……. 언제 녹음된 것일까?

클로버 사장의 독백은 계속된다.

'믿음직한 협력자들에 의해 이제 곧 제 꿈이 이루어지려 하고 있어요. 타임머신이! 지금 바로 움직이기 시작하려 하고 있고요. 저는 해야 할 일을 다 마쳤어요. 다만, 딱 한 가지── 끝으로 한 가지 더 할 일이 남아 있는데.'

두서도 없이 그는 말했다.

'타임머신에 이름을 붙이려고 해요. 줄곧 생각 중이고── 곧 답을 낼 수 있을 것 같아요! 네, 좋은 이름을 붙이려고 해요. 진취적인 이름을!'

왜냐면, 하고 그는 말했다.

왜냐면――하고, 몇 번이나 반복했다.

'왜냐면, 말이죠? 설령 향하는 곳이 과거의 세계일지라도, 그것이 저승길이 될지라도――.'

음미하듯이 고개를 끄덕이는 것이 보였다.

'그것이 제 미래이기 때문입니다.'

시저 비서가 철근 같은 한숨을 흘리고 있었다.

녹음은 아직 끝나지 않았다. 클로버 사장의 독백에 누군가가 끼어든다.

다름 아닌 그의 비서의 목소리였다.

'클로버 사장님? 이런 어두운 곳에서…… 뭘 하고 계신 거예요?'

또각또각. 힐 소리.

'무사히 준비가 끝났습니다. 다들 사장님을 기다리고 계세요.'

'오우, 시―저!'

클로버 사장은 호들갑스럽게 몸을 돌려서 메시지를 녹음하고 있었던 상황을 얼버무린 것 같다.

약간 멀어진 두 사람의 대화가 들린다.

'바로 가겠습니다요~~~?? 저의 훌륭한 비서님!'

'우후후……. 사장님도 참.'

메리다도 몇 번인가 본 적이 있는, 별난 주종의 친숙한 대화다.

그러나 그 녹음 안에서만은 조금 달랐다. 클로버 사장은 평소처럼 얼렁뚱땅 화제를 바꾸지 않고, 어딘가 점잖은 음성으로 이렇게 되풀이했다.

'제 진심이에요, 시저.'

대답하는 비서의 목소리도 조금 당황하는 기색이다.

'사장님……?'

'저는── 파파에게도 마마에게도 버림받고, 천애고아로 길을 떠나게 될 거라고 생각했었어요. 하지만 마지막에 당신이라는 이해자를 만났지요.'

세상에서 제일가는 피에로 스마일을 띄우는 것이 보였다.

'해피입니다.'

그의 비서가 눈물을 머금고 있는 것을 메리다는 뚜렷이 상상할 수 있었다.

왜냐면 지금 눈앞에 있는 그녀가 눈물을 글썽거리고 있으니까.

시저 비서는 크로노스 기어에 눈물을 떨어뜨리고 중얼거린다.

녹음과 다르지 않은 음성으로──.

" '저도요, 사장님.' "

시저 비서가 어떠한 대답에 다다랐음을 옆에서도 알 수 있었다. 따라서 급박해진 것은 금색 부인이다. 죽을힘을 다해 손톱을 세우면서 고장난 것처럼 아우성친다.

"되찾을 수 있다!!"

시저 비서의 소맷부리에 매달린다.

"다시 만날 수 있다……!!"

시저 비서는 그녀에게 연신 고개를 끄덕였다.

바닥에 뒹굴고 있었던 서바이벌 나이프를 손으로 더듬어 붙잡고, 부인의 생명줄이 되는 오른팔의 소매를 썩둑 베었다.

뜯어진다. 체중을 지탱하지 못하고 섬유가 찢어진다.

시저 비서는 마지막으로 수긍해 보였다.

"그래, 맞아."라고.

자신을 호되게 꾸짖듯이, 있는 힘껏 소리를 내어 외친다.

"나와 그 사람은 이 앞의 미래에서 다시 만날 거야!"

소매가 갈가리 찢어졌다.

부인의 몸이 허공에 내던져진다.

붙잡을 수 있는 것은 아무것도 없었다. 자신이 연 시공의 구멍에 등부터 떨어지고, 그대로 하릴없이 삼켜진다. 방대한 정보량이 그녀를 거친 파도로 끌고 갔다. 부인은 최후의 최후까지 발버둥 치려고 했다. 뻗은 팔이 은빛 물의 흐름에 깎이고 잘린다.

"――――――."

네피림어로 누군가의 이름을 부른 것처럼 보였다.

말이 통하지 않더라도 메리다는 그 의미를 알 것 같은 기분이 들었다――.

아주 잠깐 사이에 금색 부인은 수몰되었다. 이미 시공간의 격류에 그 모습이 있었는지 없었는지, 누구도 판별할 수 없게 되었다. 이윽고 그녀가 뒤틀리게 하였던 시공간의 구멍은 틀어진 것이 교정되듯이 거꾸로 소용돌이치며 원래대로 되돌아갔다.

이후에는 바닥을 크게 도려낸 붕괴의 상흔만이 남았다.

그리고 주변에 가득 찬 정적이――.

시간을 둘러싼 싸움이 끝났음을 조용히 고했다.

† † †

미안해요. 시저 비서는 고개를 숙이고 들지 않았다.

바닥에 주저앉은 채 움직일 생각을 하지 않아서, 메리다는 그 손목을 잡았다.

후련하게 들리게끔, 짓궂은 목소리로 나무란다.

"붙잡혔으니까―― 이제 나쁜 짓은 더 못 해요."

시저 비서는 스스로를 용서할 수 없을지도 모른다.

그렇지만 지금은 메리다 일행이 달래고 있을 틈도, 그녀에게 참회의 시간을 줄 여유도 없었다.

흔들린다.

바닥이 퍽퍽 들썩였다. 한 번만이라면 몰라도 흔들림이 가라앉지 않는다. 미세한 진동이 줄기차게 홀을 흔들고, 높은 천장에서 모래 먼지가 쏟아진다.

뮬은 복잡해 보이는 눈빛이 되었다.

"……틴다리아 여러분이 계획을 달성해 버렸어."

메리다로서는 앞으로 무엇이 기다리고 있는지 더 이상 상상도 할 수 없다.

"어떻게 되는 거야?"

그 의문에 대답해 준 것은 시저 비서였다.

금색 부인에게 동조했었던 그녀는 보다 깊이 역사의 진상에 접촉한 걸지도 모른다.

"틴다리아의 백성은…… 태양의 기능을 반전시킨다고 부인은 말씀하셨어. 그것이 무슨 의미인지는, 나, 나는 모르겠어. 하지만 그 때문에 달에서 흘러나온 독이 세계를 가득 채우고, 지상에 란칸스로프가 만연하게 되는 거야……."

거기서 목소리가 한층 더 떨린다.

"여, 여기에 있으면 우리 마나 능력자라고 해도 무사히는 있을 수 없어!"

그렇다면, 하고 메리다는 힘을 넣어 시저 비서를 끌어올린다.

"가죠!"

잊은 것은 없을까?

메리다는 홀을 한번 뒤돌아보고 그것을 발견했다.

어린 흑수정이…… 바닥에 난 큰 구멍의 둘레에 오도카니 서 있다. 이미 웜홀은 닫히고, 파괴의 흔적이 생생히 남아 있을 뿐이다.

틴다리아의 백성들은 자기 몸을 희생한 계획을 달성했다고 한다.

그것을 지휘한 금색 부인도 시공의 틈새로 사라져 버렸다.

어린 소녀는 홀로 남겨진 셈이다…….

메리다는 하릴없이 가슴이 조였다. 자신이 무엇을 해줄 수 있을까. 망설이고 있자 앞서 다가가는 소녀가 있었다.

뮬이다.

똑같이 구멍의 둘레에 선다.

……어떻게 위로하려고 그러는 걸까?

잠시 두 사람의 뒷모습을 지켜보고 메리다는 별안간 깨닫는다.

뮬은 위로하려는 게 아니다. 저 두 사람은 같은 심경인 거다. 뮬은 어린 흑수정의 옆에 나란히 서서, 대등한 위치에서 같은 것을 보고 있는 것이다.

"아무 기억도 안 날 텐데―― 이상하네."

그녀가 불쑥 입을 연다.

"뭔가 가슴에 구멍이 뻥 뚫린 것 같은 기분이 들어."

어린 흑수정은 신기하다는 듯이 옆에 있는 그녀를 올려다보았다.

뮬은 그쪽을 흘끗 보며 말한다.

"울보."

너무해. 메리다야말로 충격을 받았다.

어린 흑수정도 그 말이 악담임을 이해했나 보다. 볼에 바람을 넣고 뮬에게 돌아선다. 항의의 뜻으로 집게손가락을 들이댔다.

뮬은 간단히 그 손바닥을 붙잡고, 쥔다.

"울고 있을 때 아니다? 5천 년 후에는 네가 여기에 와서 싸우지 않으면 안 돼."

아직 어린 소녀의 주먹을 감싸듯이 쥐었다.

"우리가, 우리의 미래를 지키는 거야."

어린 흑수정은 아직 듣고 있는 말의 의미가 잘 이해되지 않는 표정이었다.

그것은 언어가 다르기 때문이기도 하고, 그녀가 어리기 때문이기도 할 것이다.

하지만 언젠가 지금 뮬이 하는 말이 마음에 울릴 때가 오리라.

그것을 지금 바로 그녀 자신이 증명하고 있다——.

홀이 한층 더 격동한다. 동포를 애도하고 있을 시간도, 더는 허용되지 않는다.

뮬은 어린 흑수정의 손을 꼭 잡고 몸을 돌렸다.

"자, 모두 기다리고 있어!"

메리다도 고개를 끄덕이고 시저 비서와 함께 발길을 돌린다.

가야 하는 곳은 궤도 엘리베이터 《라비린토스》의 승강구다.

승강구는 거리적으로는 그리 멀지 않은 장소에 있다. 로드 크로노스 호의 녹슬고 삭은 차체를 곁눈질로 보고—— 기동된 채 그대로 있는 모니터를 방치하고—— 찾았다. 작은 방이 출입구를 열고 승객을 몹시 기다리고 있다.

어린 흑수정이 가쁜 숨을 쉬면서 조작판을 손가락으로 두드렸다.

버저 같은 소리가 났다.

어린 흑수정은 눈을 껌뻑이고 같은 조작을 반복했다. 그러나 불쾌한 전자음이 돌아올 뿐…….

로스트 테크놀로지에 어둡더라도 어떠한 오류가 일어났다는 것은 한눈에 알 수 있었다. 뮬은 식은땀이 났다.

"어떻게 된 거야?"

메리다는 시험 삼아 엘리베이터에 올라타 보지만 조명마저도 환영해 주지 않는다.

"안 움직여!"

시저 비서는 손톱을 깨물고 심각하게 생각에 잠겨 있었다.

퍼뜩 얼굴을 든다.

"……태양 에너지!"

"어?"

"아, 아밀라스피어 천환의의 동력은 태양의 빛으로 조달하고 있거든! 그, 그게 끊어져 버렸으니까, 지금, 이 시설에는 동력이 부족하게 됐고——."

궤도 엘리베이터를 오가게 할 여유가 더는 없어졌다는 이야기다.

메리다는 본격적으로 머리를 굴렸다. 이곳이 고도 몇천 미터인지, 몇만 미터인지 어림도 잡히지 않는다. 이러나저러나 맨몸으로는 지상까지 무사히 도달할 수 없을 것이다.

"어쩌면 좋지……!"

어린 흑수정은 홱 몸을 돌렸다.

어디로 가려고 그러는 걸까? 나머지 일행도 덩달아 가는 수밖에 없다.

어린 흑수정은 다시 그 받침대 앞으로 향했다. 천환의의 전체상을 비추어 주는 편리한 물건이다. 어지러운 손놀림으로 조작판을 터치하고, 한 버튼을 누른다.

모니터에는 《성전》이라고 명명된 컨트롤 룸이 표시되었다.

어린 흑수정은 모니터를 손가락으로 가리키고, 네피림어로 무엇인가를 호소하고 있다.

메리다는 뮬의 얼굴을 보았다.

뮬은 마치 네피림어가 생각난 것처럼 깨달은 표정을 지었다.

"……태양광, 이라고 했지?"

시저 비서가 몇 번이나 고개를 끄덕인 것을 보고 뮬도 목소리에 힘을 주었다.

"우리의 마나로 대용할 수 있지 않아? 그것도 태양의 힘이니까!"

성전이라면 그 조작을 받아들여 줄지도 모른다.

메리다는 감탄만 나왔다. 어린 흑수정을 보고 이어서 뮬에게 미소를 보낸다.

"미우, 너 진짜 똑똑하다!"

"어? 으음."

뮬은 조금 복잡해 보였지만——.

머리카락을 쓸어 올린다.

"자주 듣는데?"

그러기로 했으면 바로 성전으로 향해야 한다.

흔들림은 서서히 그리고 착실히 강해져 간다…….

이곳이 세계 붕괴의 중심이다. 틀림없다. 메리다 일행도 멍하니 있다가는 미래로 돌아갈 길이 없어지고 만다. 메리다와 뮬 그리고 시저 비서에 어린 흑수정은 최대한의 속도로 길을 달렸다.

성전은 다행히도 출입하기 쉬운 위치에 있었다.

다만 순조롭게 도달할 수 있었던 것은 그 입구까지만이었다. 왜냐면 문 앞에 새카만 독기가 자욱이 끼어 있었기 때문이다.

이거다! 5천 년 후의 야계에 충만한, 생물을 사악한 란칸스로프로 바꾸는 근원——.

방 바깥이 이 정도로 심각하다면.

들여다본 성전의 내부는 예상대로, 차마 볼 수 없을 정도로 끔찍한 참상이 펼쳐져 있었다. 바닥 여기저기에 틴다리아 여성들이 쓰러져 있다. 그 옆에는 누군가가 몸을 구부리고 있었다.

간호, 하고 있는 것은 아니었다.

송곳니를 세우고 있는……. 인간을 잡아먹는, 마물.

메리다는 입을 막았다. 뮬은 즉시 어린 흑수정의 눈을 가렸다.

마물의 모습을 언뜻 본 기억이 있었다. 그 몸에 걸려 있는 하얀 옷은 바르니바빌의 것. 이 장소에서 클레이돌 계획을 실시하고 있었던 십 인의 현인 중 누군가다.

한 명이 아니었다.

일곱 괴물의 형체가, 틴다리아 여성들의 주검에 몰려들어 그 피를 빨아먹고 있다.

누군가가 바닥을 기어 돌아다니고 있었다.

인간의 언어로 신음한다.

"……에드가……."

메리다는 저도 모르게 두세 걸음 뒷걸음질 쳤다.

《그》는 일어나려다가 피에 젖은 바닥에서 미끄러졌다.

그런대로 인간다운 모습을 유지하고 있었다.

"어디에 있어, 에드가……. 추워……."

남성의 피투성이 팔이 어디론가 뻗쳤다.

"아무것도 안 보여……. 내가……. 내가 아니게 돼……."

괴물들의 정체는 더 이상 의심할 여지도 없었다.

성전의 중앙에서는 새빨간 크리스털이 달처럼 빛나며 광란을 내려다보고 있었다. 어린 흑수정이 열심히 그 빛을 손가락으로 가리킨다.

아무래도 동력을 보충하려면 저것에 접촉할 필요가 있는 것 같은데…….

이 방은 독기가 너무 진하다! 마나 능력자라고 해도 견딜 수 있을지 알 수 없다.

그렇다면.

힘으로 해결하는 수밖에. 메리다는 허리를 낮추고 존재하지 않는 칼의 칼집과 칼자루를 쥐었다.

"《환도일섬》"

바람과 함께 가로 벤다.

"《풍아》!!"

손바닥에서 나온 불길이 독 기운을 날려 버렸다. 포물선을 그리는 참격이 되어 날아가, 망설임 없이 크리스털을 정확히 때린다.

불의의 기습을 당한 로봇처럼 빛이 깜박인다.

메리다는 혀를 찔끔 내밀고서 신이라는 존재에 사죄했다.

작동법을 몰라서 이럴 수밖에 없었어…….

신은 기가 막히면서도 이쪽의 생각을 이해해 준 걸까.

크리스털에 잠시 푸른빛이 되돌아왔다. 빛줄기가 바닥을 타며 이동하고, 벽이 진동한다.

엔진에 불이 들어온 것처럼——.

메리다와 뮬은 저도 모르게 웃음을 지으며 쾌재를 불렀다. 자, 이제 신문으로 즉시 되돌아가서 엘리베이터에 올라타기만 하면 된다……!

그런데 《식사》를 즐기고 있었던 자들에게는 그것이 썩 마음에 들지 않은 모양이다.

피가 맛이 없어졌다는 듯이 괴물들이 일제히 메리다 일행을 돌아본다.

오즈월드로 보이는 자가 말했다.

"무슨 짓을 했냐……!!"

그 충혈된 눈빛에 메리다는 두세 걸음 뒷걸음질 친다.

어설피 인간의 면모를 남기고 있는 점이 더 무섭다.

피를 머금은 구두로 질척하게 발을 내디딘다.

앞으로 기우뚱하더니 직후, 폭발적인 기세로 바닥을 박찼다.

날카롭고 뾰족한 손가락을 화살같이 쑥 내밀었고——.

콱, 손목을 잡힌다.

예고도 없이 중간에 끼어든 것은 놀랍게도 쿠퍼였다. 메리다는 놀라움과 안도에 아이처럼 큰소리를 내고 말았다.

"선생님!"

쿠퍼는 괴력으로 오즈월드의 손목을 쥐면서 청량한 표정으로.

"모시러 왔습니다, 아가씨들."

"어, 어떻게……?"

뮬의 질문도 옳다. 궤도 엘리베이터는 아직 움직이지 않을 터.

쿠퍼는 태연하게 대답했다.

"케이블을 타고 올라왔습니다. 조금 애먹었습니다만."

"어쩜……."

"생각했었던 것보다 심각한 상황인 듯하군요."

피가 흩날리는 성전을 바라보고 눈썹을 찌푸린다.

"이것이 세계의 멸망이라니——."

오즈월드는 아직 팔을 빼내려고 몸부림치고 있다.

자유의 몸이 되어 무엇을 하겠다는 것인가.

무엇에 자극을 받아 움직이고 있는 것인지, 이미 스스로도 이해하지 못하고 있을지도 모른다…….

쿠퍼는 단도직입적으로 묻는다.

"원하는 게 무엇입니까?"

오즈월드는 피투성이가 된 입으로 비웃었다.

"구해 줘."

반대쪽 손이 매섭게 날아온다. 쿠퍼는 그것을 유유히 빠져나가, 상대를 허리춤에서 들어 올린 다음 내던졌다.

오즈월드는 바닥을 미끄러지듯이 구른다.

쿠퍼는 정신적인 피로 때문에 한숨과 함께 대답한다.

"그럴 순 없습니다. ——시간 여행자의 매너로서."

오즈월드는 필사적으로 일어나려고 발버둥 치고 있었다.

"네 이놈."

이젠 오즈월드라고 불렸었던 누군가다.

"네 이놈, 인간……!!"

쿠퍼는 한심하다는 듯이 고개를 젓는다.

"이미 몸도 마음도 란칸스로프입니까."

그렇다면 목숨을 끊어 놓아야겠군, 하고 쿠퍼는 허리의 검은 칼을 만졌다.

아니다. 곧바로 그 생각을 금한다.

어떤 존재든 그것을 역사에서 지우면 이후에 얼마나 영향을 미칠지 알 수 없다. 자신들 시간 여행자는 구해서도, 죽여서도 안 된다.

단지 볼 뿐이다.

그리고 그것은 이미 끝났다.

따라서 오래 머물러 있을 이유는 없다! 쿠퍼는 몸을 돌리고 레이디들을 큰소리로 재촉한다.

"자, 갑시다!"

일행은 등을 돌리고 뛰었다.

란칸스로프 일곱은, 독 한가운데에 남겨졌다…….

† † †

바르니바빌의 탑은 예상대로 암담한 상황이었다.

궤도 엘리베이터로 지상에 되돌아온 쿠퍼 일행은 그 사실부터 맞닥뜨렸다.

탑의 입구에는 많은 인간들이 모여 있었으나, 그 선두에 선 에드가는 어찌할 바를 모르겠다는 표정이었다.

"살아남은 사람은 이게 다야."

힘이 다 빠진 것처럼 잡동사니 위에 앉는다.

"마을은 참혹한 상태였어. 다들, 가족이나 친구들이 괴물이 되어버렸대. 놈들에게 물려 죽은 사람도 있고."

그 옆의 노르망디 씨는 겨드랑이에 기계 단말을 품고 있었다.

"전 세계 어디에서도 응답이 없어. ……상황은 비슷하겠지."

오히려 바르니바빌은 에드가 씨 같은 마나 능력자가 탄생한 만큼, 인적 피해는 그나마 막은 편일 것이다.

그것을 해럴드 여사의 고뇌에 찬 표정이 이야기하고 있었다.

"대체 얼마나 많은 인간이 죽었다는 얘기야……?"

바르니바빌도 피해를 면한 건 아니었다.

실제로 에드가 씨 옆에는 여성의 몸이 눕혀 있다. 그 모습을 잠깐 보자마자 어린 흑수정이 절망적인 비명을 질렀다.

"문디우에!"

매달린다.

몸이 차가워져 있는 것이 안색을 통해서도 알 수 있었다……. 은수정 공주라고 불렸던 틴다리아 여성이다. 이전에 한 번 보았을 뿐인 메리다조차 온몸에서 힘이 빠진다.

"죽고 만 건가요……?"

해럴드 여사는 애매하게 고개를 저었다.

"가사 상태 같아. 그렇지만 잠에서 깨어나 줄지는 모르겠어. 그녀가 바르니바빌을 지켜 주지 않았다면 우리는 아무도 살아남지 못했어."

답답함에 입술을 깨문다.

"우리 세 명이 틴다리아 백성의 아군이 되려고 한 것처럼……틴다리아의 백성 중에도 우리를 구하려고 해 준 사람이, 있었던 거지."

뮬은 조용히 어린 흑수정에게 다가갔다.

은수정의 여성의 가슴에 손바닥을 놓는다.

누구도 아무 말도 하지 못한다──.

더는 참을 수 없었는지, 에드가 씨가 얼굴을 가렸다.

"우리 때문이야……!!"

고개 숙인 그 모습에 쿠퍼는 망설였다.

망설인 끝에, 입을 열지 않고는 배길 수 없었다.

"……그렇게 생각한다면, 힘을 얻은 당신들이 살아남은 사람들을 이끌어야 합니다."

에드가 씨가 얼굴을 든다.

"그, 그런 소리 해 봤자, 전 세계가 이 꼴이면…… 안심하고 잘수 있는 장소도 없다고……!"

쿠퍼는 다시 머뭇거리고 나서 넌지시 말한다.

"피난 장소로 짚이는 데는 없습니까? 바깥 세계로부터 동떨어져 있어 적도 쉽게 들어올 수 없는. 그런데도 생활을 위한 설비는 대강 갖추어져 있는──."

에드가 씨의 눈동자에 희망이 반짝였다.

"프……프란돌인가……!"

안심한 쿠퍼는 고개를 끄덕이고서 한 걸음 물러났다.

자신들이 이 시대에서 해야 할 일은 전부 마쳤다——.

뮬이 현인들을 향해 얼굴을 든다.

"노르망디 님, 부탁이 있어요."

흑발의 그는 눈을 껌뻑이면서 뮬을 쳐다본다.

"뭐, 뭐, 뭔데?"

뮬은 옆에 있는 어린 흑수정의 어깨를 매만졌다.

"이 아이를 콜드 슬립으로 잠들게 해주세요."

노르망디 씨는 두 흑수정을 번갈아 보며 의아해한다.

"그, 그건 뭐—— 본인이 희망한다면야."

빙그레 미소 지어 보이는 뮬.

"꼭 부탁드려요?"

"으, 으응? 음……."

마지막까지 석연치 않은 표정을 한 노르망디 씨다.

자, 시간 여행자들은 슬슬 떠나야만 한다.

뮬은 마지막까지 은수정 공주를 만지고 있었던 손을 살며시 놓았다.

메리다는 한 차례 무릎을 꿇고, 등 뒤에서 어린 흑수정의 이마에 키스한다.

일행은 바르니바빌 사람들에게서 등을 돌렸다——.

에드가 씨가 용수철처럼 일어난다.

"기, 기다려 줘! 자네!"

대표로서 쿠퍼가 멈춰 섰다. 어깨너머로 뒤를 살핀다.

에드가 씨는 몸짓 손짓을 섞어 호소하고 있었다.

"우리와 함께 와 줘! 그, 그 힘으로 모두를 이끌어 줬으면 해!"

"그럴 수는 없다."

쿠퍼는 예고도 없이 아니마를 발했다.

머리카락이 백발이 되어 길어지고, 등에서 심상치 않은 압력이 방출된다.

에드가 씨는 두세 걸음 뒷걸음질 치지 않을 수 없었다.

해럴드 여사와 노르망디 씨도 숨을 죽이고 있다.

많이는 이야기할 필요 없다. 쿠퍼는 마지막으로 고했다.

"잘 기억해 둬라. 이것이 너희 인간 최대의 적의 모습이다."

아니마를 거두고 인간의 모습으로 되돌아오면서 쿠퍼는 앞으로 걷는다.

영애들은 아무 말도 하지 않고 좌우로 바짝 다가와 주었다.

고대인들의 기척은, 그것을 끝으로 뒤쫓아오는 일은 없었다.

† † †

선두 차량 하나만 남게 된 로드 크로노스 호.

쿠퍼는 힘겹게 이 손에 되찾은 크로노스 기어를, 원래 있어야 할 장소로 되돌려 놓았다. 접속된 케이블에 피가 통한 것처럼 생명이 느껴지는 빛이 가득 찬다.

마지막으로 확인이다.

"살라샤 님, 타이어는 무사했나요?!"

그녀는 문에 얼굴을 슬쩍 비치고 차내로 돌아온다.

"문제없어요. 아주 튼튼해요……!"

쿠퍼는 고개를 끄덕이고 차내의 후부를 향해 부른다.

"엘리제 님! 연료 잔량은…… ."

엘리제는 한쪽 손을 높이 올리고 피스 사인을 보여 주었다.

"브이."

"……좋아!"

시선을 운전석에서 조수석의 소녀들에게.

"잊은 물건은 없겠지요?"

메리다와 뮬은 쌍둥이같이 웃음으로 대답을 돌려준다.

나머지는 핸들을 잡는 쿠퍼가 로드 크로노스 호를 발진시키는 것뿐——.

마지막 한 명에게 소리친다.

"시저 씨! 안에 돌아와서 문단속을…… ."

타앙. 말이 끝나기에 앞서 문이 닫힌다.

닫은 것은 시저 비서다.

아직 차 밖에 서 있다…… .

쿠퍼는 무의식적으로 창을 열고 반신을 쑥 내밀었다.

"시저 씨?"

시저 비서는 한 걸음, 뒤로 멀어졌다.

타이어에 말려 들어가지 않으려는, 지극히 평범한 자연스러운 동작이었다.

"나는 여기에 남을게."

마치 한참 전부터 결심하고 있었던 것처럼 말한다.

"사장님의 묘를 만들 거야."

그러기 위해서 그를 모시기라도 했다는 듯이.

만족스럽게 이야기했다.

"그리고 마을을 만들 거야. 바르니바빌 밖에서 살아남은 사람을 위해서. 그 사람들을 모으고── 내가 지키겠어. 어디까지 할 수 있을지 모르겠지만."

쿠퍼는 이때서야 클로버 사장의 묘비와 그 주변에 남겨져 있었던 마을의 흔적이 의미하는 것을, 비로소 알았다.

그러한 과거가 계속되어 현재의 프란돌로 이어지고── 그리고.

시저 비서는 한 걸음 더 물러서고, 웃는다.

"사장님이 살아갈 미래를 위해서."

"시저 씨……."

"자, 가라고. 어서."

은근히 비아냥거린다. 그리고 매력적으로 입술을 올리며.

"또 같은 소리 하게 만들 거야?"

쿠퍼는 살짝 고개를 끄덕이고 나서 반신을 차내로 당겼다.

창을 닫는다.

핸들을 잡고 드디어 엔진에 시동을 걸었다.

"……출발합니다!"

차내에만 목소리를 울리고, 타이어가 맹렬하게 회전한다.

짐승 같은 엔진의 우렁찬 외침과 함께 발진.

길 없는 숲속으로 차를 몬다.

딱 한 번, 백미러를 볼까 싶었다.

하지만 그녀가 한 말을 떠올리고 미러에 뻗으려 한 손을 내린다.

바르니바빌의 지리는 대략적으로밖에 머리에 들어 있지 않지만, 처음에 도착한 숲의 들판을 향해 가기만 하면 된다. 웜홀의 출입구는 아직 그곳에 이어져 있으니까. 잠시 차를 몰 따름⋯⋯. 하지만 어떻게 해도, 뭔가를 깜빡하고 온 기분이 떨쳐지지 않았다.

메리다가 옆에 바싹 붙어 서늘한 마음을 풀어 준다.

메리다도 농담같이 말했다.

"⋯⋯깜빡한 물건은 없으세요?"

쿠퍼는 쓴웃음을 지으면서 대꾸한다.

"네, 하나도."

그때다, 뮬이 느닷없이 일어섰다.

"있어, 깜빡한 물건."

모두가 뭐야 뭐야 하고 쳐다보는 앞에서 그녀는 차내를 횡단한 다음 창을 열었다.

몸을 쭉 내민다.

"이리 오렴!"

차 밖으로부터, 갑자기 노래하는 듯한 지저귐이 들려왔다──.

뮬이 신중하게 몸을 거두고 창을 닫자, 그 손바닥에는 파랑새 한 마리가 싸여 있었다. 세상에, 이 고대에서 가장 먼저 환영해 준 꼬맹이가 아닌가.

로드 크로노스 호를 발견하고 뒤쫓아온 모양이다.

뮬은 뭐가 그렇게 우스운지, 친구들을 향해 웃어 보인다.

"얘 진짜 뻔뻔하지 않니."

미래로 가는 여로에 가담한 파랑새는, 마치 뮬의 손안이 요람인 양 편안하게 있다.

메리다는 그 무방비한 날개를 쿡 찔렀다.

"이 아이, 이름은 뭐라고 할래?"

뮬은 자신의 눈높이로 손바닥을 올리고 파랑새와 마주 본다.

"——네피림."

분홍빛 입술이 미소를 그렸다.

"네피림. 내 새로운 동생이야. 이름 좋지?"

네피림이라고 불린 파랑새는 "짹짹." 하고 고개를 갸웃하며 응답한다.

그 대화를 듣고 쿠퍼는 덩달아 웃으면서 핸들을 고쳐 잡았다.

미래를 향해서, 엔진을 고속으로 돌린다.

HOMEROOM LATER

메리다는 책 한 권을 펴고 있었다.

크고, 무겁고, 두께가 있다. 무릎에 올리면 저리기 때문에 메리다는 책을 융단 위에 놓고 보는 중이었다. 한 페이지, 한 페이지가 흡사 베니어합판같이 단단하다.

파트를 나눴음에도 불구하고 필요한 내용을 찾아내는 것은 꽤 고된 일이었다.

책의 타이틀은 '프란돌 건국기' ——.

금서 중의 금서로, 권력자들 중에서도 극히 일부에게만 열람이 허용되는 도서다. 공작 가문의 영애인 메리다도 본래는 책의 존재조차 알지 못했다.

하지만 지금은 이렇게 모든 페이지를 아는 것이 허용되었다.

아니, 그 자격이 있다.

찾던 것을 발견하고, 페이지 한구석에 집게손가락을 댔다.

"찾았어, 에드가 님들의 이름."

그러자 똑같이 실내에서 조사하고 있었던 자매들이 모여들었다. 엘리제에 살라샤, 뮬. 사복 드레스 차림으로 둥글게 모여 무릎을 꿇고 책을 들여다본다.

메리다는 감회에 젖으며 문장을 집게손가락으로 더듬는다.

"에드가 님, 해럴드 님, 노르망디 님은…… 프란돌 신왕제 수립의 중심적 멤버로 활약하셨었나 봐."

태양=달이 붕괴한 뒤, 예상대로 이 세계에 남겨진 안식의 땅은 절해의 고도에 세워진 조명 형상의 도시 프란돌밖에 없었다고 한다.

에드가 씨 일행은 세계 붕괴를 겪고도 가까스로 살아남은 사람들을 통솔해서 이주했다.

마나의 은혜로 외적을 물리치고 인류의 생존권을 확보했다.

사람들의 선두에 서서 새로운 사회 기반을 다지는 작업에 진력하고——.

그대로 열렬한 지지를 받아 최고 권력자의 지위에 올랐다고 한다.

그리고 세 명의 현인은 역사의 흐름 속에서 세 개의 가계로 갈라졌다.

에드가 씨를 시조로 하는 엔젤 가문.

해럴드 여사가 일으킨 쉬크잘 가문.

그리고 노르망디 씨 아래에 모인 라 모르 가문으로.

메리다는 엘리제와 코앞에서 얼굴을 마주 본다.

"그러면 에드가 님이 우리의 고고고고고……고조할아버지였구나."

"뭔가 신기하다."

그 옆에서는 살라샤도 머리가 아파 보이는 표정으로 팔짱을 끼고 있다.

"해럴드 님이…… 우리 선조님……."

뮬이 책을 쏙 들여다보았다.

약간 김이 샌 것 같은 얼굴로 몸을 일으킨다.

"역시 예전의 나에 관해서는 안 쓰여 있나 보네."

틴다리아의 백성에 관한 것은 기밀 중의 기밀로 취급되었을 것이다. 그럴 만도 하고.

하지만 그 아이는…… 어린 흑수정은 메리다와 친구들이 부탁한 대로 콜드 슬립 포드 속에서 계속 잠들었고, 이 시대에 잠에서 깨어났다.

지금, 메리다의 옆에 있다.

약속했던 대로 자매가 되었다.

순서가 반대지만── 메리다는 뭔가 우스운 기분이 되어 뮬과 손을 포갠다.

"노르망디 님은 조금 괴팍한 분이었지만……."

다들 웃음이 나오는지 미소를 짓고 고개를 끄덕였다.

"다정한 분들이었지, 모두."

지금은 이미 먼 5천 년 전의 옛일──.

같은 실내에는 두 어른의 모습도 있었다.

쿠퍼와 알메디아 라 모르드. 테이블 위로 얼굴을 맞대고, 알메디아는 딸들과는 전혀 다르게 미간에 주름을 새기면서 말했다.

"전부 보고 온 모양이구나."

마찬가지로 사복 차림인 쿠퍼는 당연하다는 듯이 고개를 끄덕인다.

알메디아는 "그렇다." 하고 엄숙하게 말했다.

"이 세계에서 태양을 빼앗아 이러한 야계로 바꾸어 버린 것은 다름 아닌 3대 기사 공작 가문의 선조다."

그 심각한 음성에 메리다 이하 네 소녀도 두 어른에게 얼굴을 돌린다.

테이블 위에는 《세계본》이라는 이름으로 불리는 회색 구체가 있었다.

그대로는 언뜻 봐도 아무 가치를 발견할 수 없다.

그것은 한가운데에서 《갈라짐》으로써 비로소 의미를 얻는다.

구체는 안쪽이 공동으로 되어 있고, 그 내면을 따라 대지의 모형이 정교하게 만들어져 있다. 산의 융성, 하천의 흐름, 아득한 옛날에 존재한 도시의 이름…….

그 중심에 철사로 고정된 인조 태양.

알메디아는 갈라진 세계의 모형을 미끄러뜨려서 닫았다.

구체 안은 어둠에 갇혔을 것이다…….

"5천 년 전 운명의 날, 바르니바빌에서 초전도 하모닉스의 보호를 받은 연구자들은 그 부작용으로 마나의 가호를 얻었다. 반면 그 외의 세계 전토는 속수무책으로 야계의 세력에 유린당했다고 전해졌지——."

고개를 흔든다.

"예부터 귀족 계급에 평민을 지킬 의무가 부과된 까닭은 그것이 우리에게 내려진 《벌》이기 때문이야. 하나, 이 사실을 공인

하면 국가의 존재 양상을 뿌리부터 바꿔야 해. 세상은 혼란해지겠지. 란칸스로프 놈들이 그 틈을 놓칠 리 없고⋯⋯."

대규모 침공이 일어났을 때, 그때 등화 기병단(길드 페르닉스)이 기능하고 있을지 어떨지, 알 수 없다는 뜻인가.

그래서 이 역사의 진상은 철저히 은폐되었고, 알메디아도 쿠퍼 일행을 막으려 한 것이다.

그들이 과거로 건너가 선조의 죄를 직접 목격하는 것을——.

그러나 알고 말았다.

그날, 웜홀을 거슬러 올라 5천 년 후의 틴다리아의 유적에 돌아왔을 때, 쿠퍼 일행을 맞이한 것은 알메디아가 직접 이끄는 등화 기병단이었다.

그 밖에 그 자리에 있었던 자들—— 세르주 쉬크잘도, 쿠샤나도, 프리지아, 주인을 잃은 레이볼트 재단에 흑천 기병단(길드 오다인) 전원. 그들은 별다른 저항 없이 알메디아를 따르고 있었다.

목적은 달성했다.

쿠퍼 일행이 로드 크로노스 호를 내려선 순간, 얼굴을 마주한 알메디아는 아무 말 하지 않았지만 그것을 알아차렸음이 분명했다⋯⋯.

다섯 사람은 사이좋게 등화 기병단의 감시 아래 놓이고, 대선단의 귀로에 올라——.

프란돌의 안전권까지 다다른 직후, 정말 호되게 야단맞았다.

세계 붕괴보다도 더 무섭다는 생각이 들 정도로 무시무시한

불벼락이 떨어졌다.

쿠퍼는 뺀질거리며 용케 이탈을 허락받았지만, 네 아가씨를 정좌하게 한 알메디아의 열화와 같은 기세는 정말이지, 밤새 수그러들지 않았다고 한다…….

그리고 왜 쿠퍼가 설교를 면할 수 있었느냐 하면——.

실은 지금의 그는 포로 신분이기 때문이었다.

이곳, 프란돌의 성왕구의 왕궁에 《수감》되어 있는 것이다.

표면상은.

실제로는, 그의 존재를 비밀에 부치기 위해서.

짹짹짹. 태평하게 지저귀는 소리가 천장을 가로질렀다.

선명한 빛깔의 날개를 가진 파랑새가 심각한 어른들 사이에 시치미 뗀 얼굴로 끼어든다.

알메디아는 참지 못하고 비명을 질렀다.

"네피림!"

테이블에서 책을 집어 들어 머리 위로 **빼낸다**.

"귀중한 자료를 밟지 마라! 문외불출의 금서란 말이다!"

파랑새는 그런 말을 해 봐야 곤란하다는 듯 어리둥절해 한다.

다시금 자유로이 허공을 난다.

뮬이 집게손가락을 내밀자 그 손가락에 와 머문다.

5천 년이 지난 타향에 이주하고도 철저히 자기 마음대로 지내는 파랑새였다——.

알메디아는 정신만 사나워졌다는 듯이 분개하며 고쳐 앉았다.

그리고 본론으로 파고든다.

"너희는 결코 과거의 세계에서 보고 들은 것을 입 밖에 내서는 안 되느니라."

파랑새 네피림이 삐이, 하고 울어 대답한다.

알메디아는 완강히 집게손가락을 들이댔다.

"물론 너도!"

쿠퍼는 어깨를 으쓱한다.

"아이고, 저도 모르는 사이에 국가 최대급의 중요 인물이 되어 버렸군요."

"하여간 능청맞은 사내라니까……!"

알메디아는 여봐란듯이 이를 간다.

프란돌에 돌아오자마자 쿠퍼가 곧바로 《수감》된 이유――.

프란돌을 상대로 폭탄급 비장의 카드를 손에 넣었기 때문이다. 고대의 정보를 아는 한 이제 누구도 쿠퍼나 네 영애에게 섣불리 손을 댈 수는 없다. 등화 기병단의 스카치 슈나이젠 단장일지라도, 백야 기병단(길드 잭레이븐)의 암살자일지라도――말이다.

그것을 알고 있었기 때문에 왕궁에서 보고를 받은 페르구스 엔젤 순왕작은 두통을 참으면서 명했다고 한다.

끌고 와라――라고.

이로써 쿠퍼의 계획대로 아가씨들의 안전은 확보되었다.

프란돌 권력자들의 대응은 확연히 변했다.

봉쇄하는 게 아니라――.

차라리 활용한다는 방향으로.

그것이 지금 쿠퍼와 알메디아가 얼굴을 맞대고 있는 최대의
이유이다.

알메디아에게는 뭔가 캐묻고 싶은 것이 있는 듯하다. 이마를
들이밀며.

"뱃속이 시커먼 교사여, 잘 생각해 내거라. 고대 세계의 현인
들에 관해서."

"네?"

알메디아는 말이 잘못 전달되지 않도록 한 마디, 한 마디 확인
하듯이 묻는다.

"바르니바빌을 통치하고 있었던 현인은 열 명이라는 것 같다
만. 정확한 것이냐?"

그 부분에 집중하는 이유를 모르겠지만…… 쿠퍼는 혹시나
싶어 손꼽으며 회상한다.

"에드가, 해럴드, 노르망디……. 오즈월드, 압둘. 잉구아, 루히
람, 페르두나, 젠, 호안코라스……. 세계의 운명을 짊어진 십 인
의 현인——틀림없을 겁니다."

알메디아는 "오냐." 하며 고개를 끄덕이고 일단 몸을 뺐다.

그 사실을 곱씹듯이 눈을 감는다.

그녀는 무엇을 확인하고 싶은 걸까? 쿠퍼는 반사적으로 영애
들 쪽으로 얼굴을 돌리지만, 당연히 그녀들도 짐작이 가지 않은
모습이다.

잠시 틈을 두고, 알메디아의 루주를 바른 입술이 떨렸다.

"찬스로군."

"찬스?"

쿠퍼는 아직 이해하지 못하고 있다. 알메디아가 누차 고개를 끄덕이고 설명한다.

"눈치 못 채겠나? 5천 년 전 옛날, 틴다리아의 가호로 태양의 힘을 얻은 세 현인은 3대 기사 공작 가문으로서 인간계의 정점에 군림하기에 이르렀다. 또 그렇게 보면 나머지 일곱 현인도 동일한 말로를 상상할 수 있겠지."

"그렇다면……."

쿠퍼는 아밀라스피어 천환의에서 마지막으로 본 그들의 모습을 떠올린다.

농밀한 독에 골수까지 중독되고, 그들은 그 후 어떤 역사를 걸었을까…….

알메디아의 추측은 계속된다.

"가장 강하게 태양의 가호를 얻은 세 현인과 마찬가지로, 태양이 붕괴한 영향을 가장 가까이에서 받은 일곱 명도 야계에서 가장 큰 힘을 얻은 셈이다. 그들은 힘 있는 일곱 세력으로 갈라졌고, 그 왕관은 주인을 바꾸면서 지금도 맥맥이 계승되고 있어."

엄숙한 음성으로.

"야계 추기경, 테스터먼트란 이름으로 말이지."

쿠퍼는 숨을 죽인다. 그것은 야계에 번번이 나타나는, 마나 능력자를 아득히 초월한 강력한 란칸스로프의 칭호다.

쿠퍼에게도 얕지 않은 인연이 있다.

알메디아는 강한 어조로 다그쳤다.

"놈들의 숫자가 판명된 것이 바로 찬스인 것이다. ――잘 든도록."

손가락을 구부려 센다.

"쉬크잘 가문이 목숨을 걸고 죽인 판 데르 데켄. 너와 일대후작이 숨통을 끊은 아라크네 나크아. 프란돌을 손아귀에 넣을 뻔했던 워울프족 매드 골드. 그리고 결코 잊을 수 없는 프랑켄슈타인의 죽음의 여왕 레이시 라 모르."

모두 여기에 있는 사람들과 인연이 있는 상대였다.

알메디아도 그것을 강조한다.

"이 자들은 전원이 테스터먼트의 칭호를 쓰고 야계에서 일대세력을 구축하고 있었다. 그리고 넷 다 이미 우리가 죽였다. 테스터먼트의 총 숫자가 《7명》이라면 남은 것은 사막왕 밴디트족에 임프족 그리고―― 뱀파이어족뿐."

여기에 이르러서야 쿠퍼는 간신히 깨달았다.

지금 현재, 야계에 숨어 있는 강적은 불과 세 명뿐.

인간 측의 엔젤 가문, 쉬크잘 가문, 라 모르 가문과 숫자상으론 동등하다!

알메디아는 수긍하고 그 생각을 뒷받침한다.

"그렇다. 바야흐로 역사상 유례를 찾을 수 없을 정도로 야계와 인간계의 힘의 관계가 팽팽한 상태이니라. 그러나 이 기회를 놓치면 또 시간이 지나 운명을 타고난 자가 테스터먼트의 왕관을 손에 넣고, 야계에는 강대한 일곱 세력이 군림하게 되겠지."

그렇다면 바로, 하고 그녀는 말했다.

"지금밖에 없어."

프란돌 최고 전력의 한 명인 여공작은 무게 있는 목소리로 고했다.

"지금이야말로 프란돌의 전군을 동원해 야계에 쳐들어갈 때다. 역사에서 과거에도, 미래에도 다시 없을 천재일우의 승기가 바로 지금이다."

쿠퍼는 그답지 않게 등골이 떨렸다.

이미 뇌리에는 야계에서 드높이 깃발을 단 기병단의 군세가 보인다.

과연 그 전쟁의 앞에는 무엇이 있을 것인가——.

미래는 아무도 모른다.

후기

여러분 안녕하세요, 저자 아마기 케이입니다.

이번 권도 함께해 주셔서 정말로 감사합니다──.

곧바로 내용 이야기를 하자면, 오리지널 언어라는 걸 참 좋아합니다.

만화나 소설, 영화나 게임 작품 등에도 곧잘 활용되는, 그 이야기 세계의 독특한 언어……. 그와 같은 오리지널 언어는 작품의 설정 자료집을 펴 보면 자세히 알 수 있기도 한데요, 만약 그러지 않은 경우는 기존의 사전을 찾아봐도 이해할 수 없습니다.

이 《이해할 수 없는 언어》라는 것에 어째선지 마음이 끌리곤 합니다…….

해외의 언어를 들었을 때 느끼는 것이 《이국의 감각》이라고 한다면, 오리지널 언어를 들었을 때 느끼는 것은 《이세계의 감각》이라고나 할까요.

의미는 모르지만 《말하는 사람의 감정만으로 듣는 목소리》라는 것도 신기하게 좋은 기분이 듭니다. '왠지 모르게 이런 소리를 하고 있겠구나.' 하고 상상하거나 하는데, 나중에 자세히 조사해 보면 전혀 달라서 '엥~?!' 싶기도 하고.

그리고, 음, 뭐냐. 타국에서 언어가 통하지 않아 어려움을 겪는 여자아이는 귀여운 법이지 하는…… 헤헤헤, 망했네요.

그래서 언젠가 기회가 있으면 도전해 보자 생각하고 있다가, 이번 권에서 염원이 이루어진 셈인데요——. 설마 자기가 하면 이만큼 힘들 줄은 몰랐습니다, 정말.

덧붙여 이번 권에 나오는 네피림어 말인데요. 실은 만화판 쪽에서도 살짝 등장하고 그랬습니다. 마침 좋은 기회를 주셔서, 제가 대사의 번역을 제공하고…….

코미컬라이즈도 《운명법정》편으로 돌입했고, 저와 코미컬라이즈 담당자님도 지금까지 이상으로 연계해 진행하고 있으므로 여러분도 꼭 관심을 가져 주시면 좋겠습니다. 자연스럽게 광고 성공, 좋아!

또 한 가지 내용에 관해서 이야기하자면, 이 13권에서 드디어, 작품 세계의 근간 설정을 밝히게 되었습니다.

언제부터 구상하고 있었느냐 하면, 그야 당연히 시리즈 처음부터입니다만—— 스스로도 놀라운 것은 실제로 이 에피소드를 이야기할 때까지 계속할 수 있었다는 점입니다.

여러 번 음미하는 부분입니다만 모두 다 계속 응원해 주시고 있는 독자 여러분 덕분입니다. 정말로 진심으로 감사를 전하고 싶습니다.

바라건대, 작품의 엔딩까지 재미있게 즐겨 주실 수 있기를——.

마지막으로 언제나의 감사 타임입니다.

일러스트레이터 니노모토니노 선생님, 판타지아 문고 편집부, 코미컬라이즈 담당 카토 요시에 선생님에 울트라 점프 편집부, 출판유통과 판매까지 본작에 관여해 주신 모든 분께 감사드립니다.

그리고 잊어선 안 되는, 지금 이 책을 펴고 있는 《여러분》에게도 감사를.

'룬 푸르 에디스 바르 에김!'

의미는 '또 만납시다' 입니다.

아마기 케이

어새신즈 프라이드 13 ~암살교사와 회천도지~
^{廻 天 導 地}

2021년 10월 25일 제1판 인쇄
2021년 11월 01일 제1판 발행

지음 아마기 케이 | **일러스트** 니노모토니노

옮김 오토로

발행 영상출판미디어(주)
등록번호 제 2002-000003호
주소 21311 인천광역시 부평구 평천로 132 (청천동)
전화 032-505-2973(代) | FAX 032-505-2982

ISBN 979-11-380-0694-1
ISBN 979-11-319-6068-4 (세트)

ASSASSINS PRIDE Volume.13 ANSATSU KYOUSHI TO KAITENDOCHI
©Kei Amagi, Ninomotonino 2021
First published in Japan in 2021 by KADOKAWA CORPORATION, Tokyo.
Korean translation rights arranged with KADOKAWA CORPORATION, Tokyo.

노블엔진(NOVEL ENGINE)은 영상출판미디어 (주)의 라이트노벨 및 관련서적 브랜드입니다.